WANG CUN HE TA DE XIONGDI

宁夏主题出版重点出版物扶持项目

王村和他的兄弟

王兴国 —— 著

黄河出版传媒集团
阳光出版社

图书在版编目（CIP）数据

　　王村和他的兄弟 / 王兴国著. －－ 银川 : 阳光出版
社, 2023.12
　　ISBN 978-7-5525-7195-0

　　Ⅰ. ①王… Ⅱ. ①王… Ⅲ. ①长篇小说－中国－当代
Ⅳ. ①I247.5

　　中国国家版本馆CIP数据核字(2024)第020508号

王村和他的兄弟

王兴国　著

责任编辑　丁丽萍　马伟锴　郑晨阳
封面设计　晨　皓
责任印制　岳建宁

黄河出版传媒集团
阳光出版社　出版发行

出 版 人　薛文斌
地　　址　宁夏银川市北京东路139号出版大厦（750001）
网　　址　http://www.ygchbs.com
网上书店　http://shop129132959.taobao.com
电子信箱　yangguangchubanshe@163.com
邮购电话　0951-5047283
经　　销　全国新华书店
印刷装订　宁夏凤鸣彩印广告有限公司
印刷委托书号　（宁）0028379

开　　本　710 mm×1000 mm　1/16
印　　张　18
字　　数　240千字
版　　次　2023年12月第1版
印　　次　2023年12月第1次印刷
书　　号　ISBN 978-7-5525-7195-0
定　　价　55.00元

目 录
Contents

001 — 一

005 — 二

015 — 三

020 — 四

032 — 五

042 — 六

045 — 七

052 — 八

061 — 九

069 — 十

076 — 十一

083 — 十二

089 — 十三

101 — 十四

109 — 十五

123 — 十六

134 — 十七

140 ── 十八

152 ── 十九

160 ── 二十

173 ── 二十一

178 ── 二十二

186 ── 二十三

196 ── 二十四

203 ── 二十五

209 ── 二十六

214 ── 二十七

220 ── 二十八

226 ── 二十九

231 ── 三十

236 ── 三十一

241 ── 三十二

247 ── 三十三

257 ── 三十四

262 ── 三十五

266 ── 三十六

269 ── 三十七

273 ── 三十八

277 ── 三十九

278 ── 四十

一

2007 年春上，山风将地皮子吹软了之后仍在不停地呼啸，王村离家的决心也在山风的节奏里不断高涨，他知道这是时光在催促，也是生活在提示，所以轻轻合上屋门的那一刻他没有心生愧意，他认定自己每一次背井离乡都是为了这个家。顶着一弯残月，他像个侥幸越狱成功的犯人，头冲北，屁股冲南，一口气就窜到了庄外，在翻过庄前最高的那座岇梁时才停下来向身后回望。那时的天还没有放亮，漆黑的村庄还没有睡醒，他相信，自己的女人肯定也没有睡醒，没睡醒多好啊！他希望女人最好能睡到日上三竿，等女人睡足了醒来时，他早已在百公里之外的长途客车上了。

家与公路之间还有五公里左右的山路，拂晓前，掠过山顶的春风仍然软中带硬，尽管他的脸有些冰冷和轻微的刮痛，但大山却像梦中的女人那般睡得安详，而这种安详都能让空气中的声音与心跳合拍。唰唰唰！嗵嗵嗵！脚步有多快，心脏就紧跟着跳多快。直到踏上 201 省道时，他才算松了口气，呼吸也紧跟着顺畅了些，毕竟眼前的这条路是个临界点，能送他远行，带他去捡拾生活。

不论长途还是短途，蜿蜒在山里的客车都没有固定的站点，哪里有人哪里就是站点，跟招手停的出租车差不多。路边上已有三个人候着了，不用问，他们也是来乘车的。在这灰蒙蒙凉飕飕的清晨，三个人正一字排开坐在各自的行李卷上，边闲谝边嗑着麻子。这如果让外地人看了或许会纠结上一阵子，但王村是本地人，所以他自然明白，也能理解。山里人离不开麻子，所以他们才更闲得住，胃口也比川里人的好。

忙碌中的三位只扭了一下头，便继续执着地消耗着衣兜里的存货，好像此刻多吃一粒麻子就能长生不老似的。两男人分坐在女人的两侧，他们一个是强壮的大块头，一个是瘦猴，年纪也相差很大，从嗓音的粗细上便能听出瘦猴至少要比大块头小上一轮。大块头话不多，都是那瘦猴在不停地叽叽喳喳，麻子皮和那些没头没尾的话正争相从嘴里往外喷。女人也没说话，她头上箍了条折成三角的棉围巾，穿着看不清花色的棉袄和棉裤，像个肉粽子似的严包密裹，鼓鼓囊囊的，看上去既笨拙又不好看。她将围巾的前沿扣得很低，似乎已低到鼻尖处，只有那张不住弄出嘎嘣声的嘴被留在外面。她一面把耷拉下来的头发往围巾里塞，一面紧张地嗑着麻子，就像在参加嗑麻子比赛一样。王村注视她很久，心里也好像被猫抓了很久。由于好奇，他很想看一眼女人的尊容。但他最终也没能如愿，唯一明确的一点是这三个人比他先到，由此看来，班车还没有到。天光又放亮了一些，他眨了眨眼，又绕着三人转了一圈，才发现俩男人的身形有点儿熟，似乎是在哪里见过的，但又不真正相识，便问道："你们是从哪里来的。"

三个人仍没开口，只有瘦猴懒洋洋地用嘴往路对面努了一下，也算是个回答，至少已告诉他，他们是来自公路另一侧的董家坡。这就对上号了，前些年他们肯定在集市上碰过面的，近几年他一直在外漂泊，本来连熟人都摞生了，何况这些个半生不熟的呢。当然，这种状况在如今的乡下是带有普遍性的，也是一种令人无奈的趋势，他们生活的圈子一下子变小了，除远亲近邻或有其他瓜葛者之外，村与村，户与户，人与人之间的关系全变淡了。王村是有心人，自然有超乎常人的想法，他担心，城里人那种住对门不相识的情形或许会在有朝一日蔓延至乡村，就像他与这三位，其实仅相隔了一条公路，而今这条公路却变成了一道有形的边界，是构筑在双方心理上的，董家坡与他所在的龙山镇已经被这道屏障给隔开了。

除过刚才那句搭讪的话，王村没再与三位深聊，不是他不想，而是人家无意与他探讨什么，他是闲着，但人家有一粒粒麻子代为消遣，自可安心地在路边守候。看着三人不慌不忙的神态，王村心急如焚，开始变得焦躁，根本无法像他们那样坐地等车，他感觉心越急天就亮得越快，到东方露白时他摸出"诺基亚"手机，边看时间边嘟哝："怎么还不来呢？这车不会是过去了吧？"

"不会的，我们来了有一阵子了，这不天刚麻麻亮嘛，这么早过去，他跑空车玩呀？"

三人中的那个大块头似乎是受够了才接了他的话茬，意思是让他少安毋躁，可王村就是静不下心来，他一会儿注视着家的方向，一会儿又顺着公路往上看，但山里的公路弯弯曲曲，注定是看不远的，为了排解烦闷，也只得继续绕着三个人转圈。他这么一折腾，大块头更有些不耐烦了，他猛地扭过头，白了王村一眼，提醒说："别烦煎了行不？班车总是会来的嘛，就算迟一下早一下也错不了半个钟头，你烦个啥呢么？"

王村一愣，便确信自己遭到了指责，于是他心有不快，刚想发作，却听到了由远而近的引擎声，三个人同时站起身，大块头得意于自己的判断，冲他说："看撒，这不来咧么。"

他没有接茬，只是暗自埋怨他们往后备箱里放行李的速度太慢了。他认为越是在最后关头越容易出意外，万一娃他娘那胖乎乎的身影此时出现在公路底下的山坡上，他肯定扛不住，说不定就会改变主意，放弃这次出走。

上车了，王村的心算是稍稍踏实了一些，但依旧忐忑。车里已坐了不少人，仅剩下三分之一的座位空着。他舒出一口气，然后找了个位置坐下，这时候，女人的电话就火烧火燎地打来了，那种歇斯底里的叫骂声震得他耳膜嗡嗡响："姓王的，你个哈尻！有本事明着走撒，偷跑算撒男人啊？哦，我忘咧，你根本就不是个男人，不过告诉你，先别得意，上天老娘也揪你个尾巴梢梢呢，不信你等着，我兄弟的摩托车马上就到咧，看你坐的破客车快，还是我们的摩托车快！"

王村忙挂断电话，他感觉女人骂人的话语就像顺风射来的毒针，每一根都直接打在他的死穴上。他暗自回敬：这该死的臭婆娘，真个是好坏不分的瓜货，还竟然骂老子不是男人，我不是男人，俩娃是怎么来的？王村气得拳头都快要攥出水来了，但他心里的疙瘩却跟着化掉了，是女人过分的表现抵消了他心里的愧疚。看来再温顺的女人逼急了都会变成老虎的。想到这，他不禁又担心起来，这客车的成色是不差，但201省道却丝毫不敢恭维，这破路一弯套着一弯，一梁接着一梁，他们就如同坐在筛子里，看样子恐怕走不了几里路，一车人就都被筛得晕头转向了。同时，他深信女人说的并非全是气话，而且贩羊皮的小舅子确实有一辆"豪爵125"摩托车，若姐弟俩真的骑摩托车追他，估计到不了固原城就能追上。他心里清楚，这次这婆娘可不只是嘴上硬，还下了狠心，非得把他圈在家里不可，昨晚缠绵前婆娘还一个劲地强调说，老公你就死心塌地在家待着吧，周边有活就干一点，没活的时候就帮忙种种地，搭把手照顾一下老人和孩子也行，我不在意你的屡战屡败或最终失败，毕竟咱的外债也差不多还上了，往后的日子穷了穷过，至于钱嘛，少了少花，没有了不花，受穷我不怕，我就怕白天家里没个拿事的，夜里炕上没个壮胆的。反正你不在家，我心里就是不踏实，总觉得你这次出去肯定会有事发生，而且事情远比往年挣不上钱要严重得多。

但是他出门的决心更大，他不屑于婆娘的絮叨和没根没据的臆测。他一不游手好闲，二不坑蒙拐骗，三不勾搭别家的女人，这也算自行约法三章了，还有啥不放心的？说穿了，他就是不愿意承认失败，跑出去折腾，也是为了证明自己，只要能把钱挣回来，也能给自己找回些面子。他所指的面子很单纯，只要一家人不再跟着他过苦哈哈的日子，目标就算达成了。做到这一点其实并不难，至少他还有一门手艺和一身力气，只不过家门口的活实在太少了，干三天歇五天的，挣的没有花得快，这样又怎能尽快富起来呢？老话说，树挪死，人挪活，总守着老婆娃娃热炕头有啥出息？所以他必须走。

二

　　窗外的太阳冉冉升起，客车进入隆德县时路况逐渐好了，参差不齐的山树、民房、正由黄变绿的冬麦以及零星的劳作者都被"唰唰唰"地往后抛，像波浪，前赴后继……

　　车进入隆德站的时候，王村的心仿佛被带进了死胡同。有几个貌似赶集的人急匆匆下去了，紧接着又拥上来一拨人，其中有一对老年夫妇，后面跟着一对中年男女，看样子应该是他们的子女。老妇人面色蜡黄、萎靡不振，颤巍巍地被那对中年人搀了上来。老爷子背着个鼓鼓囊囊的长方形塑料布包在后面跟着。中年男女将老妇人安置在紧挨王村身后的座位上，双双坐在了更后面。这时候，老爷子吃力地走到座位前，试图将塑料布包放进头顶上的行李架，但试了半天也没塞进去。中年男人一脸的不快，扯开嗓子埋怨说："这么大个包能放进去吗？给你说了，出门不要带这些乱七八糟的东西，你就是不听，咱这是去住院，又不是搬家，真服了你了。"

　　老爷子没吭声，瑟瑟缩缩地将塑料布包拿下来，安放在中间的过道上，然后紧挨老伴儿坐了下来。中年男人又叽叽歪歪地说："嗯，现在你可以把这些烂古董放过道上，等到了医院我看你放哪儿？"

　　老爷子说："这不是烂古董，这是你娘换洗的衣裳，吃饭碗，洗脸盆，还有泡脚盆。"

　　中年男人痛苦地一笑说："嗯，你可真是我亲爹呀，这些盆盆碗碗什么的，医院门口就有卖的，你说，这么远的路你背它干啥？"

　　"我想背，咋地了？又没让你背。一张口就知道买买买，买东西不花钱呀？日子可不是这么过的。"老爷子呛道。

中年男人看上去依然憋屈，他还想继续争辩，但是被老妇人的咳嗽声制止了。身旁的女人剜了男人一眼说："你能不能少说两句，爹没怎么出过门，你看这些出远门的人哪个不是大包小包的。"

王村好像陷入了一种乱哄哄的麻雀阵里，坐在前面的人似乎都聊得兴致勃勃，甚至还有人笑得前仰后合，后面的一家子又吵得互不相让，这让他更加烦乱。他知道这是辆普通客车，只走国道不上高速，倒霉的是，还偏要在隆德县进一次站。隆德县距离他所在的静宁县虽属于两个省，距离却仅有 43 公里，所以他始终担心，幸好，还没从纷乱的候车人群中搜索到那姐弟俩的身影，但他仍焦躁地盼望这辆车快点启动。然而司机却始终悠闲，脚往工作台上一蹬，喝一口茶，吃一块蛋糕，他实在忍不住，便梗着脖子催问说："师傅，怎么还不走？"

司机没理他，只是侧转了一下身，问售票员："还有几个座？"

售票员往后扫一眼，说："还有三个。"

司机说："嗯，再等等。"

司机仍镇定自若，在没到规定发车时间之前，他肯定要等他的乘客，说白了，也就是在等钱。但王村却紧张得直抓椅背，就在这时，一个风一般的女子飘了进来，瞬间将他心头的霭冲淡了些。而且这女子的到来让车厢里的热聊立马变成了纯女声。大概在这些乘车的女人眼里，姑娘就如同隐身潜入的幽灵，她们分明是看见了，却装作视而不见，继续兴致勃勃地吐露着陈芝麻烂谷子。男人们则不同，他们管不住自己的眼睛，争相闪烁着兴奋的神采，除过王村还算稍稍淡定些之外，其他人的脖子都似乎"叭"地响了一声。

女子的年龄不大，看上去在二十五岁到三十岁之间，个子不高，微胖，不过身形还算匀称，健康的肤色就像六月的麦皮。隆德和静宁山区因水土的关系，女娃大多是红脸蛋，人称山里红。如果在外面生活个一年半载，那种红色就会自然消退。就像眼前这位女子，她的口音没变，脸蛋却变了，淡紫色的马尾辫翘在脑后，上穿米黄色运动外套，下穿牛仔裤，脚穿红色白底旅游鞋，背一个紫红色单肩包，包的摁锁上还系了个鸡蛋大小的毛绒玩具熊，虽搭配简单，却让人看着舒坦。

她来到车的尾部，先打量剩下的几个空位。座位都是双人的，也就是说，她关心的还是与她同座的人。当目光落在王村身上时，嘴角便微微往上翘了翘，这时候后座的老太太突然又干咳了几声，她犹豫了片刻，见旁边另一个座位已坐着个穿旧迷彩服的人，才一扭屁股坐在了王村身旁。

王村虽不是衣冠楚楚，好在他穿着得体，重要的是，一张脸看上去略有几分诚实。虽说外表并不能完全证实内心，而且他此刻的老实也许该打个引号，但在以往的打工经历中，他确实从没真正招惹过外面的女人。至于临时解决生理问题，那是拿钱办事，办完走人，与情感无关。不过他认为没啥大不了的，因为他身边熟悉的外漂们好多人都犯过这种错，所不同的是，别人每年都或多或少挣了点钱，而他却几经落败，总是空着手回家。当然，这个与他解决生理问题并没有直接关系，他只是贪心，不想凭苦吃饭，只想抄着手凭嘴挣钱，所以近年来他一直吃苦头，几乎年年当工头，年年冤大头。但他不死心，不服气，因为失败让他获得了经验，他相信这些经验，并认定经验也是财富，冲着这些财富，他没理由不继续干下去。

王村只是想着自己的心事，或盘算这些年的得与失，他没像其他男人那样，一旦盯上美女，好像眼珠子都快要迸出来似的。尽管这女人身上散发的青春气息和似有似无的脂粉气一直在撩拨他，但还不至于让他的意志快速坍塌。他的心思只在远方。

车终于启动了。车一开出隆德站的大院子便像个恢复了体力的疯子，沿国道一路狂奔。约莫十分钟之后，女子轻咳了两声，貌似是与他搭讪的前奏，抑或是小曲好唱口难开，便连清了好几下嗓子，看样子，是为说出第一句话做了不小的努力，然而她说出的第一句话却让王村的眼睛顿时翻成了两颗黄杏子。她说："你好，大哥，你看，咱俩能换换座位吗？"

王村的面部一紧，显得十分惊诧，他觉得换座位一般都是前后换，哪有左右换的，这不是喝了酱油耍酒疯，没事找事吗？

见王村犹豫，女子又羞涩地笑了笑，说："不好意思啊，大哥，这人生面不熟的，确实让你为难了，不过呢，我认为咱还是换换的好。"

"还是换换的好。"这是话里有话还是在变相地威胁人？难道说，拒绝她会有什么后果吗？一连串的疑问过后，王村认定这女娃就是在故弄玄虚，或许她喜欢倚窗而坐，捎带着欣赏沿途的风景，不巧的是，王村也喜欢。他坏笑了一下。

但女子也在冲他笑，而且笑容中还流露出几分可怜，两眼忽来闪去的，像两个毛茸茸的夹子在夹王村的心。王村也并非铁板一块，更不是视美色如无物的僧人，他只是被搞蒙了。

见王村神情茫然，女子便直截了当地说："唉算了，我就明说了吧，我晕车，坐边上便于开窗呕吐。"

这下王村明白了。绕了这么一大圈，原来就为这个啊？他有些失落，对于远行的男人来说，路途中身边能坐个漂亮女人是难得的好事，至少也能使旅途变得轻松。所以在女子说明原因前他一直是得意的，但这份得意好像被扼杀了。实际上这种晕车的女人他早就领教过了，他承认上一次是他自己花痴病发作，故意挤到人家身边的。因为那女人长得比眼前这位妖娆多了，只是没想到她一路上差点连胆汁都快吐出来了，直到今天，他都不否认那是场人为的灾难，因为那女人事先并没准备塑料袋，而且嘴里的污物也是在瞬间喷发的，连一丝征兆都没有。封闭的客车内很快就被胃里的七荤八素搞得乌烟瘴气，尤其他俩的脚下更是污秽不堪，那种酸腥恶臭仿佛已渗入他的每一寸肌肤，之后将近半年时间他都食欲不振。更严重的是，他似乎落下病根，形成了一种无法克制的心理暗示，只要一上车，胃里就开始翻腾。自那后他开始未雨绸缪，只要出门乘车，总会带一瓶"苯海拉明片"，这种药是专治晕车晕船以及怀孕呕吐的，而且药效已多次验证过，一服就灵，非常神奇。

他冲女子一笑说："我以为啥事呢，不就晕个车吗？这太简单了。"说话间，他便顺手掏出那个小药瓶，倒出两颗白色的药片说："吃了吧，吃了这药，保你这一路平安无事。"

这下轮到女子诧异了，她的眼神在王村和药之间转换了好一会儿。王村知道她心里存疑，毕竟他俩还没有熟悉到相信彼此的地步，再说，这世间也没有不要钱的油盐店，一个陌生男人的殷勤是很容易遭到女人质疑的，尤其有几分姿色的女人出门，小心谨慎也在情理之中，王村也完全能够理解。为了让对方打消顾虑，他只好将右手上的药整瓶递过去说："别担心，这是正规的晕车药，国字号产品。"

女子的神情开始由惊诧变为矜持，就那么目不转睛地盯着他，好像能从他的脸上找到答案似的，许久才模棱两可地说："哦，是吗？还有这药呢？可我怎么从来没听说过呢？上次去医院咨询，医生还建议我乘车时先含上一片姜，我照做了，但是没用。"

王村说："那是，生姜或许对部分人管用，你可能属于另一部分人吧，不过这药没问题，别把人都想得那么坏，再说，是真是假，一看说明书不就知道了。"

女子接过药瓶，转动着，像检验密电码似的将说明书详尽地读了好几十遍，似乎才稍稍放下心来，然后又将目光热辣辣地落在了王村的脸上，不好意思地说："嗯嗯，好像是真的，谢谢大哥。"随即便一仰脖子将药片放进嘴里。但药片的苦涩又致使她无法下咽，也无法张口说话，这时她才意识到少了个喝水的环节，但她没带水，情急之下，她只得丢掉原有的矜持，一把夺过王村手中喝剩一半的矿泉水，咕咚咕咚地往嘴里倒。水喝干了，她用右手背擦了擦嘴，想借此来掩饰一下自己的羞涩与不安。她左手握着空瓶，脸蛋也涨得通红，满含歉疚地说："让大哥见笑了，这样吧，等下了车，我买一瓶还你。"

王村看出来了，这女子尽管长得不错，但却是初出茅庐，言行还很拘谨，不过能因半瓶水而陷入尴尬的人，说明她是个讲究人。因此，他有必要为她搭梯子，好让她悬着的心轻松落地。王村说："妹子，不必客气，不就两片药半瓶水嘛，出门在外，遇上的就是朋友，相互帮衬是应该的，来，坐坐坐。"

话说完了，他立马觉得违心，"遇上就是朋友"这话没错，但是太虚了，甚至比一堆荞麦皮还虚。从上车到现在，也没见他关心过车里的其他人。于是他偷偷向周边瞟了一眼。见别人闲诹的仍在闲诹，沉默的继续沉默，根本就没人理他，好像他与同座的对话以及助人为乐的行为都发生在另外的空间里。

女子好像并没有在意他的话，服完药之后又将注意力收回到药瓶上，看了又看之后才说："大哥，这药，真管事吗？"

王村说："当然管事了，不过，这是神经抑制类药，等会儿你可能会犯迷糊。"

"迷糊！"女子瞪大了眼睛，神情再度陷入不安。

王村忙解释说："迷糊就是睡觉，不过我觉得没什么，如果困了你就睡，有我呢，我今天就给你做免费保镖了。"

他说话一直这么调皮，但却不那么刺耳，尤其对女人来说，倒更像一剂煽情的药，话音还不曾落下，女子的眼中就已经挂上了泪丝，紧跟着她又将一连串的谢字说了出来，倒带给王村些许的不适，王村想：不就区区两片药吗？干嘛谢来谢去的，至于吗？就算把整瓶药都给你，也是极其微小的人情，不值什么钱的。所以对方这番过分的客气并没给他带来愉悦，他像跳舞那样摆手说："哎呀，行啊撒，两片药谢撒呢么，真是。"

女子终于开始用带着泪光的微笑与他对话了，当不落幕的笑容映在桃花般热烈的脸颊上时，她清澈的眸子里放射出的光是柔润的、一尘不染的。她又开始清嗓子，清嗓子就意味着她想说话，或许她是想尽快打破这种不必要的僵持，这情景也确实令双方压抑，若再不说话，恐怕就快要憋闷得喘不过气来了。但她并没有说什么，只是从头到脚又将王村审视了一遍，看上去好像在寻找一处缺口，以便顺势闯进他未知的心灵世界。或许一时还找不到合适的话题，她便另辟蹊径，自我介绍说："大哥！我姓乔，叫乔英子，是隆德县乔家镇的，你呢？怎么称呼？"

王村打了个激灵，忙正了一下身子说："哦，我姓王，叫王村，村庄的村，甘肃静宁县龙山镇人，其实咱们离得不远。"介绍完自己，他突然发现，原来他俩的名字放在一起很搭，很有趣，也很亲切，他偷乐了一下，然后指着对方说："乔英子。"

乔英子也指着他说："王村。"

就这样，他们嬉戏般地重复了好几遍对方的名字，尤其王村，他似乎仍不过瘾，仍不想停下来。在王村眼里，此时青涩的乔英子就像一株未曾修剪过的树，一株只知成长不知风雨挫折的嫩桃树。而在乔英子的意识里，一个像王村这样乐于助人的人怎么都不会是坏人。在将王村定性为好人之后，她好像立马就轻松多了。接下来，她心头一连串莫名纷乱的杂念便开始往出跳，那些激荡的甚至离谱的想法虽被她努力克制着，但她却无法完全控制内心的冲动，她就想尽可能多地搜罗王村的信息。这一刻，她就像深陷丛林的迷路者，被青藤缠住了身子，无法摆脱。于是，她鼓足勇气，想孤注一掷地放任一把。人生的旅途中虽有无数次的不期而遇，但弥足珍贵的并不多，她实在不想让这次奇遇在此处断片儿，化作云淡风轻的过往。或许等下车后回到家，往床上一躺，再将这一切从脑海中翻出来回味时，她才会沁出一身冷汗——毕竟是萍水相逢，毕竟是在梦里也未曾谋过面的陌生男人，别说深入了解了，连浅显的交流都没几句，就这么大大咧咧地吃了人家的药。药是分饰两角的东西，能救人也能害人。假如这人是色狼、是骗子小偷或装模作样的人贩子怎么办？然而这些都是她冷静下来之后才会去想的，现在她已完全放弃了该有的防范，端详来端详去，就觉得王村这张偏黑的四方脸不但耐看，而且还透着些许的善良，她已经踏实多了。这样一来，先前被她扼杀在心头的念头又悄然复活了，任由思绪在美好的想象中游弋，目光执拗得像两把锥子，让王村感觉到了疼。同时，她的身体也像条不安分的章鱼，轻轻地向王村跟前蠕动。这是多么不可思议的事情，这种肢体语言所表露的信息令王村这个走南闯北的老江湖都感到突兀。他不禁打了个寒战说："哦，是这样，我是去乌驼镇打工的，小乔姑娘你呢？你要去哪里？"

乔英子没反应过来，很显然，王村的话并没在她事先预设的范围内，她使劲抿了下嘴似乎才回过神来，喃喃地说："哦！乌驼镇？"

"嗯，对，乌驼镇，在内蒙古，那里盛产煤炭，是一座被黑色山峦包裹的小镇，所以人们都叫它乌驼镇。"王村解释说。

乔英子又叹了一口气，好像乌驼镇并没有引起她的兴趣，她似乎更在意王村对她的称呼，一撇嘴嗔怪说："能不能别再叫我小乔姑娘，怪肉麻的呀大哥，你这么叫我，别人听着就像拍古装电视剧呢。再说我也不是小姑娘了，我结婚都六年了。"说完，她的脸随即阴沉了下来。

王村"哦"了一声，半天没再言语。他俩这边一冷下来，其他人天南地北的狂聊声便立马涌了过来，王村厌烦地将脸侧向了窗外。这一举动正好被乔英子看在眼里，她眨巴着眼睛说："失望了吧？"

王村仍保持遥望天边的姿势，不以为然地说："看你说的，我有啥失望的？"

乔英子说："失望我不是小姑娘，而且快三十了呗。"

王村被逗得一乐，回过头自嘲地说："哈哈，奔三怎么了，我都过四十了。"

"是吗？我没看出来。"乔英子说。

"谢谢！"王村说："我可是大叔级别的人喽，不光是老，而且还土得掉渣，穷得叮当响，倒是你，还跟小姑娘一样。"

乔英子红着脸说："哪里呀大哥，你可真会说话，嘴还甜，不过，嘴甜的男人可都揣着坏呢……"她扭头看了一眼王村，戏谑说，"哄过不少女孩子吧？"

王村乜斜着眼睛反问说："你看我会吗？"

乔英子未加思考就肯定地说："当然会啊，每个男人都会。尤其像你这样有一点儿气质并带点钱味的男人更危险，对女人的杀伤力更大。"

王村听不出是在夸他还是在损他，自恋一点说，气质他有，但他身上却没有钱味，只有汗味。钱味他渴望有，遗憾的是到现在为止他确实没有。他苦笑了一下，觉得就这么被当成好色之徒或危险分子真是有些冤枉，于是他强调说："小乔姑娘，话不要说太满，孙悟空火眼金睛还有看走眼的时候呢。我长相如何暂且不论，但没钱倒是真的，再说了，长得好不等于不守规矩，就像女人，漂亮也不等于放荡随性，你说是不是？"

本来乔英子就是在恭维王村，所以对于这话她并不想较真儿，她只是听不惯王村口口声声称呼她小乔姑娘，便再次强调说："怎么又是小乔姑娘？你就不能叫个别的么？这样我听着别扭。"她一伸胳膊说，"看看，鸡皮疙瘩都起来了。"

王村笑了笑，他也不想在称呼上做什么解释，他觉得这都是顺口的事儿，称呼原本就没啥问题，问题在于她正好姓乔。于是他想换个话题，免得他们的交谈断了，他说："也是啊，不过，小乔……哦，不对，英子，你这次出来，也是打工的吗？"

他这么一问，乔英子的眼神便有些空洞和困顿，她叹了口气，眯缝着眼睛慵懒地说："不，我是出来寻人的，他在银川那边打工，我们有好几年没见了。"

乔英子这么一说，王村又有了一丝失衡，他明白乔英子与要找的人是什么关系，或许这就叫千里寻夫吧？只是他怎么都想不通，能让这么好的女人在家闲上几年，最终还得去找他，这男人会是怎样的一个男人呢？但他又不能刨根问底，再怎么说，男人也不该那么是非，他将话锋一转说："我看你也不像田地里做活的女人？"

乔英子没回答，或许她的沉默是因为说来话长，不知从何说起。

王村有些尴尬，为了缓解尴尬他又说："嗯，也对，婆娘守家没什么问题，能看好自己，带好娃，就很好了嘛。"

听完王村的话，乔英子又叹了一声，脸上突然像下了层寒霜，她说："俺没娃。"说完便垂下了头，感觉像她欠了全世界的债。

王村觉得与一位年轻女性掰扯生育的话题不太合适，于是想重新营造一种氛围，好让他们的谈话更自然、更和谐。他拉开旅行包，拿出一袋水果，招呼说："来吧英子，吃个橘子。"

乔英子似乎也意识到刚才的话题扯远了，她用一丝浅笑打了个圆场，便迎合说："好的，咱吃橘子。"

此刻的客车，也像在刻意迎合着他们。平稳，肃静，娓娓前行。车里的好多人都睡着了。乡下人出远门大多累着，通常在动身前得将家里的事做个差不多才能安心上路。等上了车，便开始犯困，很快到梦境中畅游去了。

三

晌午前，车进入了固原，下去了一些人，又呼啦啦上来一些人，还有两三个人被挡在了车门外，售票员冲司机喊一声："满了，开车！"

这下他心里的石头算彻底落了地，随之便开始心疼起自己的女人。女人也太不容易了，这么多年来几乎是独自持家带孩子，种庄稼，而他呢，每年都灰溜溜地给她玩"空手道"，搁哪个女人也不会再放他出门。把他管在家里，再不济也能依着睡个踏实觉。想到这，他心里便泛起一阵阵酸楚，觉得对不起她。同时，他也下了决心，男人嘛，到哪一步说哪一步的话，今年出来，他必须放下身段，去搬砖，去砌墙，好赖先吃上一年苦，毕竟还有瓦工手艺呢，那就重拾老本行，先从脚下干起，这样保险些。到年底不论挣多挣少先拿点钱回家，好让几年没嗅到钱味的女人高兴一回。自己的女人自己知道，她心大，容易满足，从来就没指望男人能发大财。

客车将固原城越撂越远，像山城里射出的箭，一路向北飞驶。智者说："北有生门。"但是对他和乔英子而言，北方，也只是各有各的心事。

这时候，坐在尾部的一个黑脸汉子突然站起身，还把个乱发蓬松的脑袋撞在了车顶上，他揉了揉，然后扯开破锣般的嗓子喊道："停哈！停哈！听着没有？俺媳妇尿憋了。"

黑脸汉的大呼小叫立即吸引了所有人的目光，还有人在睡梦中被惊得跳个蹦子，包括王村也被他惊着了。这时候，王村才发现黑脸汉以及身边的一男一女正是天亮前与他一起等车的那三位。

司机没将这一通叫嚷当回事，他非但没停车，反而一脚油门踩下去，呜的一声，车就像逍遥中的烈马又被重重地抽了一鞭子。一车人都同时一个后仰。

车里开始乱了，尖叫，吵闹，甚至咆哮声响成一片，似乎都是在谴责司机，声援被重重摔在座位上的黑脸大汉。一时间各种声音交织在一起，都快要将车身撑破了。

王村和乔英子像置身事外的两个人。睡不成，他们就继续天南地北地聊，同时还埋怨身边的乘客，认为他们的聒噪令人讨厌。王村将司机的情绪突变归罪于黑脸大汉，便冷着脸厉声说："吼什么吼？车到站自然会停的！"

黑脸汉瞪了他一眼，怒不可遏地说道："关你屁事！"

坐在旁边的瘦子也霍地站起来说："就是啊，关你屁事。你这不是站着吃屎显臭嘴长吗？"说完，还讨好地看一眼黑脸汉。黑脸汉挑衅的目光盯了王村半天，看样子是在酝酿接下来要不要冲过来揍他。

王村没再接茬，他知道再说话就等于点了捻子，说一定那俩人会动手揍他。俩男人接下来有什么举动还不是最当紧的，相较来说，他更在意那个女的。这回他看清了，就在他大放厥词的瞬间，那女人竟抬起头委屈地瞥了他一眼。尽管仍箍着围巾，与他的对视也只是匆匆的一瞬，但那张天然秀美的脸却像快闪镜头一样留在了他的心里。然而这又是最要命的，看到这么一张脸不单没有给他带来兴奋，反而让他觉得比先前挨骂还要难受。再加上面对乔英子，他丢不起这人。他看了看乔英子，期待她开口说点什么，也好给他个下驴的台阶。

果然，乔英子没心没肺地说："算了，别跟这些没素质的人计较。"

王村借着话茬低头认怂，黑脸汉的目光才勉强从他身上移开。

后座的老太太如释重负地咳了几声之后，车里又恢复了起初的宁静，只有发动机的轰鸣声和哧啦啦的风声仍不时地传进来。王村的头始终低垂着，他知道自己刚刚的言行不但树立了强敌，而且还犯了众怒。尽管那二人没采取进一步行动，但他仍能从大多数乘客的平声静气中感受到危机，他们不高兴了。而他脆弱的神经也越绷越紧。尽管论干活论做事他都没的说，但是打架他常常不堪一击，他喜欢讲道理，这是他的强项。说实话他有些后悔了，大家同乘一辆车，或许还有着共同的目标和苦难的命运，他又有什么资本彰显自己的与众不同呢？

车仍在不管不顾地前行，像个精神亢奋的愣头儿青。窗外的风声时有时无、时轻时重，就像给小孩把尿发出的嘘声，一时间几乎所有人都表示内急，一起高喊："停哈！停哈！尿憋坏咧，再不停就尿车上了撒，听着没有？"

吱——吱——吱——

一串凄厉的刹车声过后，车才算摇摇晃晃地停了下来。

车正好停在一条山沟的南端，沟很深，上面架着一座桥。因为桥面比路面窄，车只能停在离桥50米远的地方，以免影响到其他车辆的通行。问题是女人撒尿还非得找个掩体才能解决。十多个婆娘中除那位病模快快的老妇人外，其他人似乎都憋坏了，她们以百米冲刺的速度，跌跌撞撞地向桥下的山沟冲去。但她们很快就发现被山沟骗了。呈现在眼前的山沟足有十几米深，建桥时为了加固，沿两侧还搞了几百米长的石料砌护，坡面既光滑又陡峭，根本就下不去。这可真够要命的。大概只有女人才真正了解女人小解的习惯，只要到了地方，那种连贯的动作就会一气呵成，但是意想不到的地形让她们措手不及，也没时间做别的选择，只能抹下脸来就地解决。站在路基上的男人有的假惺惺侧过脸，装出不忍直视的样子，有的不光是理直气壮地看，还笑得前仰后合。黑脸汉怒火中烧的脸比在车上时黑多了，呵斥说："看什么看，没见过女人呀？小心你妈的屁眼都不要瞪瞎咧，滚！"

黑脸汉仗着人高马大，将几个猎奇的男人痛骂了一顿。王村知道，黑脸汉这般在意，是因为那些半掩在矮草中的白屁股肯定也包括他家婆娘的。

王村与乔英子也相继下了车。这么远的路程，他们必须得方便一下。银川还远，车如果中途不再停，那无论如何也坚持不到车站。此时王村倒还好说，毕竟他是男人，在这荒山野地里转身便可撒尿，问题是乔英子咋办？王村倒是庆幸她没跟着大家跑，或许是她还年轻，身体好。此时的太阳已经升起，王村目送着乔英子向红彤彤的方向走去。他发现，在距离停车的地方约二百米处有个长满了绿色柠条的山坡，蹲在山坡的另一面是不容易被发现的。可是当乔英子越过山坡，被一道屏障隔开的时候，王村便开始担心了。这时，乔英子在两棵柠条树之间露出她扎了淡紫色马尾辫的小脑袋，与此同时，她也发现了王村正挺着脖颈朝她观望。

乔英子没走回山梁，她只是招了两下手，示意王村过去，王村像得令士兵一样，迈开大步急匆匆地向山坡走去。当王村的身影越来越近时，乔英子的心跳又越发地急促了。她有些为难，同时也对自己的行为产生了困惑，我这是在干啥呀？人家是个男人哩，我脱裤子解手喊人家干啥？但她很快就找到了答案，她信任他，因为信任，才无所顾忌。

王村也很清楚，乔英子是由于环境的压迫和内心的恐惧才招呼他过来的，这是女人情急之下对男性的依赖心理。而且王村也没想别的，他相信这一切是环境造就的。当然他也有几分得意，感觉自己就像个一夜暴富的乞丐，身价一下就涨得没边了。毫无疑问，遇到乔英子是他行程中的意外收获，他冲乔英子一点头，鼓励说："去吧，那边有棵大柠条树呢，不用怕，有我呢。"然后他背过身，挺立在高坡的顶端，以便提示司机和票员别甩了乘客。

乔英子返回时依然拘谨，她的脸一直红着，目光也闪烁不定。

车依旧保持着原有的姿势，一车人也在它固执的姿势里向北行进。乔英子垂着头，延续着莫名的羞涩，这一刻她根本不敢直视王村，神情与之前判若两人。一路同行，她对同座旅伴的印象还是不错的。尤其刚才，她曾一度担心过，怕王村会借机窥视她小解的过程。尤其王村又是她招呼来去的，即使人家的眼睛不守规矩她也无话可说，谁让她胆怯依靠了人家呢？可王村并没有看她，直到她完事后走过来他都没有转身。之后，她吃惊地发现，自己对王村的好感正在提升，她更加信任他了。

乔英子睡了。上完厕所后不久，她就像卸掉了包袱，感觉非常轻松。或许是药物的作用，又或许是已将心放在了肚子里，所以她睡得很沉。不知不觉间，她的头已悄然枕在了王村的肩膀上。浓浓的发香袭来，倒让醒着的王村饱受折磨，尤其那双伸过来搭在他左腿上的白皙小手，一起向他的定力发起了挑战。他没敢动，就那么一边咽着口水，一边与自己作着斗争。他知道乔英子这般放任，都是基于信任二字，他怎能轻易玷污这两个比千斤还重的字呢？

四

　　银川南门车站坐东朝西，广场外车水马龙、旅人如织。人们不论来自天南地北，在这里出入都是行色匆匆。王村向车窗外看了看，感叹说："啊！银川，真是不走的路还得走三回呀，本想擦肩而过，结果又一次被你拥抱。"

　　王村摇着乔英子肩膀说："哎哎！醒醒，车到站咧。"

　　乔英子仍睡眼惺忪、迷迷瞪瞪，其他乘客纷纷往外挤，就像跳下车能抢到钱似的。只有那位生病的老太太仍然被两个中年人搀着，一寸一寸地往外挪。

　　王村静静地坐着，他知道这些人跑得再快，下去后依然是目瞪口呆，城市的天空更不会飘金叶子，钱还得一身汗一把泪地去挣，就像鸡吃食一样，吃一嘴，你就得认真地刨上一爪子。

　　对于这座城市，王村再熟悉不过了。王村曾在这里打拼过三年，最终都是以失败收场。作为养家的男人，失意与伤心是必然的。因此，他想去一个小地方，他认为自己是小人物就只配去小地方，于是他今年选择了乌驼镇。但此刻面对乔英子他又有些犹豫，不知该如何决断，是与之就此别过，一个去找老公，一个继续北上，还是帮人帮到底，送佛送到西，留下来陪她找人？他认为至少该帮她熟悉一下环境，分清楚东西南北才对。当然，他也看出来，乔英子也没有要说再见的意思，她一定也很为难，想开口挽留，又觉得这样不好。

　　去往乌驼镇的那辆大客车还停在站内的一角，乘客都在陆续上车，但王村连车票还没顾上买。时间正一分一秒地过去，他们也不说话，似乎仍在等待对方开口来打破这僵局，但双方似乎都不知该说什么。尤其是王村，他竟然连目光都闪烁不定，好在他看到了那个黑脸大个跟那个小瘦猴，还有那个包裹得严严实实的女人，他们背着行李卷急匆匆从售票大厅出来，径直走向那辆去往乌驼镇的客车，黑脸汉在登车时又不小心碰了一下头，疼得直缩脖子。

王村心里一紧，便暗自叫苦，心想：真是同路的冤家。这就叫人生何处不相逢，看来这世界终归还是太小了。很显然，他与他们之间还有着相同的目的地——乌驼镇。

他没去过乌驼镇，听朋友讲，那地方尽管不大，但正在疯狂地扩建中，因此，外来人口如潮水般纷至。

那趟车开走了。乔英子望着后挡风玻璃上涂着银川至乌驼镇字样的车屁股，轻叹了一声说："对不起，王哥，把你给耽误了。"

王村说："没什么，听说傍晚时分还有趟车呢，我不急。"他从背包里掏出老牌诺基亚手机，看了看上面的时间说，"这样吧，你联系一下，看他啥时候过来，看着你被他接走了我才能放心。"

"那好吧。"乔英子说。

电话拨通后那边说："喂！谁呀？"

"是我……英子。"

另一头好久都没再说话，沉默令身边的王村都急得伸长了脖子。不用说，这是个糟糕的信号，而且给乔英子一种不祥的预感。凭女人的直觉，八成是这边已经出事了，这个她倒是有心理准备，因此，她没有慌乱，更没有哭闹，甚至连责怪都没有。但是那边仍没有说话，别说有夫妻即将团聚时的喜出望外了，连一句暖心的话都没传过来。这下乔英子有些撑不住了，就算他这边有人，那也得见面说清楚啊，大家好聚好散嘛，这算什么？难道连应付、哄骗的环节都要省略了吗？她心里打了好多个问号，而且每一个疑问的出现，都会往她胸口上加一块冰。

王村的目光已捕捉到乔英子脸上的那一层失落，但在这个时候，他是无能为力的。对乔英子而言，失望是次要的，尽管早有准备，但依然摆脱不了那种羞愤与委屈。她是很传统的，她认为婚姻破裂对女人而言是极不光彩的事情。甚至在面对王村这个萍水相逢的男人时，她都觉得无地自容，她红着脸瞄一眼王村，见王村似乎对他们的通话并没太上心她才稍稍平静了些，冲那头冷冷地说："我在银川南门车站，你啥时候过来？"

沉默，还是沉默。乔英子又下意识瞟了一眼王村，王村便知趣地侧了一下身。

大概男人在沉默的过程中已找到了搪塞她的理由，埋怨说："你来也不先打个招呼，我好提早请假去接你撒。现在咋办？我还在宁东工地上着班呢。"

乔英子问宁东是哪里？男人说："宁东就在宁夏东边，也归宁夏管，算了，给你说不清楚，你先浪着（逛着），我晚上回去找你。"

"我……"

乔英子本想说我身上没多少钱，有啥好逛的，但没来得及说完那头已撂了电话。她直愣愣站在原地，像被抽走了魂似的，感觉今天的快乐旅程就在这一刻被完全切割了。但碍于面子，她仍想掩饰，仍想装，就在泪水涌出的瞬间，她努力将其扼杀了。

乔英子不想让王村看到的，王村却一点儿不剩全都看到了。他很敏感，像他这种内心极其柔软的男人是见不得女人流泪的，这是他的本能，也是改不掉的习性。他笑了笑，佯装没听到他们通话的内容似的问道："你找的人是在宁东吗？"乔英子点点头。

王村安慰说："宁东我知道，是银川的一个新兴工业基地，在黄河东边，说起来也不远。这样吧，你大概是饿坏了吧，正好，利用这点时间我先请你吃个饭。"

乔英子本想再客气一番。但举目望去，除了陌生的城市，就是陌生的人流，甚至连空气都使她感到压抑，让她顿感无助和悲凉。幸好身边还有王村这么个半生不熟的朋友，若不然，在这混凝土筑就的丛林里，她肯定会迷失方向，或许还会当街痛哭流涕。她没有责怪这座城市，只在为自己担心，凭女人的直觉，她的婚姻多半是走到了悬崖边上。她这次的风尘仆仆，也多半是拿热脸去贴了冷屁股，或许，男人根本就不想见她，至少，是不想很快见到她。也就是说，此刻，王村才是她唯一的熟人，自然也是她唯一的依靠。此时，她空洞的内心只能接收到王村的信息，这个邂逅的旅伴，倒成了她窘迫无助时最后的依托。所以，对她来说，王村倒像个阔别已久的知己，在她沦落天涯、伤痕累累时又奇迹般重逢了。

沿着银川南门城楼向西的那条直巷前行，那里有各色的地方小吃。老远就有饭菜的香味浓浓地飘来，将他们撩拨得饥肠辘辘。

王村问乔英子喜欢吃啥？乔英子扭捏了半天也没有回答，她不好意思让王村过于破费，于是她掩饰性地笑了一下说："麻辣烫。"

乔英子的选择确实让王村感到突然，他先是一怔，随即又觉得也行，麻辣烫就麻辣烫吧，只要女人喜欢就行，好在麻辣烫也照样可以做得丰盛。于是他点了个大号的汤盆，又一口气点了十几样菜，还要了两瓶啤酒。

麻辣烫还在制作中，但啤酒和杯子已提前端了上来。服务员笑颜如花，殷勤地问道："先生，打开吗？"

王村正好口渴，再者也想让自己放松一些，但他刚说了一个"开"字，乔英子便抢在前面说："啊，不用，谢谢，忙你的去吧。"

王村愕然，两眼直勾勾地盯着乔英了，心想不会吧，难不成我喝个酒你还想管着，这也太把自己当回事了吧？

乔英子笑了，这一笑很关键，既阻止了王村疯跑着的想象，也没等王村将她暗自定性为不知天高地厚的女人。她一把抓过酒瓶，只用了一根筷子，看似轻轻一撬，瓶盖却"呼"的一声弹起老高，然后，她倒了半杯酒，又将另一支空杯子倒叩上去摇动了几下，就像熟练地玩弄着骰盅，又像精湛的调酒表演，一时间令王村目瞪口呆。乔英子倒满两杯酒，煞有介事地深鞠了一躬，说："请吧，哥。"

这一套连贯的动作看上去很是提神。从打开瓶盖到冲洗杯子，再到倒满酒几乎是一气呵成的，每一个环节都展示了极强的专业性。王村成不成也是个干过工程的，由于工作需要，这些年他泡过不少饭局和酒场，但这样的身手却不多见。看来啊，眼前这个碎媳妇一直被他低估了，她并不像山沟里土得掉渣的女人，至少她会喝酒。

从震惊到刮目相看，王村的情绪也像过山车一样，他看着乔英子，感觉这一刻的她比在长途客车上邂逅时还要陌生。

其实乔英子还是那个乔英子，就像星星还是那个星星。特别是那份夹带在神情中的忧郁始终都没有藏好。她垂着头，红着脸怯懦地说："看我干啥？我又不是啤酒，能喝？"

面对这种意外，王村的脑袋有点发蒙。他在社会上混到这不惑之年，自然知道人都是有两面性的，但是突然间在乔英子身上流露出来的东西仍让他不知说什么好了，他满嘴直打嘟噜："这……你……"

乔英子笑了笑，得意地用一只手指着桌面上的酒杯问王村："怎么样，够牛吧？"

王村一时间很难从震惊中走出来，仍睁着双眼不说话。乔英子抬起头，瞟了他一眼，觉得应该把话说得再清楚一点。她眨眨眼睛，又清了两下嗓子，对王村说："其实，我还做过三年的餐厅服务员呢，而且是在北京！在首都，那可是全国最大的城市。"

她的话像广告，特别是说到"北京"二字时还刻意加重了语气。可见，她在北京的那点经历或许是她的人生中唯一可以炫耀的经历了。

王村还是没找到恰当的语言来表述这一刻复杂的心情。他没吱声便顺手端起杯子，这是他在极度无语时的一贯做法。他说："来，英子，为了今日的相逢，咱们干一杯！"

乔英子没犹豫，也没推辞，她爽快地端起酒杯说："来，为相逢干杯！"

王村仰起头，想在一饮而尽之后提醒乔英子慢点喝，别呛着，但人家并没给他这个机会，在他准备开口时，人家早已放下了杯子，而且杯中滴酒未剩。

王村又被惊呆了。自从下了长途班车，这个叫乔英子的小女人给他带来的惊奇实在太多了。像一套组合拳，每一次都重重地锤在他的胸口上，就像现在，她大口的喝酒，又一次将王村震撼，他吭哧了半天，更不知说什么好了。

乔英子又麻利地斟满了两杯，举起酒杯说："大哥，小妹我借花献佛，以这杯酒略表心意，感谢你一路上的陪伴和照顾，你是个好人，为好人，我先干为敬。"

在喝完了第二杯酒的时候汤盆上来了，十几盘菜众星捧月般围着汤盆摆开，令二人食欲大振。吃饭时，王村想再喝点，乔英子还是执意要为他斟酒。到这时，王村还是认为，她应该是个不会喝酒的女人。同时，也为自己先前的误判找到了说辞。一个餐厅服务员，拥有那套本领并不奇怪，也理所当然，说不定是做过岗前培训的。会开酒，会斟酒，会洗杯子，但不一定就会喝酒，就像会说书不一定会写书一样。还有一点对乔英子来说极其重要，今天是他们夫妻重逢的日子，总不能让她带着满嘴酒气去见老公吧？

王村吃着菜，喝着啤酒，想着心事，而乔英子却边吃菜边端详王村，并在心底里一再感慨：老天到底还是眷顾男人啊，都四十出头了，还像个毛头小子，真是不公平。她这么想，其实是完全接纳了王村的打工者身份，其实说白了，接纳他也等于接纳自己。平心而论，如果王村不是一个打工者，那么她与他便不再是一路人，他们之间也只能是仅此而已。

一个被生活召唤又被生活击伤过的女人，这种不自信是治不好的顽疾。说实话，从初中毕业那会开始，乔英子就想挑战命运，于是她选择了读书，以自学来充实自己，好让自己在生活中坚强起来，阳光起来，或者有朝一日能破茧成蝶。自那以后，她阅读成瘾，啃食了大量的中外名著，从书中，她不单认识了大千世界，还领略了人情冷暖，但是最终，她的命运并没有丝毫改变。她的双脚仍牢牢地吸附在大山深处，大山的崖壁上依然晃动着她跳不出的影子。她认输了，既然生在山窝里，那便依靠大山，山窝里虽穷，却犹如母亲的怀抱，既有乳汁又有温暖，只要依偎着大山，终归是饿不死冻不死的。带着这样的心态，她很快嫁人了。一年，二年，三年……

"来！咱干了这杯！"

王村的话，将乔英子从回忆中拉回到饭桌上，同时也将他们的聚餐画上了句号。

饭后，时间还早，接乔英子的男人还没来。一旦两人就此告别，她还得独自等。因此，王村觉得，他这个跟班仍有必要继续当下去，于是他又带乔英子逛了旁边的商城。到目前为止，他依然认为乔英子是个没见过大世面的人，将其撂在这地方，弄丢身上的钱恐怕都算小事，搞不好转迷糊连自己也给转丢了。他觉得还需寸步不离地跟下去。

商城里人流穿梭，琳琅满目的商品、款式多样的服装，确实让乔英子眼花缭乱，但是有一点王村想错了，也低估了乔英子，她现在所面临的，大致也就是烦恼与孤单，还有贫穷，至于在大城市出没，她始终都不会怯场。她是去过大都市大商场的人，而这家商城与之前的比，顶多算是个犄角旮旯，王村纯粹是杞人忧天了。

本来想大大方方地买件礼物送给乔英子，但一转念又觉得不妥，毕竟是萍水相逢。

囊中羞涩的乔英子此刻是哑巴吃饺子——心里有数，她只看不买，就这么干转悠，慢慢地连自己也觉得难为情，还得时不时虚伪地说："这里的东西太一般了，没一件让人喜欢的。"

有时在女店员的死缠之下，她也无奈地试穿一两件。当那些衣服穿在乔英子身上时，也不是生意人刻意奉承，就连王村也不得不一次次对她刮目相看，还真是人靠衣装马靠鞍，一件件衣服穿在乔英子身上，简直就像是私人定制的，咋看咋顺眼。

爱美是女人的天性，乔英子也不例外。先前她还憋红了脸，一直推辞，毕竟兜里干净，人自然就少了几分底气。但后来她面对彩虹般艳丽的衣服时，她越来越经不住诱惑。她一路穿上脱下，乐此不疲，心想，这样也好，既开心又打发了时间。

她不嫌麻烦，但王村受不了，在承受力达到极限的那一刻，他后悔了，去哪里不能耗时间呀？非带她逛商城，这不是给自己找罪受吗？

乔英子仍在做自己认为开心的事，她一家接一家地光顾，一个店面接一个店面地消遣，几乎把专售女装的楼层都逛了个遍。来到顶西头拐角处，有一家卖夹克衫的，她站在门口往里瞅了瞅，犹豫不前。店铺门口往里一米处坐着个胖女人，正嘎嘣嘎嘣地嗑着瓜子，她瞥了乔英子一眼，满脸的不屑。她没有招呼乔英子，是王村嘴欠地说："别探头探脑了，想看就进去看，反正看看也不要钱。"

不用问，她还是故伎重演，脱了穿，穿了脱，继续折腾。这时候就听女老板屁股底下的折叠椅"吱"地响了一声，好像是在她抬起屁股的瞬间松了口气。女老板笑了笑，一闪身挡在乔英子面前说："别脱，千万别脱，脱下来就太遗憾了。我的天哪！我可不是非得卖你这件衣服挣几个小钱，只是这衣服与你也太匹配啦。"

乔英子顺口呛一句："是钱与你太匹配了吧？呵呵……"说完，还带出一串笑来。

女老板急了，辩驳说："姑娘，天地良心，我不是你想的那样，也不是你说的那种人，我做生意，其实也喜欢讲个缘字的。你看，这人找衣服，衣服也找人嘛。现在找着了，真的找着了，你给个价，高低给个价。"

乔英子被巧舌如簧的女老板忽悠得五迷三道，再加上衣服本身也不错，错的是她没钱。于是，没钱的她还得依靠钱来解决问题，她顺口追问多少钱？女老板说："看你说的，能卖你多少啊？这不是赶上了吗？这样吧，我亏就亏点儿，四百八怎样？"

"呵呵呵。"乔英子笑得很调皮，就像猛然间从哪里又钻出来另一个乔英子。

王村的眼睛睁得溜圆，他被这一串调皮的笑声给镇住了。

乔英子撇嘴弄眼地说："四百八，你抢呀？"

她一边说一边借机往下脱衣服，女老板仍一如既往地坚持，气急败坏地嚷嚷说："行行行，算我今天遇到你这高人，我认了，你给个价？"

乔英子一口爆出了气死人不偿命的价—— 一百八。

女老板张着嘴，像被点了穴一样呆立着。哪有这样出价的？这不是拿人耍着玩吗？但她哪里知道，就这价，她给，乔英子还不敢要呢，她只是想用这无法接受的价钱激怒对方，也好尽快结束这桩交易。

但是，世上的事情往往就是这样，浆水点豆腐，一物降一物，女老板啥人没见过？她立马推断出乔英子是吃饱了没事干，来这里找消遣的。或许她身上根本就没钱。这最后一点她算是猜着了一半，至少凭乔英子身上的家底是不敢买这件衣服的。

女老板是何等的机敏，其实她在这段时间内，早就不止一次地观察过王村。观察女顾客身边的男人，也是这行必修的功课。因为在一般情况下，钱都是由这些大老爷们掏的。但她觉得，这俩人从年龄到行为举止上推断，是两口子的可能性有，但是不大。凭以往的经验，身边有男人的顾客，生意是最好做的，男人没耐性，又不会斤斤计较，而且还死爱面子，他们最怕被人看成穷酸相或吝啬鬼。可眼前这位，一副事不关己的样子，摆明了，两人不但不是一家子，连让这男人掏钱的一丝可能都没有。女老板脸上的横肉往下一沉，暗骂道：哼！寻开心你找错了地方。紧跟着，便是一串怪异的笑声，不单碾压了乔英子刚才的笑，还引来了不少过客的目光，连王村也惊得差点跳了起来。见火候已到，女老板收住了刺耳的狂笑，改为更震颤人心的皮笑肉不笑，她说："小妹妹，姐我历来心软，见不得别人有难处，得！今天我权当赔本赚吆喝，一百八就一百八。你是掏钱呢，还是刷卡呀？"

人最受不了的就是被别人一眼看穿，如同乔英子现在，感觉就好像被扒光了示众一样。银行卡她是有，一个从北京回来的人怎会能没有银行卡呢？不过她卡上的数目只能证明这张卡还没到扔掉的程度罢了。

乔英子的脸立马就绿了，她知道今天遇上了硬茬子，于是后悔得肝疼。暗想：还是被她缠上了，刚才我为啥不说八十呢？那样顶多被当成土老帽和二百五，但不至于像现在这样走入死胡同。因考虑到男人在这边，出门时就只给自己留了五百块钱，车票花去一百多，男人那边又存在着不确定性，如若赌气买下这件衣服，万一男人指望不上，恐怕她连近期的生活都无法维持了。因此，她不单没敢碰自己虚弱的兜，而且不知所措的窘态还像极了被人赃俱获的偷衣贼。

女店主鄙视地笑着，那笑，仿佛被镶死在脸上一样畅快，她连挑衅带催促说："掏钱呀，咋了？我可已经是大出血了，再说了，这可是你亲口还的价，你总不能把拉下的屎再坐回去吧？"

她此刻暴粗口，很显然是一种危险信号。这句粗话，或许就是她后面更多粗口的开头，她不想等他们真拿不出钱来再发作，那样倒显得翻脸比脱裤子还快了，作为生意人，她知道钱不是一天能赚够的。她不想让围观的顾客错看了自己。

乔英子的小脸已臊得红透了，极度的难堪致使她说话的声音都岔了。女店主斜眼相向，翘着嘴，一副得意忘形的样子。

女店主的眼睛，时刻紧盯着乔英子那双手，看她是否敢伸进衣兜里。然而，意外却来自她的身后，而且像一支冷箭带着冰凉的风声。

那个一直被她忽视，并认为绝不会掏钱的王村，此刻却突然挺胸站了出来。他潇洒地从后屁股兜里掏出皮夹子，抽出两张百元钞票，"哗"地甩在女店主面前说："拿去吧，不用找了！"

乔英子仍抱着那件惹祸的衣服，像抱着一颗已被拆了引擎的炸弹，仍然心有余悸，她的脸已经由通红变成蜡黄，迷瞪瞪的就像个濒死的人。她这样屏弱，不知是王村的突然杀出让她犯晕，还是意外的欣喜让她忘了思考，总之，事情肯定是反转了。但她没忘了推却，她知道接受一个男人的物品或许会衍生出糟糕的后果。但王村是在拿钱为她解套，在为她找台阶争面子。人是她自己丢下的，王村与她同来，而且还受她的牵连，因此没理由再让王村难堪。眼下她最应该做的，就是尽快从这里逃走，别的话等出去再说。

或许等他们走后，女店主才会因逞一时之气做了亏本买卖而后悔。但此刻，她还是做到了一个生意人应有的信誉。生意场靠的是信誉，靠的是一言九鼎，尤其在众目睽睽之下她也别无选择。她叹了一口气，也算一种释怀，然后从乔英子手里拿过衣服，包装好，重又递给她，还强装笑脸说："穿得好再来。"

面无表情的乔英子仍在那傻傻站着。王村倒不拿自己当外人，厉声催促说："还不赶紧走，等着抽奖啊？"

王村这么一说，乔英子回过神，仓皇出了店门。冲她单薄的背影，女店主苦涩地摇了下头，但是仍不忘为下次的生意做铺垫，习惯性地喊了声："再来啊。"

从商城出来，乔英子呼出的那口气仿佛已积压了五百年。她捂住胸口喘了半天，好像才稳住了自己的小心脏。等情绪稍好了些，便固执地将衣服递给王村说："大哥，谢谢你，不过这衣服我不能收，你还是拿回去给嫂子穿吧。"

王村表情僵直地站着，好像乔英子说的话是一个晴天霹雳，把他给震蒙了。乔英子一看，又连忙补充了一句："谢谢你，大哥，你是个好人。"

这时候，王村觉得他对站在自己面前的女人已经有了足够的了解，在这之前，他对她的认知是模糊的。她是大山里的女人，纯真无邪，未经雕琢，但她又是个漂泊过的女人。翻来倒去，最终，他还是将她归附了大山。有了这样的认知，王村便料到今天这衣服恐怕就砸手里了，但他还是说："俺媳妇穿这个，一出门就会被当成疯子。再说了，这衣服本来是你选的，不论款式还是颜色都只符合你的意愿，你现在推给我，难道让我穿上它？"说话间他还骚情地伸出兰花指，摆了个妩媚的造型来。

乔英子没忍住，一下就笑喷了。她努力止住笑，干咳了几声才红着脸说："那咋办？是你花的钱，归我，这不占你便宜嘛，再怎么说咱才刚刚认识，我收你的东西那不越界了嘛？"

王村彻底无语，但好在他还算是了解女人的，他知道乔英子在顾虑什么，不就是担心拿人的手短，从此会被他缠上吗？这可是天地良心，他还真没打算觍着脸去纠缠人家。他既相信缘，更相信实力决定一切，就算现在缘分到了，那实力呢？最关键的，他是个有家室的男人，身上背负着责任和义务，尽管这几年都是女人在守家，但他相信自己，只要把一家老小装在心里，总有补偿他们的一天。为了打消乔英子的顾虑，他说："英子妹妹，是这样，你完全不必担心，这不是糖衣炮弹，也算不上泡女人的敲门砖、探路石，我不会因为送你一件衣服就衍生出什么企图，更不会因此而纠缠你。"说完，他掏出个微型记事本，撕下一小片纸来，写上自己的手机号递过去说："咱就此分开吧，这是我的电话号码，至于你的信息，我就不要了，往后怎么样，主动权在你，想联系，你就打电话，不想联系就把它扔了。简单。"

说完这些话，王村转身就走了，这对乔英子来说确实有点突兀，她很想喊他回来，但一声"唉"字还没出口，王村已冲到马路中间，正在车流中躲闪腾挪。她心里一惊，不敢分散他的注意力，等王村到了马路对面，便很快又湮没在熙熙攘攘的人流里。

她承认，作为女人她篱笆扎得够紧，但朋友还是要有的，有些人错过了或许是一种幸运，可有的人却不能错过，尤其像王村这样的人，她还真舍不得错过，本来她心里也盘算好了，如果王村要她的电话号码她绝不会推辞，但是现在看来，双方都没有机会了，王村不单没给自己留后路，而且她的后路也被断了，真是个倔货头啊。

五

一走出乌驼镇汽车站的大门，王村就像只孤独的猎豹被投进了新的栖息地，他下意识地环视一圈，一股被黑色山峦包裹的压抑感即刻袭上心头。四周都乌突突的，这让他心里既空虚又暗淡，一时弄不清是自己遗落了生活，还是生活遗弃了自己，总之，一切均令他感到了陌生和不适。街面上拥挤着各色人等，不论新建筑还是老围墙，包括新修的路面上，都喷涂着牛皮癣小广告，租房的、办证的、治疗性病的……看得他眼花缭乱、脑袋发蒙。他站在路边定了定神，当再度转身时，发现城中四处都林立高耸的塔吊，面对凌空旋转的塔吊，他立马便回过神来，提醒自己，不论环境如何，他这次离家出逃的目的是清晰的，既然是出来讨生活的，那么，这不正是出机会的地方吗？他自嘲地摇摇头，向小镇的更深处走去。

乌驼镇下辖四个行政村和十多个规模不等的煤矿和石灰矿，总人口不到二十万。据说二十世纪五十年代之前，这里还是荒无人烟的所在，直到五十年代末期，才开始有了一波接一波的人从周边各省区纷至沓来。起先这些人是响应党的号召来这里大炼钢铁的，后来钢铁不炼了，他们也没有回去，因为这大山深处有取之不尽挖之不完的煤炭资源亟待开采。为了能顺利开发这片区域，首先得稳定矿工队伍，于是国家投资建设了生活区，随着矿区人口的急速增加，生活区的规模也一日千里，发展的速度极快，商店、菜市场、国营餐厅、邮局、电影院等逐渐建设。因为第一个投产的煤矿叫乌驼山煤矿，后来建镇时便以煤矿为中心，取名为乌驼镇，这地名也被沿用至今。当然这样的历史王村并不知道，他也没必要了解这些，他现在最关心的还是明天踏出的第一步该怎么走。好在这里还有个马兴呢！马兴一直是他的兄弟、死党，这次正是在马兴的撺掇下他才来乌驼镇的。一想起马兴，他心里就有了一分指望，多了一分依靠，就像饥肠辘辘的饿汉突然想到了热馒头。马兴是年轻人，年龄比他小十几岁，但他们关系好，相互间的信任度也很高，现在用情同手足来表述他们的关系一点儿也不夸张。在银川时，他曾教过马兴三年的瓦工技术，小伙子悟性高，入门快，重要的是讲义气。去年王村包工又赔了，发完工资后甚至连回家的盘缠都没剩下，马兴不落忍，将自己领到手的工资又分给他一半。马兴说："拿着吧哥，回家给嫂子和娃们买上点东西，这样会显得体面些。我呢，负担比较轻，身边就一个一顿只吃半碗饭的老娘，饿不着的。人挪活树挪死，明年咱换个地方，听说乌驼镇不错，虽然封闭了些，但匠人的工钱可高了，甚至比南方的深圳还高，咱明年春上再去乌驼镇试试吧。"

王村当时感动得直想哭，他认为今生遇马兴这样的知己足了。自己干赔了工程却交对了朋友，看来上天还是没将他的路全部截断。马兴这些年一直骑一辆重型摩托车，不论离家多远，挣钱多难，他出门时都会带着老妈。他是父母那条老藤上结出的梢瓜，父亲不在了，他不能让老妈成为空巢老人。百善孝为先，即便马兴的孝心不能感天动地，却能够感动王村，在王村眼里，马兴浑身上下都是优点，或许他太喜欢马兴了，才会忽视掉他身上的短处。但马兴颜值高长得帅却是真的，这一点也得到了其他朋友的认可。在这经济社会高速发展的时代，人们的审美观念也在急速改变，而且不论男人还是女人，只要长得好，就都能成为一种优势，当然，站在墙头上垒砖的人并不需要颜值。

在乱哄哄的街面上，王村回过头，他看了看路边的站牌，然后给马兴发信息说："兄弟，我到了，在老市场这边。"

马兴很快就把电话打了过来，他是最理解王村的人，知道王村刚上来，一分钱还没挣到，尤其还没换电话卡，就算两人面对面打电话，也都是甘肃长途，所以他暂时不会接王村的电话，只有他打给王村，王村才能省点话费。

他告诉王村，说他这段时间干得很好，运气也不错，前几天刚在距乌驼镇二十公里远的卡布村揽上了活，那里有一所乡村小学要搞维修，活被他包下了，现在正加紧赶工呢，要不哥你也过来吧，活算咱俩的。

王村没答应，他知道如果去了，将会很尴尬，且让马兴很为难，凭他们之间的关系与感情，干完活马兴肯定会与他平分工钱，他不能在这个时候跑去占兄弟的便宜。再说，马兴刚尝到当工头的滋味，他去了，到底谁说了算呢？他说："兄弟呀，你这么有魄力哥真的替你高兴，哥的事你就别管了，安心干你的活，等我安顿下来就抽空去看你和姨娘。"

马兴沉默了一会儿说："那行，哥，有啥困难你可得告诉我一声，我隔天回一次乌驼镇，因为老妈一个人在那里我不放心，明晚我回去联系你，咱哥俩喝点。"

王村向西望了望，他发现乌驼镇标志性的山脉乌驼山似乎离他很近，那只黑色的巨型骆驼就那么静卧着，像一尊神，给小小的煤镇增添了几分威严与厚重。他一招手，拦下一辆三轮摩托车，这种车被叫"三码子"，在乌驼镇的大街上随处可见，他们遇人拉人，遇货拉货，主要还是针对农民工，因为它收费便宜，对于农民工来说是最适宜的代步工具。司机说："师傅，去哪里？"

王村一时还回答不上来，眼下他是迷茫的。的确，这里还没任何地方可以安放他飘忽的身心，最终他想到了一个地方，他也深信肯定会有这么个地方。就在司机启动"三码子"准备离开时他说："去打零工找活的地方。"

司机说："好嘞！"

"三码子"七拐八拐地将王村拉到一个叫五一广场的地方，司机说："就是这儿了，这是全镇最大的劳务市场，想干活明早五点之前过来。"

王村付过钱，说了声谢谢。他在广场上观察了一会儿，虽然已是半下午的光景，但仍有零星的打工者背着工具包，三个一伙五个一群地围坐在广场上闲聊，听口音，大多是甘肃人。王村猜测这些人应该是今天被剩下的，或是将一天的活干完来这里摸情况的，因为劳务市场不单是劳动力的集散地，同时还是打工信息的中转站。当看到这种情景他就免不了为自己担心，因为现实社会确实是僧多粥少，哪里都没有多余的岗位，只有多余的人，他能不担心吗？好在，他的猜测至少错了一半，这里是隐藏在大山深处疯狂发展的乌驼镇，听说过不了几年乌驼镇有可能由镇改市，从城镇扩容的速度看，传言也不全是空穴来风，所以这里不缺别的，始终是缺人。只不过眼下正值早春，大工地还没有正式开工，小工地以及普通的民房搭建又上不了规模，一些提早上来的人一时还找不到事做便纷纷涌进劳务市场，才造成了人多为患的局面。不过他的心还是比刚下车时稍稍舒展了一些，毕竟这里老乡多，亲不亲还是故乡人嘛，各自身上那点久违的气息也就是彼此的吸引力。他站在街边的道牙上，将每一伙人都细细地审视了一遍，又稍稍有些失落，因为他并没从这些人当中搜寻到一张熟悉的面孔。但眼下他无从选择，只好硬着头皮，忐忑地加入一个闲聊的圈子中。

这伙人每人屁股底下垫张报纸，在绿色的铁皮报刊亭前围坐了一圈，好像正兴致勃勃地谈论着诗歌什么的，这对于王村来说又是极大的震撼，不论是这些人的穿着还是所处的环境，看上去都与他们谈论的内容极不相干。文学他也喜欢，尽管平时不写什么，但是书还是会经常读的，原本他觉得，那些写作的人和他们所谓的文学与底层群体的人们并不相干，但他却没想到，原来文人与文学竟然无处不在。能在如此艰难的处境之下咬文嚼字地谈诗论道，还真是件不可思议的事情。实际上，他平时说话也喜欢字斟句酌，但是与这帮人比，他的语言却寡淡得如一碗萝卜汤。不过话又说回来，不管他们谈什么，热情如何高涨，既然坐进劳务市场，大家就都是同路人，都是靠力气吃饭的青面汉子，因此在面对他们时王村并不输底气，他笑呵呵地向他们招呼说："好着么撒？"

那伙人一听是老乡，没说二话便争相掏出麻子递给他，并示意他坐下。虽然王村一贯对麻子不感兴趣，但还是伸手接住了，接住也是规矩。其中一位年轻小伙操着改良了的甘肃话问道："刚上来吗哥？"

"嗯，我刚到。这两天瓦工的活好找吗？"

"还行吧，只要你不睡懒觉，每天能早点过来，活还是有得干。不过像我们这些人就随意一些了，虽说大家都没啥手艺，但我们不挑不拣，啥活都干，苦点累点没啥，'天将降大任于是人也，必先苦其心志，劳其筋骨'嘛，这不，最近我们就四处给人搬家呢。"

王村说："你们年轻，干啥都成。"

经过攀谈，王村得知这些人大多数都来自于甘肃，也确实没啥手艺，主要靠打零工赚点辛苦钱，唯一与别人不同的地方就是他们身上的文学气息，尽管人生失意，收入低微，但为了灵魂中那份所谓神圣的东西初心不改。但在王村看来，那些东西又纯属毫无意义的追求。抛家弃子地跑出来，首先在意的应该是钱，将精力耗费在与钱无关的任何事情上都是对人生不负责任，更有违家人的期待。但这些人不但能耐得住清贫，还一如既往地跋涉在求索的路途上，也算是一种精神上的难能可贵。

这便是物以类聚人以群分，共同的爱好，使他们亲如兄弟，在异地他乡互相照应、抱团取暖，还合伙创办了一部叫作《泥流文学》的民间刊物，每季度出一期，专门用来展示打工者的作品。他们中年龄最大的两个人一个叫王泾河，一个叫哈闰平。王泾河自称为杂家，擅长写短篇小说、散文、随笔，但他的文字再如何优美，文学成就再如何了不起，在甘肃老家那边却并没有人知晓，他的人生之花绽放在离家千里之外的地方。这么多年来，是乌驼镇给了他展示才华的平台，不单给了他荣誉与肯定，还聘他当了不住会的文协副主席。别看乌驼镇只是个小小的正科级单位，但领导们目标远大，一直将镇子当城市打造，所以这座发展中的煤镇麻雀虽小已是五脏俱全，不单有文艺家协会，而且还有个叫作《驼山文苑》的文学内刊。近几年来，王泾河的作品不论何种文体都能优先在《驼山文苑》刊登，文艺家协会举办的文化活动他也带这帮兄弟参加。哈闰平是专攻小说的，与王泾河比他的境遇稍好些，他是本地人，所以这种好只是体现在本土的认同感上。在乌驼镇文化圈他与王泾河并驾齐驱，都是家喻户晓的人物，是发表过近百篇短篇小说的作家，而且曾多次获奖。他也和王泾河一样，也是乌驼镇文艺家协会不住会的副主席。从名义上看，他们头上似乎都顶了副官衔，但这些虚拟的光环对于他们的生存来说并没有实质性的帮助。他们是那种连走路都充满诗情画意的人，生活中却连个体面的工作都没有。但他们好像并不太在意这些，不论处境好与不好，他们的内心都永远强大，梦想的链条也从不松动，哪怕就像现在这样，做社会最底层的刨食者，依然能体味到那份豁达和轻松。按他们自己的话说，这叫精神独立，不仰人鼻息，吃饱睡好，想怎么干就怎么干。只要不突破法律底线，咱就是好公民，即便沦落到卖报纸、扛货物、跑黑车，依然得保持清高的本质。

不过，王村一直在杞人忧天，话里话外都在替他们惋惜，竭力劝导他们要面对现实，顺应时代潮流，顺从命运的安排，趁年轻多学点有用的手艺，就算什么都不学，最起码也得靠力气抓紧时间挣钱，最好的选择是找一处工地安顿下来，这样总比东一榔头西一棒槌强。但王泾河却风趣地说："老哥你不懂，这就叫蛤蟆不会跳，各行各的道，人生一世，不论你做什么，只要不辜负自己，不违背道德良心就是高境界。我们并非不想安顿下来，也并非不懂得走一走不如守一守的道理，但兄弟们懒散惯了，受不了约束，只能是有活就干，没活干了就静下心来读书，爱上了，没办法。

当得知哈闰平是黑车司机时，王村便质疑说："据我所知，私车运营是违法行为，老弟既知书达理，就应该遵纪守法，不是吗？"

听了他的话，哈闰平不但没生气，反而还言之凿凿地说："这你就不懂了哥，作家嘛，身体和灵魂必须有一样在路上。"

王村没听懂，但觉得这帮人尽管另类却并不令人讨厌，只是他们的闲聊始终都没在一个相向的轨道上。他只能另设话题，聊婚姻，聊家庭，聊将后包括他自己在内的大家该怎么去挣钱。他不想舍弃他们，甚至乐观地想将他们笼络到麾下一起创业。很显然，他身上的老毛病还在，还想做不切实际的带头大哥。但是很快，他便领略到这伙人的迷之自信与踌躇满志。他与他们即便再聊上三天三夜，其结果都是谁也说服不了谁，就像这广场上其他群体一样，各有各的圈子，各跑各的路子。这样他只能退一步，试着去理解他们。人生本就是多种多样的，有时候，左看不如人，右看还比人强。话再说回来，王泾河与哈闰平的生活再不易，总比手下的兄弟们优越一些，至少他俩听上去羽翼丰满，文学梦也基本圆得差不多了，而其他小弟却都是些名不见经传的流浪诗人。就他们的诗歌而言，大多还停留在的抒情阶段，粗浅得上不了台面，但他们有心劲，至今仍在迷惘的苦旅中跋涉并乐此不疲。时常以诗人自居，至少也能给心灵一份期待，给精神一个抚慰。王泾河和哈闰平是这个文学小家庭的顶梁柱，也是他们的带头人。王泾河在乌驼镇打拼了好几年了，这家报刊亭就是他老婆承包的。老婆经营报刊亭，他主要是打零工，没活干的时候写小说，外加为周边的报纸副刊写点专栏文章、小随笔啥的，挣些微薄的稿费贴补家用。累了烦了，他们便聚集在一起边喝酒边吟诗，或趁着醉意窝在各自租来的小房子哼几首刀郎的单曲。对于外面世界的花花绿绿，他们眼羡却不敢攀比和奢望，在精神层面上，文学就是他们的全部依托，也是他们引以为傲的唯一资本。

王村不认同他们的生活态度，更不会羡慕他们，甚至认为他们病得不清，已积重难返。但是王村欣赏他们的自然与超脱，这也正是王村最欠缺的。也就是说，与他们交往，王村至少也能在精神层面上得到些益处。王村说："我们都来自同一个地方，我也很喜欢你们几个，虽然我不会写什么，但我们仍可以做朋友对吧？"

哈闰平说："王兄你言重了，大家背井离乡都是为了生活，在不出卖人格的前提下干啥都无所谓。就像我跑黑车，看似是非法营运，但你细想，是我自己拿钱加油并劳心费神地为别人提供方便，只要收费合理、不欺不诈、服务周到便可心安理得，总比那些吃拿卡要的贪官强。有道是钱财易得，知己难求，多谢王兄看得起我们这些人，我现在有个提议：咱这就回去，今天的客我请，兄弟们一个也不能少，咱们一起，为王兄接风。"

王村说不上高兴，也说不上不高兴，不过遗憾还是有一点的。原本他是想找一帮建筑工，跟他们套近乎，然后加入他们，那样他才能不费吹灰之力快速投入工作。没想到误入了农民工文学的圈子，大概这就是天意，但是反过来想，倒也挺好，毕竟多个朋友也能多条路不是？他很想客气一番或慷慨一下，并告诉哈闫平今天的客应由他来请，但是他刚上来，虽不是囊中羞涩，却也没挣下一块八毛，于是他嘴唇动了动，最终还是忍住了，并说："那好吧，我恭敬不如从命。"

王泾河将报刊亭甩给婆娘打理，他们争相掏钱，从广场边一家流动熟食餐车上买了各色的凉菜，路过"百老泉"酒庄时他们又打了几斤散酒，一路兴高采烈、吵吵嚷嚷地来到哈闫平的住处。

这里是一个带小院的平房，有三个单间，每间约有三十平方米，哈闫平住在顶西头的那间。一进院门，就见当院坐着一胖一瘦两个年轻女人，胖女人腿夹搓板正在埋头洗衣服，瘦女人怀里抱着个吃奶的孩子陪着闲聊。见他们进来，喂奶的瘦女人将衣襟往下拉了拉，遮住了孩子的半边脸，笑嘻嘻地说："哦，闫平哥来朋友啦？"

哈闫平说："嗯弟妹，这是王村大哥，也是瓦工师傅，刚从老家上来，这不，我们要为他接风洗尘。"

那媳妇说："瓦工哦。"她低头看一眼怀里的娃说："哦哦，和他爸同行啊，王大哥好。"

王村忙点头应承说："你好，你好。"

屋子虽说只有一间，但室内看着倒挺宽敞。中间横拉着一张印着垂柳图案的布帘，将房间一分为二，后半间支一张木板床，床对面有一张旧桌子和两把旧椅子。桌子虽旧但是很长，一头放着电脑主机，另一头放着高高的几摞书，所有书的作者几乎都是外国人，让王村看着头疼。桌子的中间部分是屏幕和键盘。电脑上方一米高的墙面上贴着一幅字，王村看不出字体的门道，但内容他认识，因为感觉好，他还特意诵读了一遍："清风明月不染尘，日以三省正自身；一言一行留踪迹，天下谁人不识君。"王村虽不知这诗的出处，但他特别喜欢。同时，他也从室内的布置对哈闰平有了更深的了解。

转过身，对面墙上还有"惬意堂"三个大字，落款是：闰平书。靠门的这一半有个油漆抹黑的灶台，上面摆放着锅碗瓢盆以及调料碗筷等。灶台的对面是一个圆地桌，直径有一米多，四周围着六个小凳子。一看，就是为他们平常聚会准备的。

哈闰平招呼说："来来来，请坐请坐，家外之家，简陋之极，还望王大哥不要嫌弃。"

王村说："哪呀兄弟，出门在外，这条件不错了，再说，我们不都是山里出来的人嘛，搬出窑洞还没几天呢？哪敢嫌弃？"

"就是嘛，王哥说得对，做人总不能忘本，记得上小学的时候我家还住着窑洞呢。"

"哈老师这里挺好的，至少比我们强多了，相比之下，我们几个就惨多了，现在还都是租住着十平方米左右的黑屋子。"

……

几个年轻人七嘴八舌的，争相说着自己想说的话。他们称王泾河和哈闰平为"老师"，这是文艺圈的习惯。哈闰平将那些凉菜倒在碟子里摆好，有三丝、豆腐皮、黄瓜、素鸡、青笋，都是凉拌的，最贵的一道菜是凉拌牛心。哈闰平说："王哥，菜质一般，但都是兄弟们的心意，不过，你可以放心吃，整得很干净，卫生方面没问题。"

王村面露惭色地说："兄弟说哪里话，我目前这处境，就如同断了线的风筝，明天会落在什么地还不知道呢，谢谢你，也谢谢大家，你们这般盛情，倒是我受之有愧了。"

他也跟着酸了一把。不过这一刻他的感激倒是真真切切的，不掺杂一丁点的虚伪。他不是文人，但知道文人们淡泊，重情不重利，论做人，他的确不如他们。他发现，他对他们的好感正在逐步上升，认为他们就是晃在他眼前的一面面镜子，也更像一副配伍齐全的药方，或许能根治他日渐膨胀的虚荣心。在品格和精神层面上，他决心向他们看齐。酒后，他带着一分浅醉上街，买了一身廉价的迷彩服，置办了所用的瓦工工具。他已经好几年不上架砌墙了，当初他也没料到有朝一日自己会折回原点，所以曾经那一整套称手的工具早已让他发散光了。他心里清楚，新买的工具用起来顺不顺手先不说，至少会拉低他的形象和职业等级。因为好瓦工使用的工具是非常考究的，特别是那把灰铲，就如同士兵的枪，一般不会轻易丢弃。很多人还会对自己的灰铲进行刻意的装饰，连那一尺长的铲把在选材上都非常讲究，基本都是由白蜡木做成的，攒在手里，既光滑又能渗汗，用起来不易脱手。有些人的铲把顶端还特意装一截铜箍子，将那截铜箍子从工具包口处露出来，金光闪闪的样子很是耀眼，也能充分体现出主人的身份和技术层次。看着这一套重新置办的家什，他心里猛然一酸，曾经的那些沟沟坎坎，那些从学艺到走向技术巅峰的过程都历历在目，当然还有从辉煌到走向失败的教训也难以忘怀。此时回顾，那一切的一切都仿佛发生在昨天，这就是人生，或许祸福真的是自有天定，让他最终沦落到重操旧业的地步。"男子汉，变变变，变不成功泥里头站。"这是村里老辈们为了鼓励年轻人常挂在嘴边的话，而如今的他正是站在泥里头的一个。所以他不想再劳心费力地装饰这些工具，觉得做表面文章对他来说已毫无意义，他相信自己的技术，只要实力还在，只要还是块金子，到哪里都会发光。

六

在太阳被乌驼山的黑幕吞噬之前，王村走进一家破破烂烂的小旅馆。老板与他的年纪差不多大，听口音是当地人。见他进来，便笑眯嘻嘻地迎上前，问道："师傅是常住呢还是住一晚就走？"

王村没正面回答，他说："房费咋算？"

老板仍没放下先前的话题，坚持说："看你常住呢还是就住一晚，常住的话，每月二百块钱，临时的每晚十块。"

王村说："那要住半个月呢？"

老板说："半个月也是二百。"

王村想，这账是咋算的？核桃枣子一个价。但他又不能保证住一个月，如果他干得好，顺风顺水的话，顶多十天后他就会像哈闯平他们那样，也去租间房子，毕竟有个属于自己的窝住着舒服也安逸。他说："那我就先住一晚吧？明天再看情况。"

"有啥好看的呢？每天收你十块钱，被褥都是新的，哪有这么便宜的事儿呢？你别看我这旅店外表残破，但它里面干净呀。外表是不敢收拾嘛，这镇子一天一个样儿，谁知道我这店包括这条街还能存在多少天呢。"

王村说："那就这样吧？半个月给你一百行不行？"

老板瞪了瞪坐在旁边低头嗑瓜子的女人，看来，她才是这里真正的老板。女人的手仍在与嘴密切配合，却冷不丁从连贯的嘎嘣声中挤出一句话："好啦，住下吧。"

王村交了钱，被领到走廊尽头一间伸手不见五指的黑屋里。刚一推门，老板便摁亮了灯，王村一看，床和铺盖确实很新，缺点是闭塞、通风不好，只有临街的一扇小窗户开着还不足半平方米大。老板客客气气地介绍说："这里原先是堆放杂物的，这不是客房紧张嘛，最近才拾掇出来。你也就别挑剔了，钱少嘛，可话又说回来了，出门在外，挣一个还不如省一个。而且这屋子还有个好处，就是警察查夜从不进来，他们短期内还不知道这里面住了人，你想干啥就干啥，清静。"

王村打了一壶开水，洗了脚，刚上床躺下就有人哐哐哐敲门，他心想：清静个屁啊，这能叫清静吗？

哐哐哐的敲门声打乱了他的思绪，不论来者何人，所谓何事，开门是必须的，作为漂泊者，外乡人，就目前来说，有必要与人接触，广交朋友，只有这样，他的路才能越走越宽。

来人的年纪与他相仿，大高个，刀背脸，看上去有些憔悴，但发质很好，浓密的长发黑白相间，使那张刀背脸显得更窄。他的左腿有点跛，走路蜻蜓点水似的特别打眼，大概知道自己那条腿容易成为焦点，便事先解释说："小儿麻痹，娘胎里带的，嘿嘿，让兄台见笑了。"说完，他举了举右手上的酒壶和左手上的摞在一起的两个杯子，笑嘻嘻地说："夜长，睡不着，估计你也是，出门人，特别是前几天，都因为换地方影响睡眠，来吧，咱哥俩喝两杯。"

王村狐疑地看着来人，不明白他为何整这一出，是这里的地方习俗，还是此人的交友之道？他不得而知。

来人见王村诧异，便连忙介绍说："我姓孔，名嗣，是孔夫子七十三代后人，周围的人呢，都习惯叫我孔四，实际上我就弟兄两个，不过，你也可以这么叫。"

王村一笑说："兄弟真幽默，嗣与四同音，这还用你允许呀，说吧，为啥找我喝酒，咱俩也不熟呀？"

孔四说："兄台此言差矣，同是天涯沦落人，相逢何必曾相识，来来来，一回生，二回熟，三回四回是朋友嘛。"

王村更加疑惑不解，他眨眨眼睛，经过重新审视，仍觉得眼前这人充其量就是个其貌不扬的懒汉，甚至还有些令人生厌的邋遢，但他却谈吐不俗，说出的话一套接一套的。

见王村干瞪眼不说话，孔四忙摊开端着酒壶和酒杯的双臂转了半圈说："我哪里不对吗？"

王村支吾说："没有没有，兄弟口才好，说话文绉绉的，像你这样有学问的人，能屈尊舍下，兄弟我倒是受宠若惊了。"

这就叫近墨者黑，还没聊几句，言谈间，王村也带上酸味了。孔四说："我住你隔壁，这就叫远亲不如近邻，茫茫人海中，我们不光栖息在同一屋檐下，而且仅隔了一堵墙的距离，那就借这壶酒，祝我们相处愉快，好运连连。"

两个素昧平生的人越聊越深，酒也越喝越浓。当然，这一切只表现在孔四的情绪上，王村只是顺势迎合，他也是在大场面上混过的，深知"开口不拒上门客，伸手不打笑脸人"何况孔四这人并不讨嫌，唯一让他难受的是孔四只干喝酒，而他却习惯了以菜压酒。好不容易喝到了壶中空空，孔四又提议去他屋里坐坐，顺便参观一下他的工作室。尽管王村早就有点困了，但是一抬脚的事儿，他也不好推辞，同时他也对"工作室"三个字产生了兴趣。

说是工作室，其实也就是一个单间，呈三七开分为一里一外的样子，前半间宽大，没什么家具，但在顷刻间，便有一股浓烈的纸熏味和墨香味冲入鼻孔，给人一种书山学海般的灵魂触动。遗憾的是王村不懂书法，只听孔嗣兴致勃勃地说，这是临的二王的，兄弟知道二王吗？

王村一脸茫然，竟支吾着无法回答，孔四说："他们是王羲之和王献之。"王村附和说："哦，听说过。"孔四的兴致未减，接下来他又相继介绍了颜真卿的楷书，还有魏碑等，这都是他临了多年的帖子，就像他种出的庄稼一样自豪。但是，王村眼里所看到的，除了纸还是纸，这便是隔行如隔山。当然，这种纸山墨海的事儿，他不懂或似懂非懂都可以理解，他现在最该懂的，就是如何横平竖直地把砖垒好，全心全意地把灰抹好，至于文化，诗和远方，他也想涉足，也想提升，但这些并不像生存那样迫在眉睫。

七

小屋的背面紧贴马路，路灯昏黄的光从那半平方米大的窗户打进来，正好印在王村的脸上，其他空间仍一片漆黑。加上各种嘈杂的声音也跟着这束亮光不断传入，影响了他的睡眠，他只能糟心地躺在床上，辗转着睡不着。他想到了自己的女人，觉得她为他守家带孩子，因为过度操劳，已提早耗尽了青春，简直就像从来没有过青春似的，她原本还不到四十岁，但看上去已近乎五十岁，她以品格赢得伟大，成为他这辈子淘到的一件价值连城的珍品。

记得他从初中毕业后就在建筑工地当了小工，受工头指派，跟随一位姓张的老师傅。那时候工地上人多，吃饭时场面十分混乱，只要灶房门一开，大家便一窝蜂地涌入，从不主动排队。张师傅年纪大又身体单薄，每次总是跟那锅夹生饭和萝卜汤有一些距离，常常是别人打第二次饭的时候他还蹲在地上等待机会。好在后来身边有了个勤快懂事的王村，张师傅生活上的一切便开始由他代劳。虽然他年龄小，但个头还可以，加上身体拽实又有把子力气，在那间简陋的食堂里，很少有人能挤得过他。为了帮张师傅打饭，有时候他会不辞辛劳地挤进挤出往返好几次。时间一长，他们老少二人便自然处出了感情。

直到有一天，他将打好的饭菜递给张师傅，正欲转身离去时却被张师傅叫住了，张师傅问他想不想学瓦工手艺。他回转身，几乎吃惊到说不出话来。张师傅打趣说："看来是不想学啊，那就算了。"

他立刻表态说："想学，当然想学了，大师傅的工资比小工高一倍呢，傻子才不想啊？"但他又难为情地说："张叔，这可是工地，又不是职业培训学校，老板是不会给工人提供学徒机会的。"

张师傅诡谲地一笑说："活人还能让尿憋死，人只要有决心，就没有干不成的事儿，我既然问你，就是有法子让你学成，不过你得做好多吃苦的心理准备，成与不成，全看你的了？"

他挺了挺胸脯，信誓旦旦地表态说："行！力气是横财，用完了还来，我年轻，受多大苦也不怕。"说话的当口，他还顺势挽起胳膊亮出了结实的肌肉，炫耀说："只要能学成手艺，掉几斤肉我也无所谓，师傅，你就说咋干吧，我全听你的。"

张师傅欣慰地拍了拍他的肩膀说："你有这样的信心我很高兴，这一段时间你就跟着我，我会带着你砌里面的隔墙，这可是绝好的机会，毕竟隔墙砌起来简单，两头都挂着立线，照立线往起垒砌，至少垂直度是绝对有保证的，至于一些技巧和细节我会随时指点和纠正。不过这样一来，就等于你一人做了两份工，也就是说，你先得将料备足了才可以上来砌墙，你看咋样？"

他头一扬说："行！没什么的，不就是侍候好你的同时也侍候好我自己吗？我干！"

张师傅说："那好，这样吧，你今天抽个时间去买套工具，再买个工具包装起来，以后大概有很长时间你要背着工具包当小工，别人也许会说你猪鼻子插葱装大象，但你不要在乎，相信你会很快变成真大象的。"

张师傅是他学瓦工的启蒙老师，在张师傅跟前他学会了如何使用工具，以及比较粗浅的砌筑常识，当然也包括步入这一行的兴趣和信心。他悟性高，又能吃苦，其间他还研读了一些建筑方面的工具书，即便是这样，由媳妇熬成婆也花费了整整四年时光。四年后，他才在静宁县的周边农村混出了一些名声。随着名声越来越响，牌子越来越大，也有人将一些小活包给他干，让他品尝一下做工头的滋味，过了把瘾。

变成包工头之后，他自然不会忘记将自己带入这行的师傅，只要手上有活，张师傅肯定能在他手下谋到一份差事，同时他还安排师傅的女儿张玲到工地工作，给工人做做饭或学着管理账目，以便能就近照顾她爹。直到张师傅因不好意思再拖累他而选择离开时，便将女儿张玲永远地留给了他，也为他势头正劲的乡下建工队留下了一位淳朴善良的老板娘。

然而他的辉煌总共也没能持续几年，在顺风顺水的几年间，他娶妻生子喜事临门自不必说，更重要的成绩是将祖祖辈辈住窑洞的父母拯救出来，让他们住进了起脊挂瓦的红砖房，这对于他来说又是个不小的成就。而他呢，由于早年得势，便逐步张狂起来，很快就在县郊买了块地皮，盖起了两层简易小楼。

或许他的知识储备还不配驾驭所铺陈的摊子，虽说他为人真诚、豁达且本分善良，但这些顶多算一种美德，却不是一种能力。而且他始终都没有意识到，自己其实就是个虚妄的前行者。有时候人太顺了似乎也不完全是好事，就像马跑快了更容易失了前蹄一样。他确实跑得太快了，他这种勇往直前就难免被更大的欲望冲昏头脑，继而精神麻痹、忘乎所以，以至最终为灾祸埋下伏笔。就在他的硬实力一步步做强的同时，他软实力偏弱的问题便很快凸现出来，一步步迈入了前方的沼泽。

那年开春，有个肥头大耳、五短身材的周姓包工头突然登门找他，并满口称赞他的活做得扎实，质量好，信誉好，说什么因为英雄相惜才慕名而来，若能与他好好合作一把，深感荣幸。最后，他顺利地拿下了两栋住宅楼的清工合同。双方约定，年末十一月二十日前交工，验收合格后，即付清剩余30%的工程款项；而这30%也就是农民工剩余的部分工资，还有他这一年的辛苦所得。他的活倒是顺利地干完了，但他万没有料到，那位工头的另一处工地上却因为塔吊倾倒死了三个人。这算是重大责任事故，由于后果极其严重，工头便在重压下选择了人间蒸发，同时也将一部分风险转嫁在他的头上。他别说索要余款了，就连做完的工程都找不到人来验收。而他手下的农民工都是些刨一爪子吃一嘴的主，他们从干活的头一天起，就将血汗钱视为救命钱，父母养老，孩子上学，一家人吃喝拉撒的希望无不集中在那一双粗手上。至于工地上出事故，那不在他们思考的范围内，他们考虑的，只有工钱。碍于同乡的情面，他们没采取极端方式逼王村脚底下挖钱，只是催促他抓紧时间寻找发包方的下落，好像找到了发包方就等于找到财神爷一样。但随着他一次次地空手而归，逐渐将人们心中建立起来的信任消磨掉了，同时也拉开了他与这帮兄弟之间的情感距离。到最后，乡邻们甚至怀疑他可能与那跑路的家伙穿了一条裤子，合起伙来蒙骗人。可怜的农民工们原本是善良的、通情理的，只有被逼急了的时候才会走极端。接下来，王村被非法拘禁了四天三夜，有人还义愤填膺地对他动了粗，包括不让他吃饱，不许他睡觉，还禁止他与外界取得联系。

王村重获自由是因为做了的承诺，当然，他这样大包大揽也属无奈之举，为了能尽快脱身，他只好向大家保证，在二十日之内如果还追不回钱，就变卖家产付清大家的工资。之后的一段时间，他其实哪儿也没去，就猫在城郊的一个小旅馆里。他已经不再将那个跑路的包工头放在心上，他认为是人就免不了三灾八难，遇上了也是没办法。其实前些天他就在平凉市郊的一幢破旧的民房里堵住了那个倒霉蛋，并协助当地警方成功地将其控制。人是抓住了，但是也同时宣告他们的工钱更加遥遥无期，或许永远都没希望了。那家伙名下的资产满打满算也仅够赔偿死者的命价，至于活着的人，只要有命在，那就先成年累月地等着吧。再说王村也不能拉下脸与死者家属争先后，他不是那种能狠下心来的人。所以在他看来，只要司法机关不追究那个可怜的工头，他也就认了。即便不认又能怎样？你就是判他多少年，甚至逼死他也起不到任何作用。剩下的沉重的包袱还得由他姓王的来背。当然他也并非一无所获，令他庆幸的是，那人赶在被公安机关带走之前给他打了张六十多万元的欠条，还煞有介事地叮嘱说："拿好了兄弟，这是钱，可别当废纸一张。你相信我，我不是坏良心的人，这不赶上了吗？但我保证，只要有我一口气在，不论迟早，一定能让你拿到这上面的数字。"

他认为拿到的就是一张不折不扣的废纸，但他没舍得扔，仅凭那上面的数字，还真能让他的心偶尔暖上一暖。于是他隐瞒了与工头直接对话并拿到欠条这件事。

他开始藏头露尾，像个幽灵似的昼伏夜出，并一遍遍地做着思想斗争。这些年他因为买地皮造房子，经济上早已透支，甚至连存款也没有，要想对得起多年来一直跟随自己的这帮乡亲，同时也对得起自己的良心，那就只有靠变卖家产这一条路了，即便是这样，也无法将所有的工钱一次性付清。他心疼老婆孩子，她们还没过上几天好日子，梦就这么匆忙地破碎了，他能不心疼吗？

那是他人生中最黑暗最落魄的一段时间，他猫在小旅馆里，每时每刻都心乱如麻，差点连死的心都有了。幸好，家里还安装了固定电话，他每每在夜深人静时与老婆沟通，但是结果却很不理想，每次的谈话都是在女人的哭天抹泪中结束的。

好在，他还算不上黔驴技穷，男人嘛，跌倒了不怕，关键是如何爬起来继续往前走。他至少还有两套方案做选择，一是卖了平房，还完剩余的债，一家人从此回乡下的窑洞续命，然后从头再来。这样做，是符合他的一贯作风的，所以他能够接受。毕竟钱财是身外之物，房子只是栖身之所，都生不带来死不带去的。人生在世，最重要的并不是钱财和房子，而是名节，何况都是同饮一眼泉水的乡亲，亏了他们，他也没脸再去面对养育他的那片乡土。

当然还有另一个办法，就是当今盛行的假离婚，在乡亲们将他诉至法院之前，他们夫妻悄悄办理离婚手续，将家里的平房以及屋内的所有财产以及孩子的监护权都归属女方，面对眼下这般光景，他只有净身出户，彻底变成个穷光蛋，才能光脚不怕穿鞋。至于乡亲们的血汗钱，他也不打算赖账，只能挣一点还一点，只要有命在，总能熬到无债一身轻的时候。同时他也相信，骗了自己的那个工头，肯定还会有发迹的一天，他们一家人只能日夜祈求，让上苍保佑那个家伙早日东山再起。实际上假离婚的想法也不靠谱，这也是他法律知识欠缺的一个表现。他的债务是在他们婚姻关系存续期间欠下的，即便离了婚，女方仍有偿还义务，只是善良的乡亲们不懂或不忍心起诉他罢了。

婆娘刚开始对所有方案都表示反对，并且用号啕大哭来表达着失落和委屈，但是被逼无奈的他也把话说得很死，两条路选其一，没得商量。最后，婆娘在哭干了眼泪之后，还是无奈地选择了"离婚"。至少她认为这样的结局起码对自己有利，也避免了孩子们再次住进潮湿昏暗的土窑。讨债的再上门她可以往王村身上一推了事，暗地里，他们依然是老公老婆，父女情深。

好在他的技术是一流的，他背着工具四处干活，挣着圈子里最高的工资，只不过挣到手的钱没焐热就被别人顺手拿走了。这些都没什么，还过的账，走过的路，无债才可以无忧，三年的披星戴月，他基本变成了干净穷汉，剩余的债实际上都已被乡亲们忽略掉了，只是他自己无法忽略。

对于正直的人而言，失与得就如同孪生姐妹，就在你明着失去的同时暗中回来的或许更多。这种获得通常是无形的，也是长久的，就像王村，他用一双手，汗点子落地摔八瓣，年复一年的挣钱都是为了还账。对于乡亲们来说，虽然迟了日子却没减分量。其实，在王村变卖简易楼支付了他们大部分工钱之后，他们已经很感动了，感动之余，便不再对剩余的钱抱有希望。人嘛，谁还没个马高镫短的时候？都乡里乡亲的，差不多就行了。他们这样想是他们的事儿。而王村却更看重人格的高低，这就叫人无信不立，王村的诚实守信很快就为他在村里赢得高超的人气，有人甚至预言，他就是下一届村主任的不二人选。

但是没过多久，他又开始躁动起来，因为平静的生活并非他永久的目标，他无法忘却曾经的辉煌，便决定重新上路，去找回曾经的自己。于是他又在银川闯荡了几年，有了前车之鉴，他倒是不再贪心，不再谋求速胜，但是最终因承接的小工程利润微薄又没挣到钱。幸亏家中的女人坚强，能为他撑起后方的一片天，让他来去无忧、进退自如。他始终告诫自己，不论在什么地方，处于何种境遇，都不能忽略糟糠之妻，他爱她也需要她，最最关键的是，孩子们不能没娘。因此，外出的他才没有对任何女人动过心思，即便昨天面对乔英子那样充满青春活力的年轻女子，他还是一咬牙忍了。这阵子想起家里的婆娘，想起孩子，想起过去的风风雨雨、起起落落，他认为忍得好。

八

　　乌驼镇昼短夜长，再加上没个电视看，又不能沉浸在没完没了的回忆里，于是，在难以抑制的空虚和无聊中，他打开灯，翻开了从哈闰平那里拿来的几期《泥流文学》，便发现刚刚认识的那几位的名字基本上都呈现在目录里，其中王泾河和哈闰平的名字排在最前端，相比之下，作品的内容也显得更精粹更厚重一些，其他人都深浅不等，有的还略显稚拙。王村不懂文学，但不等于他不读书。对于作品的好坏他还是可以区分的，就像品菜一样，即便不会做菜，但人人都会尝。总的来说，还算是开卷有益，特别有两首仿佛带有混凝土坚硬质地、带着满腹忧郁的诗歌还能令他眼前一亮。

健忘症

将孩子交给父母

把种子交给土地

然后狠下心，扭头消失

这是打工者的选择

大家不曾商量

却做得完全一样

就连道别都显得匆忙

生怕软下来的心拧成绳

束住了远行的脚步

工地是易得健忘症的地方

从工头交付岗位的那刻起

就会逐渐忘掉一些事情

或颠倒了部分时间

白天屏蔽远方

晚上牵肠挂肚

这种病无药可医

是大多数农民工的职业病

病发地点：他乡

病发时间：白天

妻子的头发

进城前

她将头发染成了黄色

还画了眉，涂了唇

她怕自己显老

工头看不上

还怕自己太土

影响了城市的观瞻

一个月后

头发回归了自我

那一茬倔强的白

悄悄从根部复活

又逐渐延至发梢

就像这楼宇

终会在风雨中失去颜色……

看完王泾河等人的作品之后，他又多了几分喜欢，觉得他们文艺，阳光。他是在一种圣洁的文学气息中进入梦乡的。

黎明前，乌驼镇的街面上还算安静，除过环卫工唰唰唰的扫街声再就是打工者匆忙的脚步声了。晨风中还夹杂着煤炭和生石灰的酸涩味。王村租住的旅馆距劳务市场不远，约有一公里半的样子。途中，有一辆三轮餐车被他叫停，他买了两个夹菜饼和一罐稀饭边走边吃，等到了劳务市场，他的早饭也吃完了。看到有招工者模样的人过来时，他也会尽力放低身段，争抢着上前去问："老板，要师傅吗？"

这般操作他是驾轻就熟的，因为他那几年就没少到劳务市场招人，只不过那时候他是挑肥拣瘦地审度别人，现在角色互换，已物是人非了。那些招工者与他当初相比更是趾高气扬，只斜视了他一眼，便带着冷飕飕的风与他擦肩而过，连个喷嚏都没打，就像拿他当了空气。在度过了最尴尬、最艰难的两个小时后，他才意识到单飞不行，因为招工的工头一般很少招一个人，通常来说都是一要一大帮。打工的也是，从他们的队形上就能看出来是有一定组织的。

由于心里没底，王村便时不时地抬头观看天色，不觉间东方的山顶便泛起了红晕，黑色的乌驼山仿佛披了层红色的薄纱。时间在肆意流失，他开始着急了，他知道太阳即将出山是个糟糕的时间节点，如果太阳出来前还不能找到雇主，那就意味着他被彻底剩下了。但着急也没用，这种局面就跟追求异性一样，你急人家不急，或者别人急也瞅不到你身上。

广场上的人就像小孩子玩减核一样，越玩越少，到太阳满圆地跳出山顶时就剩下零星的几个身影了。这让王村有些锥心，心高气傲是他的优点同时也是他的弱点，他无法理解，总觉得自己不该被剩下，他清楚自己的能力，或许今天所有到场的师傅中就没有比他强的。在技术层面上，他向来自信。然而现实就这么残酷，心理再怎么不平衡，一时也无力回天。与他有相同遭遇的大致十来个人，有男有女，都满含着失落与沮丧，他们目送着一拨又一拨人涌向工地，而自己却只能无奈地涌向广场对面。那里的营业房几乎都挂着"兰州拉面"的绿底白字招牌，实际上全是宁夏人开的。这些人没进面馆，只是在门外与平常一样席地而坐，不论相识与否都能凑成一圈，好让聊惯了的嘴别那么闲着。王村也不例外，他就像密林中的一只冷清的孤鸟，也渴望着群体的温度，在没有寻见王泾河等人的情况下他只得向这帮人靠了过去。这些人的聊天并不像王泾河们那般文雅和妙趣横生，更没什么前提和章法，什么过瘾就聊什么，总的来说，还是黄段子多一些，不论哪一位开讲，其他人似乎都听得津津有味。尽管其中三位女性饱受了日光浴的脸早已红透，但她们仍笑得肆无忌惮，没表现出丝毫的不适应。王村直直地立在圈外，半天插不上一句话，每当想开口的时候，总有人热情地递给他一把麻子，好让他安心做他们的听众。最终王村忍不住了，他不想听这些，只想打听一些与打工相关的事情，于是他提高嗓门说："各位兄弟！都找不上活了，你们为啥还不回家呢？"

说出这句话，王村立马感觉得说话的语调有问题，或许其他人都已感觉到滚烫的身子突然被劈头盖脸地浇了凉水。他们用异样的目光打量着王村，好像在心里暗骂：关你屁事啊？你这么大声？

王村赶忙补救，解释说："兄弟们别误会啊，我只是好奇，再说揽活的时间也确实过了，你们为啥都不回家呢？"

有一个年龄稍长者歪着脑袋看一眼东边的太阳，反问说："你是刚上来的吧？那老哥就告诉你，这里是乌驼镇，是个讲速度、有机会、出奇迹的地方，不信你等着瞧，随时都会让你感受到惊喜。"

王村没言语，他认为这人的话有些没头没脑，即使想接茬也无从接起。啥叫奇迹，除非这地方有人疯狂撒钱那才叫奇迹。见王村不以为然，那人接着摆活说："看出来了，你是个耍手艺的，可我们呢？除了力气之外要啥没啥，但我们不挑食，只要给钱啥活都干，包括给老人捶腿，给寡妇挑水……"他的话还没等说完便又迎来了一阵哄笑。

说话间，就有个主妇模样的女人将电动车刹在了旁边，冲坐在地上的三个女人说："唉！打扫装修房，你们三个去不去？"

女人们一骨碌翻起来，习惯性地拍拍屁股，应承说："我们去。"

"那工钱你们有什么标准？"主妇问。

"有，每小时五元，时间从离开这儿算起。"其中一个女人说。

主妇说："要不这样，咱还是到了地方再说，看整个打扫干净需要多少工钱，再慢慢商量。"

"对对对，这样你们也省事，不用花时间盯着我们。"

雇佣双方的想法一致，不到十分钟，三个女人就满心欢喜地被带走了，地上留下了三张带着屁股印的《乌驼晚报》。有人拍着其中一张报纸邀请他："坐呀，还热乎着呢。"

王村是最熟悉也最理解这个群体的人了，知道他们大都是些拿报纸垫屁股的人。这些人长期出门在外，平时就是靠这样打嘴仗排遣寂寞。这很正常，什么阶层说什么话，谁也别笑话谁。但就在他弯腰欲坐时却发现，广场西南角的花池边上有个女人正盯着他。女人看上去很瘦弱，穿着一身时尚的牛仔装，连遮阳帽都是牛仔的，帽檐很长，随着脑袋抬起放下，就像一只长嘴的鹈鹕在水中捞食一样。她明明瞪着王村，但是当王村看过去时她的脸又快速垂进帽檐里。

王村半弯着腰，坐也不是，起也不是，旁边有人看了看他，又顺着他目光投射的方向看了看不远处的女人，揶揄说："坐下吧，别看啦，那种女人一看就是个"下海"的料子，有啥稀奇的？那种货色在乌驼镇满大街都是。"

"就是么，长这么撩人能吃下苦么？"

"嗯，是啊，劳务市场先前也来过几个标致婆娘，好像还都是咱老家那边的，最终吃不了苦，全学坏了，下海挣钱去了。"

"下海"一词多年前在社会上很流行，大都指下海经商，但在这大西北偏远的乌驼镇，却被用在了别处。只是这些言论对王村来说都是轻浅的题外话，更不能让他将目光收回来。起先，他只是因为好奇，但渐渐地他觉得这女人应该认识他。不管怎么说，在这里遇到熟人是绝对值得高兴的事情，至少他能从中打听到一些有用的信息。于是，他抛下这帮人走了过去，随着距离的逐渐缩小，他心里的失望也在一点点加重。因为从身形看，他并不认识这个女人。但他的脚步并没有停滞，因为他觉得既然这女人时不时地看他，一定有看的原因，至少他知道不是因为自己长得帅才吸引了对方。他有必要搞搞清楚。等来到近前时女人才微微抬起头，坦然地扫了他一眼。这一刻他才吃惊地发现，这面相和眼神并不陌生，肯定是在哪里见过的，可就是一时想不起来。女人又有几次抬头低头的动作，但都是在瞬间完成的。她越来越像一只鹈鹕。

女人似乎感觉到自己不得闲的目光终于把事情招来了。她的马尾辫翘得很高，长长的帽檐已彻底冲地了，而且一直都没再抬起来。她眼睛的余光顶多也只能看到王村的大脚，或许她感到此刻王村的目光是带着刺的，被犀利的目光罩着免不了紧张和窘迫，同时，她那副单薄的身子还有一丝轻轻的颤抖。许久，王村才鼓起勇气蹦出两个字："你好！"

女人抬起头，瞟了一眼王村，又很快垂下头，好像这个反复的动作是专为她量身定制的，她必须照做似的。她没有以语言回复王村，连个"嗯"字也没有。王村有些尴尬，但此刻他在女人的侧面，于是又被那幽怨的眼神刺了一下，感觉有点痛。咋这么熟悉呢？他打开了记忆的闸门，却没有翻腾出关于这个女人的任何记忆。于是他以问话的方式开路，试图打破两人之间的僵持。王村说："今天没找上活吗？"

这次女人没再抬头，但总算是开了金口，轻声细气地说："活有呢，我老公他们干去了。"

女人一搭言，王村就来劲了，像得到了某种许可似的追问说："那你咋没跟着去呢？"

"他们去工地了，我想我做不动那种活的。"女人仍没抬头，但应答得比刚才快多了。

王村没好意思再问什么，毕竟生疏，也意识到问多了就不那么合适了。他在她旁边坐了下来，他一坐，女人便有了警觉，接着又瞟了他一眼。王村感到了她的紧张，担心弄不好她还会起身离去，他像是自言自语，又像在冲她说话："奇怪，总感觉我们好像在哪里见过的，没错！肯定是见过的。"

女人兀自抬起头，看了看他，不温不火地说："我们是老乡。"

女人的话王村并不意外，因为乡音是永恒的标签，也是简单有效的鉴定方法。从她说第一句话的时候，口音就告诉王村，他们曾离得很近。女人又说："其实在老家我们只隔着一条公路，我是路北边董家坡的。"

这句话一出，王村的心里立马就热了，尽管在家时董家坡与龙山镇似乎很远，但是在这里，他与女人之间的距离一下子就拉近了许多。他说："哦，我就说呢，好像在哪里见过的。"

虽说已确定是老乡，但女人的表情却没有明显的变化，同时对王村说："你真是贵人哪！"

王村说："啥贵人呀？都是下苦的人。"

女人说："多忘事呗。"

王村再度错愕，被女人的话弄了个一头雾水。女人半冷着脸说："我们是坐同一趟车到的银川，换车时才分开的，途中你还一直帮着司机为难我们呢，哦，对了，你身边那个碎女子呢？"

女人这么一说，王村就没啥说的了，在静宁通往银川的班车上，他确实对老乡大呼小叫过，但这事似乎跟眼前的女人没什么关系，至少没直接关系。他说："我承认，那一刻我不够理性，对不住老乡，但我弄不清你当时坐在哪里，在我的记忆里，唯一的印象就是你那个眼神，似乎永远都忘不掉。"

王村发现，他这句话才是有分量的，因为女人的小脑袋抬了起来，脸色也有了一丝温润。女人的目光热辣辣的，像要穿透他的每一寸皮肤直达他的心底似的。沉浸了许久之后，她才说："还记得客车上那个黑脸大个子吗？"

王村说："嗯，记得，相当记得。"

"他当时可是很想揍你的，是我拉了一下他的衣襟他才住手的，尽管我也恨你，但不想让男人一迈出家门就惹事。"

王村有些迷糊了，他简直不敢相信自己的耳朵。

女人说："其实也够讽刺的，从你一踏上公路的边沿我就关注你了，因为你的穿着和气质太独特，就不像个下苦的，车刚开的那会儿我还偷偷看了你几眼，只是后来你旁边有了个碎女女，看把你俩人骚亲的，都忘了车上还有几十个人呢。"

王村似乎是明白了，又好像不全明白，但他还是鼓起勇气追问说："那个黑脸大个跟你是……"

"他是俺男人，另一个是同庄的，像他的跟屁虫，走哪跟哪。"

王村眨巴着眼睛，吞吞吐吐地说："可你当时不是这个样子呀？"

女人羞赧地一笑说："很臃肿，很土鳖是吧？你知道的，咱是没出过门的山里人，一直都不会打扮，而且你也应该知道，在咱那地方，稍有改变就会引出一堆闲话来，就这身衣服还是昨天在表妹的撺掇下才买的，变成现在这副样子，其实连我自己都有点不适应呢。"

王村看一眼广场上零星的闲人，一笑说："是啊，你这身装束可真是别具一格，至少，不像个干活的。"

女人说："不像就不像吧，反正我也干不动。"

王村说："干不动也不能闲着，咱们出来不就是为了挣钱吗？再说了，这劳务市场上有二分之一的都是女人，他们每人都跟男人一起，风里来雨里去的。"

女人又低下了头，继而强调说："我和她们可不一样，她们都是女汉子，而我，只是个女人。不过你刚才的那句话我还是赞成的。"

王村说："哪句话？"

"出来就为了挣钱呀！说实话，我现在正站在岔路口上，只是向左拐或向右拐的问题，事情大了，真的不好拿捏。"

王村摇摇头，表示不明白。女人轻叹了一声，紧接着脸上又好像下了一层冷霜，她说："我现在才知道没文化有多么可怕，想找个体面点的工作，根本就不可能，既轻松又能挣钱的活没一样是体面的，但世上也没卖后悔药，谁让咱当初没念下书呢？眼下，只能走一步看一步了。"

王村说："既轻松又挣钱，这活本来就不存在。"

女人脸一红说："有呢，我表妹两口子是大前年过来的，她在洗浴中心做，妹夫跑'三码子'拉人，仅仅奋斗了两年多时间，就在老家静宁县城买了一套三室两厅的大房子，现在我姑妈正带着外孙子住在县城里上学呢。"

王村有些吃惊，他盯着女人俊俏的脸说："你不会也想去洗浴中心吧？"

女人的脸一下就冷了，敷衍式地反问说："我说过吗？"

很显然，女人意识到自己的话说多了。她连忙自责："哎呀！给你说这些干撒？好了，快晌午了，我要去买菜了。"

当女人站起来时，王村的目光又一次呆滞了。他看到了一副近乎完美的熟女身姿。女人说："拜拜了老乡，祝你好运。"说话间便迈步离开，这时候王村才猛然觉得，这样的聚散更应该留下点什么，不能就这么不了了之，他说："先等下！"

女人转过身，似乎猜到了王村的意图，或者说男人的意图，冷冷地问道："干撒？"

王村说："你叫个撒？"

"李梅！我男人叫董青，还有跟我们一起来的小伙，他叫万林，如果你实在找不到活干可以去找他们，不过前提是你得先给他俩道歉。"

王村说："那留个电话吧，你的。"

李梅犹豫了一下说："这个好像没必要吧？这样吧，如果下次还能碰上，我就告诉你。如果想找他俩，明早在这里等就行了。"说完她转身走了，直到那背影在王村的视线里模糊，在人流中湮没，留给王村的，只是一腔满满的惆怅与伤感。

九

吃过午饭，王村小睡了一会儿，睡前给家里打了个电话，告诉女人他已在乌驼镇安顿下来，准备重新从瓦工干起，也好先挣点辛苦钱寄给家里。他保证说："放心吧媳妇，我不会再瞎折腾了，若今年再落个两手空空，也就没脸回去见你和娃了。"

女人一直在抽泣，她没像王村逃离时那样不依不饶，也没有追问乌驼镇到底是什么地方，离家有多远，只是说："他大，你别这么说撒，听着我心里难受，嫁你都十几年了，我是啥人你还不知道呀？我把钱看得有那么重吗？你听着，在那边照顾好自己，干活时别忘了安全第一，如果活不好做就回来，空手回来也行，我和娃是不会怪你的。"

王村静静地躺着，看着模糊的天花板发呆。说实话，王村对配偶已经有了审美疲劳，长期面对那水桶一样的身板，他别说去搂去抱了，连看的心思都没了，不过心思虽没了，他的良心却还在，关键是他始终坚信自己的女人是世上最好的女人。他一连几年都泡在外面，女人若没有结实的身体又怎么能打里打外呢？在家里，她是儿媳、妻子、母亲，在地里，她还是春种秋收的"铁汉子"。若没她镇守后方，他王村能心安理得地在外面折腾吗？

王村总算在愧疚与自责中艰难地睡着了，又在迷迷瞪瞪的梦里回到了老家，睡梦中他一直殷勤地帮着女人干活，田地里洋溢着欢声笑语，上演着一幕夫唱妇随的爱情喜剧。就在他们合作往垄上铺地膜的时候，忽然间，天空乌云大作，狂风乍起，白花花的地膜随风撕扯，瞬间变成了条状，继而又变成了祭祀时插在坟头上的幡丈。这时候，阴森森的四周已不见了女人的影子，只听到她的呼喊：王村啊！我走啦！你快回来吧，咱的娃可就交给你啦……

这时候，手机铃声响了，正好惊了他的梦，把他从一身冷汗中唤醒过来。电话是马兴打来的，马兴说他已回到乌驼镇了，打算晚上哥俩聚一聚。马兴说："哥，告诉我你现在的位置，我把老妈安顿好就去找你。"

王村转身扫视了一下周围，也没发现有什么标志性的东西，无奈地说："我住在老市场这条街上，不过这破旅店也没什么名字，这样吧，我就站路边上等你吧。"

马兴跟着王村走进小旅馆，经过门口登记室时，嗑着瓜子的老板娘突然抬起头就没再放下，目光呆滞的就像被摄去了魂魄似的。

老板娘半张着嘴，用恍惚的眼神送他俩进屋。马兴将室内审视了一遍，觉得还行，床和铺盖倒都是新的，唯一的不足就是空间太小，看着憋气，不过王村一个人住，又是暂时过渡一下，也挺好。

王村给马兴点了根烟，说你先抽着，我去打壶开水。正要出门时响起了敲门声，进来的是老板娘，她用托盘端了两杯沏好的热茶，笑眯嘻嘻地说："来来来，这是上好的龙井，香喷喷的，你们先喝点。"

王村说："谢谢老板娘，这太麻烦你了。"

老板娘白了一眼说："看王哥见外的，这是哪里话。老话说，不是一家人，不进一家门嘛，咱们今天能在同一屋檐下度日，也是前世修下的缘分，来，别客气昂，你的朋友自然也是我的朋友，不是吗？"

王村一时不知如何回答，只能顺道遛车，现编现演，演到哪里算哪里，油嘴滑舌的本领他还是有的，顺杆爬他也拿手，结果还不错，只三言两语，就将个三十出头的老板娘赞成了一朵花。王村接过茶盘，冲怵在地当中的老板娘讪笑了一下。他指指床沿说："来吧，老板娘，您请坐，别光站着。"然后他又对马兴介绍说："老板娘可是个热心肠的好女人，我住在这里多亏了她照顾。"

老板娘对王村的话只是哼哈应付，凑到了马兴跟前，大大咧咧地说："这位兄弟，你也是瓦工吗？"

马兴没抬头，顺嘴回应说："嗯，是的姐，我是王哥的徒弟。"

老板娘说："那好啊，原来咱都是自家人嘛。"

"自家人。"一听这话，马兴便用怀疑的目光扫了一下王村。王村尴尬地扭过头，他知道马兴误会了，但这种场合又不好解释什么。他发现，在交谈的过程中，老板娘的目光一直散落在马兴身上。虽然王村和马兴心里不得劲，但还是说："嗯嗯，自家人，这话说的好……"

被煽呼起来的老板娘愈发亢奋了，跟上弦似的一句连着一句，娇滴滴问马兴："兄弟，你也是刚上来吗？"

马兴说："不是的姐，我上来一个多月了，在卡布旗那边的村小学包了点维修活，正干着呢。"

老板娘眉眼一挑，略带抱怨地说："哎哟！你不会是住在工地上吧？"

马兴说："哦不，我租了房子，两天回一次乌驼镇，因为老妈还留在这儿，我不放心。"

老板娘说："要不这样吧？你也搬到我这里来住，我平时闲余时间多，正好能帮你照顾一下老人。"

老板娘的情感释放得太猛，超过了正常的热度，即便你想拒绝都不好意思张口。但无功不受禄，马兴不知道该如何拒绝，就看了看王村，于是，王村笑了笑说："谢谢老板娘，你的好意我们心领了，但是我这兄弟是个回族，尤其身边还带着老人，不是很方便。"

王村抬出老人说事也是无奈之举，好在这招特别管用。深谙世事的老板娘心里清楚，宗教这道深沟是无法跨越的。她只是有些不服气，或许还心疼搭出去的两个盖碗茶，嘟嘟哝哝地出门了。

老板娘一走，他俩也紧跟着出门，速度快得就像被狼撵过一样，等来到大街上王村才喘出了一口气，他说："兄弟，我昨天刚认识了几个甘肃老乡，其中还有个本地人也是回族，人都挺不错的，我想今晚把他们一起叫上，你看行不？"

马兴爽快地说："行啊！出门在外，多个朋友多条路嘛，只是在屋里那会你就该说出这个想法，咱也好合计合计，看这桌饭该怎么筹备。"

王村又转过脸看一眼旅馆大门，如释重负地说："刚头你没看老板娘那劲儿吗？就像要一口吞了你呢，我敢不快速离开嘛。"

马兴倒是一脸的得意说："没办法，谁让咱生得人见人爱呢？这就叫颜值，时代不同啦，男女都一样，正所谓性命性命，没有性哪来的命呢？"

王村说行啦，你娃就别显摆了，还是说说客怎么请吧？

马兴一拍胸脯说："咋请，拿钱请呗，不过哥你放心，你只管叫人就行了，人数有你定，其他的交给我。"

王村先拨通了王泾河的电话，乐呵呵地说："哈哈，大作家！不好意思，打扰你创作啦……"因为担心对方已经不记得他了，他又刻意提示说："我是王村，嗯，静宁县的，嗯嗯嗯，我兄弟回乌驼镇了，今晚想请大家一起吃个饭呢，请你给联络一下，到时候你们几个一起来。"

王泾河好像也很惊讶，他说："真的吗王哥，那太好啦，先替我谢谢你那位兄弟，人我一准通知到，你先定地方吧，定好了给我发个短信过来。"

他们走进一家名叫为"宁夏黄渠桥羊羔肉"的餐厅，其实也就是个饭馆，里面的空间很小，靠后厨的边上只设了一间雅座。老板穿身蓝褂子，边拿围裙擦手边从后厨窜了出来，一看就是老板客串了厨师，当然了，说厨师客串了老板也讲得通。老板打了个招呼，他问马兴："哈哈，兄弟，你俩想吃点啥呢？"

马兴说："有雅座吗？"

老板说："正好还有一个，哎呀！你可是来巧了，再等会恐怕就没了，请请请！两位兄弟请进。"

王村用目光扫了一遍餐厅，心想：什么来巧了，其实是来早了，你不就一间雅座吗？真会套近乎。马兴点完菜，先要了两个盖碗茶，俩人一边喝茶，一边闲谝。马兴关切地说："哥，我是这么想的啊，反正你没有落脚点，那就跟我走吧？我也不瞒着哥了，我现在交了个好朋友，你知道的，现今的社会人脉是最关键的一环，能交个好朋友就等于交上了好运气，路呢，也就会越走越宽，越走越顺……"

王村全神贯注地听着，这一刻他只为马兴高兴。马兴是他的骄傲，他认为交上好朋友就等于交上好运这句话是对的，而且这句话放在他俩身上也非常合适。

"我真的替你高兴。"王村说。

马兴表现得有些神秘，他往王村跟前凑了凑，压低声音说："我攀上了乌驼镇的教办主任，这人别提有多脏了，简直脏透了，眼里就认得钱，别看他官不大，但能量却不小，上上下下都有不少关系，不过这对我来说倒是好事，只要是认钱的主，就算是咱的贵人……"

他们聊的话题越来越深，但主角始终是马兴，王村只是个倾听者，或受教育者。他由衷地感叹，人啊！真是三日不见刮目相看啊，这才几天呢？马兴的情商似乎已远远超越了他，马兴倒成了他的师傅，至少在场面上，马兴的见识，定能压他一头。但他还是拒绝了马兴的好意，他思来想去，总感觉目前不应该往马兴身边凑，马兴能独当一面不容易，如果他去了，反而会碍手碍脚，甚至还会捆住马兴的手脚。尽管他没有正面答复，但有些事往往不回答才是最好的回答。

王村说："来来来，喝茶。"这样便巧妙地回绝了马兴。好在，随着土泾河们的到来，马兴的情绪也没受什么影响，更让他高兴的是王村的适应能力，才上来两天，就融入了新的群体并有了这么一帮好朋友，说明他和从前一样善于交际，这是个好兆头。

七荤八素的一桌菜，在哈闰平"人生在世须尽欢，莫使金樽空对月"的感慨声中，如风扫残云般造得似乎快了些，但这却是打工者的用餐习惯，也是真性情不经意地流露。他们并非不知道含蓄，而是不屑于装模作样。好在，他们喝酒也像吃菜一样痛快淋漓，量高的多饮，量小的自便，气氛一以贯之，非常和谐。酒后的诗人们一个个兴奋不已，都有些诗仙附体的疯狂劲头，诗意也随之在席间汩汩流淌，疯够了，闹够了，有人又有了新的创意，提议去西边的乌驼山顶上吹吹风，吼两嗓子，释放释放压力。而王村和马兴兄弟俩却只顾着碰杯聊天，述说这半年多发生在各自身边的事情。对于文人们的疯狂提议他俩也只能听之任之，尤其他们的老大哥老二哥王泾河与哈闰平也在乘兴迎合，好像睡着的兔子被提醒了似的拍手称快，而作为他们的新朋友，王村和马兴原本不想跟风的，但又不能在这种场合扫了大家的兴，王村说："那好，咱们河边上撒尿随大流。"

一群人推餐罢盏，手舞足蹈地涌出餐厅，吵吵嚷嚷地直奔西山而去。因马兴与哈闰平都是回族，他俩虽才结识，尽管他并不乐见哈闰平的任性而为、对酒当歌，但既然已将其视作朋友，自当是一只蚂蚱六条腿，一条下水都下水。马兴一下水，王村便不好意思在岸上旁观，王村已年届不惑，他也觉得与这帮年轻人招摇过市确实不怎么好看，但为了大家一乐，他始终跟着。

乌驼镇本来就小，经过近几年不停地改造和扩展，老市场这片地方早已没了市场的影子，但曾经的地名却牢牢地印刻在人们心里。这片早年间留下的平房区，本是镇子的原始风貌，但眼下已被拆得七零八落，更扎眼的是，在残垣断壁间又兀自竖起了很多高楼。还有些平房没来得及拆除，但墙面上已喷上了斗大的"拆"字，就像被判了死刑的罪犯在剩余的时间里胆战心惊地苟活着。估计房屋的拥有者已拿足了拆迁补偿款到别处安身立命去了，留下鬼影闪烁的空屋子还在为一些失足妇女发挥着余热。王村和马兴在一片昏暗中被裹挟着穿街越巷，很快就晕了头，分不清东西南北。一条条黑洞洞的老巷子就像迷宫一样错乱，但王泾河他们似乎很熟，他们在前面走，王村和马兴紧紧地跟着，生怕一不小心掉了队转不出去。

走出七拐八弯的旧巷子，又穿过黑影绰绰的楼宇，总算来到了空旷的城外。由于一再登高，人人都倍感吃力，个个都气喘吁吁，一抬头才发现，他们仍处在半山腰的位置，而脚下，正踩着一条南北走向的山路，路面的高度刚好与城中的楼顶持平。他们实在爬不动了，便坐在长着马莲草的路基上俯瞰乌驼镇。灯光散乱中忽然间给人一种重生之感。此刻，这座古镇的形状就像一处不规则的演艺场，既有灯火阑珊，也有黑灯瞎火，这便是拆与建的过程中必然会出现的状况，也预示着，乌驼镇的改变将是一种蜕变。王泾河指着镇子的中心区域说："兄弟们！你们都看见啥了？"

"看见了乱糟糟，脏兮兮，臭烘烘。"一位诗人说。

"夜幕中的乌驼镇让我看到了光明与黑暗并存，艰难与希望同在，但是毫无疑问，光明和希望终将驱尽黑暗与艰难，将一个美好灿烂的明天呈现于我们面前。"又一位诗人感慨说。

"对！"王泾河说："这种乱，只是表象上的乱，其实这种乱象里潜藏着丰富内涵，也有很多我们共同期待的东西，到底是什么东西呢？我看就俩字——机会。"

"好！"大家齐声鼓掌。王村说："不愧是大作家，黑夜里都能登高望远、畅想未来，了不起啊，每句话都让人心服口服，听着舒服。"

马兴说："是啊，咱们会越来越好的，我相信在乌驼镇这个地方，会有属于我们的一席之地，包括房子、车子，还有心爱的女人。"

这一刻哈闰平的激奋也跟着达到了高潮，他站起身来说："啊！兄弟们，让我来总结一下吧，2007年，对我们国家来说，是形势大好的一年，嫦娥一号探月卫星即将发射升空，百年期待的奥运会也在积极准备，可以说，筹办工作已进入冲刺阶段，真是振奋人心啊，而且今年，国家还要加大对'三农'的投入；新的惠农政策，尤其关乎我们的未来，所以2007年，是个全新的年份。而现在，咱们正面对快速发展的乌驼镇，身后呢，是著名的乌驼山，通俗地说，就是前有期望，后有靠山，兄弟们！'临渊羡鱼，不如退而结网。'我相信你们，也相信自己，更相信我们蓬勃向上的伟大祖国，只要我们大家有勤奋努力的决心，有吃苦耐劳的勇气，那就再相信这片土地吧！我们的梦想，一定会在这里实现，耶！"

王村和马兴不是文人，也没有那么多慷慨激昂的辞藻，但他们显然也情绪激昂，认为今晚的乌驼山值得一爬。或许在往后的日子里，这情景永远都是这帮漂泊者精神上的催化剂，尽管只上到半山腰，没能踏在那高耸的驼峰上，但这励志的场面却依然精彩纷呈，或许还真能为他们的人生旅途补充能量，助他们跋涉得更远。

邂逅是美丽的，相遇是开心的，这一路走来，王村认识了很多人，经历了很多事，从他们身上，既收获了友情也收获了精神。

十

　　王村还是赶在黎明前就起床了。他的腿脚还有点酸疼，这都是昨晚跟那些文学圈的追梦者一起疯狂的结果。但他在一瘸一拐地走路时还是觉得值，虽说是一群酒闷子半醒半醉中的肆无忌惮，但是对他来讲仍称得上意义非凡。反正王村是被鼓舞了，他的目标更清晰了，方向也更明确了，剩下的，就是打起精神前行，撸起袖子实干。

　　但讽刺的是，他像只鼓胀的青蛙，崩足了劲却仍没从劳务市场跳出。当太阳再度从楼顶露出热脸的时候，他又一次被剩下了。与昨天的剧本一样，他还是糊里糊涂地重复着失落与彷徨。但他的情绪却没有昨天那么糟糕，想到昨晚乌驼山下情景，他怎么会轻易泄气呢？他想，原来生活是如此看重我呀？每天都忘不了跟我开玩笑，检验我的耐心，好！那就检验吧，谁怕谁？于是，他将遮阳帽往下一拉，极不光彩地混入别人招收好的人群里，麻利地钻进其中的一辆三轮摩托车。每辆三轮车里坐四个人，另外三个人是一伙的，一看，就只他一个生人，这使他被动地做了一路的听众，听其他三人挨个吹牛。其中一个人说他每天加个班能砌六千块小片砖，每当砖块在他手上旋转翻飞时，总能引来路人的驻足观望和由衷赞叹。另一个说他带 1 个小工 1 小时能抹 30 平方米的毛面砂灰，就算找遍整个乌驼镇，恐怕都难以找到能与他匹敌的抹灰工。最后那个更离谱，说镇中心"万国城"的门牌楼就是他设计的。果真是新世纪的吹牛大王，而且还不怕上税。他们一个个将牛吹上天却脸不发红心不跳，反倒让王村这听者极不适应，他甚至为整个瓦工圈子感到羞愧。这种羞也包括了对行业的担忧，他觉得照此下去，大话满天飞，谁还会相信他们？王村想：行，是李逵还是李鬼等会再见分晓。

三轮车七拐八折，总算将他们拉到城乡接合部的一处工地。工头是个五十出头的陕西男人，姓郝，个头比王村还高，方方的脑袋，皮肤黑得跟黑炭似的。他承包了这处平房区所有工程的土建部分，由于工期紧，便想多组织一拨人开工。但这人脾气古怪，尤其在用人方面更是别出心裁、别具一格。他站在一个四四方方的砖垛上似乎还嫌不高，便扯开沙哑的嗓子说："我这个人啊，脾气不好，但我的心是好的。首先，我从没差过工人的血汗钱。而且还有一条，那就是，想一天挣多少钱，随你要，只要你把活干下，达到我的要求，钱不是问题，你尽管开口。"

他扫一眼对面的人群，继续以挑衅的口气说："有道是艺高人胆大，是骡子是马，咱今天就遛在当场，大家说好不好？"

下面没一个吱声的。因为他们不知道这黑脸老板葫芦里到底卖的啥药。

见工人们不吭声，老郝便认为他的挑逗还欠火候，继续夹枪带棒地说："哈哈，别忘了，你们可都是年轻人啊，对付我这五旬老汉，应该有心理和体能上的双重优势，难道还不敢比试吗？来来来，下面我先讲一下规则，从现在开始，你们每人在这道八米长的山墙上随我砌三层砖，砌完了，谁符合我的要求谁留下，同时呢，我会尽量满足他的工资要求，你们谁先开始？"

老郝又一遍煽忽完了，下面还是没人接茬。一伙人站在哪儿，来了个张飞抓耗子大眼瞪小眼。这种情形老郝似乎并没有感到吃惊，好像他早就料到了这种结果，便轻蔑地说："我的天爷，你们到底是不是师傅呀？不会全都是假的吧？还是本来就学艺不精呀？"

总算有人站了出来，从气势上看，他应该是这帮人的带头大哥。他扫一眼老郝，好像是立马被老郝的邋遢形象助长了勇气，遂将黑脖子一挺，不屑地说："老板，你是把人看扁了吧？我们干瓦工这行可有些年头啦，俗话说，没有金刚钻，不揽瓷器活，就你这小平房也想难倒人吗？我可不是给你吹，就这等糙活，我即便闭上一只眼睛，也能直挺挺地把它盖起来，信不？"

这人的一番说辞似乎让老郝眼前一亮，他微微一笑说："好啊，那就干啊，有真货还犹豫个锤子，俗话也说咧，真金子不怕火炼，好女子不怕人看，既然有两把刷子就亮出来，让咱瞧瞧啊？"

那人又扫一眼众人，轻哼了一声说："关键是你这做法太损了，也太不厚道了，还砌三层砖，考试呀？来前你也没说这条啊？干活嘛，开工干不就行了，大不了中途看谁技术不行你就让他滚蛋得了。这算什么？反正俺们接受不了。再说，这可是一大帮人呢，等每人砌完三层高，两架墙都起来了，到时候你再说不行，耍人呢？"

但老郝依然固执，始终坚持这一关必须过，强调说："选上的我自然会留下，如果墙砌了没被选上的，我负责发给回家的车费，如果是滥竽充数者，那就对不起，自己掏钱打车回去，怎样，够公平吧？谁先来？"

一帮人相互交换了一下眼神，呼啦啦做鸟兽散了。看得出，对于这种结局老郝是有心理准备的，或许宁缺毋滥是他用人的原则，又或许他不想让那些凭嘴吃饭的人混进他的队伍，所以人都跑光了，他却笑了，他一边笑，一边冲撤退的人群嘲弄说："妈的，一帮子啥人嘛？腰里挂个死老鼠，还冒充打猎的，我最恨这种人。"唠叨完一抬头，发现王村还站在那儿，很显然，王村的举动让他颇感意外，他白眼一翻说："你咋还不走？"

王村眉毛一扬，以挑衅的口吻说："我想试试。"

老郝更有些吃惊了，他再度审视了王村一遍，反问说："你说啥？"

王村微笑着向跟前走了几步，胸脯一挺重复说："我想试试！"

老郝说："就你一个人了，还试个锤子呀？走吧走吧。"

老郝一爆粗口，王村便有些不爽，他不爽，不光是因为老郝没素质，开口闭口骂人，还因为老郝从门缝里看人，至于老郝是否收留，他倒不太在意。尽管他快要弹尽粮绝，但是与今天的事情并无关联，他也怪不着老郝诓人，因为人家并没叫他，是他自愿跟着来的。

见他还站在那儿，老郝的语气比先前放软了些，他说："还是算了，我给你二十块钱，赶紧到路边打个车回去吧。"

王村说："路费用不着你掏，你也不欠我的，因为你招人的时候并没叫我，是我穷途末路，觍着脸混进来的。"

老郝的黑脸总算有了些正常的表情，或者说，有了些近乎正常的表情，但他并没有即刻感受到这种转暖的情绪是由王村带来的。好在他开始正眼瞧王村了，他认为面前这个男人身上有没有真材实料先不说，最起码他还有一分诚实，这一点有时候比技术和能力更重要。但他似乎仍显得很为难，或许他不想与王村比试是出于好意，他说："你为啥非要比试？"

王村说："我既然来到这里，就不能灰头土脸地回去，我得争这口气，也想让你知道人外有人天外有天，谁才是真正的猎人。"

老郝原想骑上他那辆老式"飞鸽"自行车去另一个工地，但是被王村这么一激，他啪地将车子摔了，然后冲两个小工一招手说："上砂浆！"

砂浆还没有上来，老郝已脱光了衣服，还跃跃欲试地光着膀子做了几下热身。老郝是有底气的，这种底气来自于他精准的眼功和砌砖的手法。他活了大半辈子，除了跟砖灰水泥打交道就没再干别的，他的功夫是汗水泡出来的，也是潜藏在骨子里的，所以才目空一切。他倒要看看这位夸下海口的人究竟有多少本事。

王村也随之脱了外衣，只留件小背心，不过还是要比老郝体面一些。在他握紧铲把的一刻，老郝便一眼看出他上臂内侧有一大块肌肉在颤动，整个身体展露的爆发力也让老郝为之一振。王村虽也年届不惑，但面对老郝时年龄和身体上仍有着明显的优势。只是从头至尾，老郝并没有看好王村，包括现在，他仍低估王村，他认为从技术层面来讲还是自己占优势，王村只强在年轻力壮上。本来他对工人的技术考核也是走过场，只要有点手艺的他都会留用，他心里清楚，十指都有长短，想让每一位师傅都达到他的技术水准，那他肯定是永远招不到人的。不过，此刻与王村过招他是认真的，因为王村的话说得太满，正好挑动了他争强好胜的神经。所以他必须赢。当他看到王村将工具包里的吊线锤、卷尺、靠尺等工具都一一取出来时，他便暗自偷笑，心想：果不出我所料，砌三层高还要吊线，还要量标高，可见他还嫩得很呢。接下来老郝又玩了个心眼，先一步占了墙南端一侧。瓦工盖平房时，占位是有规矩的，外山墙南拐角的师傅一般是手艺最好的，因为他掌握着整个房子的尺寸与标高，俗称"把拐子"，这位置的重要性就如同音乐会的首席提琴手。

老郝毫不客气，单从砌墙这方面来说，他是充满自信的，他认为与王村比，自己更有资格站在南拐角，另外南拐角是往前推着砌，是顺手，而北拐角则往后拉着砌，是反手，操作起来反手相对要难得多。老郝得意于自己又一次成功地耍了个滑头，他觉得这样一来，王村没开始干就已经输了一半。

尽管第一层二人同时完成，但老郝却不由得出了身汗。他开始紧张了，因为王村用的是反手，这就说明，即便他占着有利条件，但情形并不乐观，这样的平手，其实是王村赢了。砌第二层的时候王村开始吊线，因此占用了一些时间，老郝砌到中间时王村还有三匹跑砖没有砌完。砌第三层时王村又在吊线，老郝一兴奋，便愈发地抖擞精神。他开心得不得了，认为自己既可以赢得比赛，又得到了一个瓦工好手。因为眼下乌驼镇的劳务市场已成为鱼龙混杂的地方，看起来一个个工具齐全、神气十足，即便你让他们盖人民大会堂他们都敢应承，实际上有真本事的没几个。这些年他用人无数，只是能与他过个三招两式的人少之又少，今天遇上王村，他能不开心吗？

老郝欣赏王村是一回事，比赛砌墙又是另一回事。既然比上了，当然得分个高低胜负。况且老郝认定自己胜券在握。因为后两层都是他先砌完的。他拍了拍手上的土，掏出烟叼了一根又甩给王村一根，一边得意洋洋地往身上穿衣服，一边笑眯嘻嘻地说："咋样朋友，服了吧？"

王村点着烟，吸了一口，淡淡地一笑说："不服。"他一指南墙拐角说："先看看你砌的墙咋样？"

老郝脸一板说："咋啦？有问题吗？"

王村边收拾工具边说："至少负5毫米，而我的，正负误差不会超过1毫米，不信你拿靠尺靠一下。"

老郝一蹦子跳起来说:"不可能!我这辈子干的啥?还能把墙砌歪了?"

等检测完,老郝便羞惭地一屁股坐在了地上。王村用肉眼报出的数据竟然分毫不差。这是他一生中唯一一次在砌墙比赛中落败。他输是因为太依赖经验,而王村却赢在了严谨上。老郝心悦诚服地说:"我输了,这样吧,今天就给你发工资,你也不用去别处找活了,去住处将铺盖行李搬来,我给你准备房间,以后你就跟着我,我绝不会亏待你的。"

当晚,两个人喝酒时又提起比赛的事,王村说:"其实砌第一层时我就断定你已经输了。"老郝不解地说:"为什么?"

王村说:"因为你头一块七分砖没放平,第一层不平,就意味着后面的全歪,因此横平竖直很重要,尤其前三层到五层对整个墙体来说是最关键的部分,如果在这个高度误差超过1毫米,那这道墙就得小心了,说不定砌起来也是不合格的,就像你今天这样。所以,我们才要在操作时注重三层一吊,五层一靠,这是砌砖的规矩。"

老郝举起酒杯说:"你这鬼尿,规矩我知道,只是我太过自信了,又急于求胜才大意失荆州,来来来,不说了,干杯!"

王村遇上老郝,避免了去劳务市场让人决定命运的痛苦环节,得以安顿下来,脚踏实地地干一段时间。这样,他就能先喘一口气,再谋求大的发展。而老郝得了王村,按老郝自己的说法,就如同秦腔里唱的刘备得孔明如鱼得水一样。自王村加入团队为他分担管理压力之后,在许多事情上他都感觉省心了,特别在用人上他没再犯过难。银川及内蒙古周边地区的农民工大多都来自于甘肃,他们被称为老甘,不用说,王村也是老甘中的一份子,冲这层关系,他们便多了条相信王村的理由。当然,老郝也用人不疑,在用人与施工方面给予王村一定的处置权和决定权,王村对工人的承诺,老郝一般都不会让他打脸。同时王村的待遇也不低,是大师傅两倍的工资,也就是说,王村出工一天就等于两天,就这,老郝都觉得值。因为在相互合作的过程中,尽管他不显山不露水，但在建筑理论上的造诣还是令老郝佩服得五体投地。王村不单能搞简单的预算，还能看懂图纸，不论平面图、剖面图还是投影图，只要老郝拿来，他都不在话下。与老郝比，王村缺的是经验，主要是混迹于各种场合的经验。即使这样，老郝仍觉得让王村给他这大老粗卖命有点亏心，但他还是要将好钢用在刀刃上，一直在劝王村别再亲自上墙干活，老郝说："你只管用嘴、用脑子就够了。"

对于王村的才华，老郝一点也不想浪费，慢慢地他发现，王村最大的优点其实是诚实守信，外加他的技术，能够更大程度地帮到自己。随着时间的推移，老郝越来越依赖王村，最终还大胆地将两个以上的工地交给王村打理。

十一

老郝跟乌驼镇的某主要领导有亲戚，因此才过来抱着大树乘凉。这几年他看似小打小闹，其实也挣了不少钱。镇里头有好多边边角角的工程看上去不起眼，实际上，那才是能挣钱的肥活。在这座大规模扩建的镇子里混，老郝也像他承揽的工程一样不起眼。但是他很低调，自始至终，都与他的工程共同诠释着人不可貌相这句话。不论你左看右看上看下看，也无法将老郝与有钱人或有关系者联系起来，但他确实淘到了金，并且继续在仰仗着裙带关系暗自发迹。这些也只有亲近的人才知道，比如王村。局外人依旧会坚定不移地认为老郝是大大的守法公民。尤其他那苦大仇深的长相和那颗黑黢黢的四方脑袋，两条胳膊上暴凸的筋脉，还有那一嘴黄牙，以及他的穿着，更是简朴到令人同情的地步，尤其下身穿的那条裤子，不论新旧，时常都有一条腿的底边脱线，造成一长一短，一看就知道是从街边的地摊上拾掇来的便宜货。

说白了，老郝就一副贫苦农民的样子，那副嗓子，像是长期有冤无处诉憋屈出来的一样浑厚、沙哑的男高音，使他传出来的那种强势劲头更胜一筹，会带给人一种老子为尊的蔑视感，即便面对他喜欢的人时，他的嗓门也难以降低。而在他手下的工匠眼里，他这副独具震慑力的嗓子平常也就只干两件事儿，一是骂人，二是唱秦腔，尤其一段《唱窑》中薛仁贵的唱段，曾征服过乌驼镇无数的街头戏迷。不过，他骂工人时的腔调不但高亢，而且在用词上也与众不同，就像小贩的吆喝，永葆特色。如发现小工偷懒，不论男女老少老郝都骂三个字："挨求呀。"

尽管老郝使人和骂人一样狠毒，却从不拖欠工人的工钱，这是他的长处，而且这种长处完全能抵消他语言上的短处，人无完人嘛，更何况钱对于下苦者来说比什么都重要，有时候，被骂的人冲他在钱财上的这份爽快，也只好淡然一笑，不予计较，常言说：打过骂过照来往，哄过骗过隔道墙，他就是嘴臭，外加抠抠搜搜，但还不至于坑人。

老郝是个鳏夫，多年前老婆死了，起先他一直在老家咬紧牙关苦熬着，靠手艺和苦力拉扯两个儿子。儿子们倒很听话，也能给他争面子，在光宗耀祖的道路上没让失望。他们一前一后考上了陕西大学和西安交大。老大再有一年就毕业了。但前程远大的他们却让老郝越发地劳心费神。他们并没有真正体会到今天的学业不但来自于他们的努力，还来自于父亲没日没夜的辛劳与付出，是他爹这双布满老茧的粗手垒砖垒出来的。老郝每次到学校将大把的血汗钱送给儿子，回来时却要背一包儿子穿成半新不旧的鞋。这些鞋都是些品牌鞋，有的还只是微微折了几道小褶子，或样式稍有点过时。儿子不穿了，他得接着穿，因为他觉得扔了可惜，收拾一下，还照样能穿。老郝想：儿子是在高等学府念书，当然不能跟咱一样。

尽管老郝心里的苦是在"二锅头"的作用下倒出来的，但正因为这样，王村才深信不疑。老郝说他这些年挣的钱一个子儿也没能攒下，这还不算，以后不论哪个兔崽子在城里买房成家，他都免不了拉饥荒，这就叫苦寒自知，他都快愁死了，别人还在羡慕他生了好儿子。

在老郝的撺掇和安排下，土村算是从旅馆里搬出来了。其实他并不喜欢住工地，尤其住这种等待交工、透着潮寒之气的房子，还因为他手下的工人就住在隔壁，年轻人精力充沛，晚上不是打扑克就是喝酒，在一排大通铺上能集体折腾到半夜。自从与王泾河、哈闰平们结交后，他仿佛一下就变得安静了，还想抽空多读点书，他心里清楚，不论时代如何发展，知识永远都是干货，他不能自满于现状，也担心有一天会被时代抛弃。这样一来，他就更渴望有一处安静的居所，远离嘈杂，从阅读中寻求知识，让自身逐步充实起来。

工地上的大灶房设在隔壁的隔壁，雇了个四十出头的当地女人为他们做饭。这女人跟老郝熟，有时候工人中有人给饭菜挑刺，她就会理直气壮地质问说："咋嗟啦（怎么啦）？众人吃饭你一人嫌稀呀？"说话间，她还会习惯性地歪着脑袋向门外瞥上一眼，继续说："你看看郝老板，舀一碗饭二话不说，蹲在院子当中就吃光了，饭不好，他能那么上口吗？嘁！"

　　这一招很灵，通常都会令挑事者无言以对，毕竟鲜活的榜样在那里放着呢，谁也不敢说比老板的地位高，或者说比老板有钱。老板不挑三拣四，吃得稀里哗啦，像享受世间美味似的，其他人也就只能忍了。但是饭菜真的很差。早上是稀饭馒头，那稀饭盛在碗里，一晃荡都能照见人呢，再配一笼永远都蒸不出花样的馒头，而且还今天黄了，明天酸了的。午饭是另汤面，面条是粮店送来的机器面，硬得抓一把几乎都能立起来，煮的时间比吃的时间还长，再加上那一锅永不变样的洋芋汤，吃得人直想吐酸水，就算换成了萝卜汤那也多少算是个改变，但她就是死活不变。晚上吃米饭，听起来不错，有一道爆炒卷心菜，还有个鸡蛋汤，但是菜与汤搅在一起都不见漂个油花子，是标准的清汤寡水。饭菜越没油水，工人就吃得越多，干活还没劲。作为一线施工人员、管理者，王村心里急，他提醒老郝，咱这么下去可不行，应该提高伙食标准，大家吃好了，多努一把力，费用不就找回来了吗？再说了，出门在外的人，肚子吃不好，情绪上就难免有波动，也就是人们常说的，累了想家，饿了想妈。但老郝始终不这么看，他坚持说："但凡是大锅饭，你走遍天下都一个样，起码我这里还不算最差的，你没看吗？这些人正是在别处遛垮了肠胃才跑我这儿揽膔来了，我老郝的工地可不是养瘦马的草场。"

　　王村无语，但还是想说。因为他不光是担心，而且还可预见到这样发展下去的后果。但老郝犟得像头牛，对于王村的提醒，他死活都听不进去，他拍了拍王村的肩膀说："老弟呀！你没听人说吗？男人心软受穷，女人心软跟人，你就是心太软啦，我担心以后你会吃大亏。对于这帮干活的，你即便摆上四菜一汤也还是那副德性，他们天生就是吃饭端盆子，干活装聋子的货，没治的。"

老郝做事自有老郝的道理，只是他这道理王村万死都不能接受，他相信人心是肉长的，人心换人心，四两换半斤，若再不采取人性化的管理，这工地迟早得垮。但老郝是老板，他只能以商量的口吻与老郝说："郝哥啊，饭菜里没油水，这样下去人心真的是会散的。"

老郝说："放心吧，只要你我能吃下去就行，这就叫榜样的力量，咱俩至少每天坚持在工地上吃两顿，其他人就没啥话说了……"

王村吃惊地看着老郝，心想上个建议这还把自己搭进去了，再怎么说，自己还挣着双份工资，吃掉一份还剩一份呢，怎能在这里跟着他遭这份洋罪？

老郝知道王村在想什么，便笑了笑说："你先别急，等我把话说完嘛，你是我的军师，也是我的顶梁柱，我哪能忍心让你受委屈，你我与工人同吃同住，只是演戏给他们看，好堵他们的嘴，等工程竣工了，他们一分不少地拿到钱，谁还会记得曾吃过什么，说不定他们还会念你我的好呢。"

这倒是。但凡在外漂泊的农民工，目的并不在吃穿上，而是更在意那份工钱。出力流汗有时甚至还得流眼泪，就为了最终能给家人带回希望和实惠，这个希望说白了就是钱，父母在等钱养老，子女在等钱上学，可往往这种合理的期待也会竹篮打水，因各种因素而落了空。活干了，钱却没能拿到，不是工头跑了就是老板跑了，这种意外事件在打工者当中常有人遇到。好在老郝还算是有良心有底线的人，他这个底线就是宁可精打细算，也绝不克扣工钱，这么一来，他也就认定了自己是个好人。

工人如何评说老郝，那都是完工之后的事情，目前王村仍旧担心，怕这样的饭菜会把人吃跑了。老郝说："钱在我手里攥着呢，他们是不会跑的，我还是那句话，只要你我坚持与他们同吃一锅饭就不会有人闹事。"

王村说："照这样吃下去，恐怕我也坚持不了多久。"

老郝诡谲地一笑说："这个我知道，别说你了，我也扛不下去，但是没办法，为了改变命运，我们就得吃苦，不过你也别怕，只要早饭和午饭能咬牙吃下去，晚上咱们出去，我带你吃顿好的，给你超额补回来，怎样？"

王村还能怎样，除了露出苦涩的表情他什么都做不了。随着合作的进一步深入，他对老郝已有了更多的了解，也知道老郝在吃穿方面是个很抠的人。但是老郝对自己苛刻却能宽宥王村，这一点王村是能够体会到的。尤为关键的是，老郝从不在工人的血汗钱上动歪心思，这就像冬天野地里时有时无的篝火，给他带来一丝温暖的同时又能给别人增添凉意，说到底，他还是心疼那帮工友，为他们糟糕的饮食纠结。因为他知道他们每天要吃多少苦，流多少汗，这个老郝心里也清楚，只是他一直在装睡罢了。

现在城里的一些人常污蔑他们这个群体，殊不知日新月异的城市却是他们一砖一瓦垒砌起来的，离了他们这些人，又何谈居者有其屋。一块240mm×115mm×53mm的小片砖饮了水之后至少有两公斤重，此种规格的砖，每个瓦工每天都要垒砌将近3000块，外加上砂浆的重量，他们每人每天仅搬动的重量就接近两万斤。如果用240mm×100mm×100mm的空心砖砌墙，其重量还会增加。也就是说，干砌筑是体力劳动中的体力劳动，如果饮食跟不上，人会逐渐透支，体格强健者尚可，而体弱者根本就扛不住。即便有这样的劳动强度，包工头通常都不会在伙食上投入太多，因为他们与工人之间是纯雇佣关系，不存在感情，现在，像老郝这样能全额发放工钱的老板已经不多了。

老郝是当家人，当家自知柴米贵，而王村是兵头的身份，不接受他也得接受。尽管他每晚都跟着老郝出去，躲在角落里吃顿独食，但他并没有品尝出酒肉的香味来，他觉得长此下去，免不了会滋生变故，至少会因此造成工地减员。老郝却不以为然，他一仰脖子，喝下一杯"白老泉"说："兄弟呀！说真的，你的担心过头啦，也多余啦，真的……"

接着他又斟了一杯酒，变本加厉地说："养人就如同养驴，首先你得摸清驴的秉性，不然就容易挨踢……"

王村刚端起酒杯，正准备一饮而尽的时候却听到这么一句，他的心揪了一下，眼皮子像受了惊吓一样再次分开，他盯着老郝的嘴，质问似的冒出一个字："驴？"

老郝的黑脸有一丝暗暗的猩红，或许他已感觉到自己的话可能无意中伤到王村了。在他的工地上，王村的地位再高也还是打工的，他听了刚才的话肯定会不舒服，于是，老郝立刻就换了副嘴脸，赔上笑说："兄弟，你可不要多心啊，我只是打个比方，我承认，是口误，我自罚三杯。"

他脖子一仰，干了个痛快，端起第二杯的时候又接着说："不过戏已经唱过半场，你觉得在这个节骨眼上演员会撂挑子吗？道理是一样的，工程过半，对于工人来说就等于希望过半，已经嗅到钱味的时候，你就是赶着他们跑，他们都舍不得跑的，放心吧。"

这都是经验之谈，说明眼下老郝已是有恃无恐，因为他捏着工人的脉门。但仅仅过了一个晚上，第二天一大早老郝就被打脸，有两个师傅一个小工还是果断地提出要走，他们三个是王村从劳务市场招来的，王村曾承诺过，如果哪一天他们不想干了，可以随时结账离开，但是他失信了，老郝并没给他们结账，理由是他们没将活干完，老郝还满腹委屈地说："吃饭吃饱，干活干了。你们说走就走，有没有替我想过？我这里大小也算个工程，得干完一家结一家的账吧，现在活干到半坡上，我那边结不了账，你让我拿啥给你们发工资？"

老郝强调了一大堆，言下之意就是走可以，但是拿不上工钱，看着办吧。这三个工人也很强势，指着鼻子反问老郝："别说没用的，我们凭苦挣钱，现在活干了，钱的事，你给个痛快话。"

老郝身子一挺说："我没说不给，你们背上二斤干粮访一访，我姓郝的啥时候差过工人的工钱？可现在我也没办法，活干个半吊子，你们几个跳出来，釜底抽薪给我撂挑子，你们这样随时放鸽子，我确实想不通，如果大家齐心协力，用不了十天半月这房子的主体工程就都做完了，等工程一交付，账一算，你们欢欢喜喜地拿钱走人，即便我不挣钱，起码也落得个干净穷汉吧？"

但是三个人去意已决。尽管全体工人都在挽留他们，或指责他们，说他们不怀好意，关键时刻扰乱军心，没诚信还要拖累大家。但话都说尽了，却似乎起不到任何作用。小规模的建筑工地，本就是流水的营盘流水的兵，人的去留向来随性。貌似工人们在向着老板说话，实际上却不是讨好老板，而是在讨好钱。谁也不想在这个时候让工地出岔子，这个不用解释人人都心知肚明，只有工程告一段落他们方能顺利拿到工钱。可现在问题来了，军心动摇肯定会导致全体意志的动摇，减员又会直接导致工期延长，说到底，干不完活大家就拿不上工钱，这是秃子头上的虱子，明摆着的。王村不甘心地劝慰说："咋样，兄弟们，要不再考虑考虑？"

三个人齐声回答："不用！"

其中一个站起身来，向大伙深鞠了一躬，说："谢过大家，这段时间麻烦了……工地上天天素菜当桩，出不了一个月，别说砌墙了，恐怕连走路都得扶墙。"

王村羞惭地埋下头，连辩驳的勇气都没有。他不想成为工友们眼中的骗子，可他确实就是骗子。这三个人他给人家打过保票，来时自愿，去时自由，而且可以随时结账走人。但眼下肯定不行，即便老郝手上有钱也不敢开这个先例，如果口子一开，恐怕局面就难以控制了。在这一点上老郝不糊涂，或许老郝知道这一刻最难受的人是王村，于是他才有意绕过王村，自己当这个恶人，他说："你们都听着，工资的事儿不怪王工，随走随拿钱是我承诺过的，他只是借口传言，可你们别忘了，家有百万，还当场不便呢，但我可以保证，等完工了，一个钱也不会少给你们，如果我姓郝的做不到这一点，就主动从你们裆下钻过去，谁要是现在当逃兵，对不起，没钱，想闹事尽管放马过来，我奉陪。"

三个人二话没说，背上行李走了。只是在经过王村身旁时，其中一个拍拍王村的肩膀说："先走了，但愿你好好活着，咱们后会有期。"

十二

时光步入四月，虽说是晚春时节，但乌驼镇三面环山一面临丘，气候时冷时热，天空和大地不断地变幻着温度和颜色，工地上有人开始生病了，加之三个人刚刚离开，可谓屋漏偏逢连夜雨，人手不足的问题立马凸显。王村只得再进劳务市场，但他心里犯愁了，不知现在出去招工时，还能给人家说什么或承诺什么，难道还敢像起先那样放大话，说随走随结账吗？他真的很为难，同为下苦的人，他其实很同情那三个兄弟，同情他们，也等于同情自己。王村承认，那三个人的离开绝对是符合常理的，工地上吃不好，时间长了，谁能扛得住呢？愁归愁，但是王村依然在进入劳动者群体的第一时间就受到了拥戴，大家众星拱月似的将他围在中间，开始了自吹自擂的自我推销，有说自己技术一流的，也有说自己乖巧听话的，还有说自己能适应各种环境的……

有时候，人类的群体意识及行为习惯还不如一支蚂蚁军团规范，特别是劳务市场这种地方，确实是没有最乱只有更乱，这里的矛盾是永远无法调和的，是阴差阳错的，好老板找不见好员工，而真正的高手又正在坐冷板凳或四处上当受骗，而且真人不露相，露相不真人那一套逻辑在这里根本不适用，人们全凭一张嘴，乱哄哄地在各说各的好，把王村的脑袋都快吵炸了。他有些眩晕，面对前拥后挤的应召者，他甚至搞不清应该如何取舍。他更不认同老郝那种现场测试的方法，那样尽管牢靠，但对于打工者来说不但过于苛刻，而且还伤自尊，无奈之下，他只能拿一些建筑学常识或粗浅的理论当考题来试探他们，例如：240mm 厚的墙每方用多少砖；墙体的压力是靠什么传递的等等。

不过还好，总算还有三五个能让他看上眼的，双方敲定了工资待遇以及工作的性质和要求，正欲离开时，却有人挡在了面前。王村一看便倒吸一口凉气，来者不是别人，正是离开工地的那三个人，其中一个面带煞气地喝道："你们不许走！"

几个应召者表示不解，这些人大多都冷板凳坐久了，窝在心里的火基本上一点就着，碰上这种情况就免不了会生气，其中一人的眼睛还翻成了灯泡子，怫怫地说："咋啦不许走？你他妈谁呀？"

三个人可能感觉自己的表达有问题，而且还造成了误会，慌忙找补说："对不起，哥几个可能没听懂我的意思，我没说不让你们走，我是说，不许他带你们走。"

"那不是一样吗？"应召者问。

"不一样，我们只是不许他从这里带走任何人，当然了，这也是为大家好，因为他是个骗子。"

王村很镇定，他一笑，说："大家别听他胡说，我在这里至少也用过好几拨人了，啥时候骗过你们？他们三个是因为活干到中途撂挑子，跑了，所以才没拿到钱。"

三个人说："看来你今天是想死磕了，好吧，咱也把话撂这儿，在我们的账结清之前，就不准你在这里招人，你要能从这里带走一个人……"他晃了晃拳头说："那算你本事大，不信你就试试。"

说话间，三个人呈"品"字形把王村围了，并摆出随时动手的架势。俗话说，好汉难敌四手，饿虎害怕群狼，况且他现在面对的是六只攥紧了的拳头，虽说眼下已经是 2007 年了，而且我们国家已完全迈入法治社会，但凡有点法律意识的人，都不会选择在公共场所打架，因为打输了会进医院，打赢了会进牢房，但他一点都不怀疑这三个人对他动手的决心，而且这种场合他肯定是弱势的一方，又没人能出来帮他，唯一的搅局者也就是那几个应召者，当然他们也不是见义勇为或主持公道，而是为了自己从今天起有活干，在自身利益面前哪容得别人胡来？于是双方的语言快速升级，甚至还发生了肢体上的撕扯。

但是三个人不傻，他们心里也很清楚，劳务市场这种地方，甘肃人最多，一旦惹恼了众人，那后果可就是乱拳打死老师傅，所以他们只咬定王村不放，尽量不冲撞其他人。紧接着，王村的鼻梁上就重重地挨了一记勾拳。这一击很突然，也很坚决，能下此狠手，就说明他们孤注一掷，已放弃了讨薪的初衷，钱人家指定是不要了，打他，只是想出口恶气，发泄发泄，找找心理上的平衡。

王村立马眼冒金星，一股酸楚和疼痛顺着鼻腔直冲脑门。他没敢还击，也没敢将双手攒成拳头，因为他面对的是三人夹击，在这样的情势下，认怂和示弱才是最明智的选择。如果贸然逞强，估计还会吃更大的亏。他双手捂脸就地蹲下，任凭鲜红的鼻血从指缝间肆意外流。但令他没想到的是，打架的场面并没因他的认怂而终止，等他擦掉眼泪，止住鼻血，一切已悄然翻转了。三个人有两个已被打倒在地，而且打出他鼻血的那个家伙仍在饱受着重拳的连续摧残。王村惊得连眨了几下眼睛，最终他看清楚了，替他出头的不是别人，正是来时客车上的那个黑脸汉董青。董青像抓小鸡似的左手抓着那人的衣领子，右手左右开弓，又在狂扇那人的耳光，扇一记耳光问一句："说！还行凶不？"

他那个跟屁虫小弟万林也正在狐假虎威，就跟打了鸡血似的，不停地抬腿从背后偷袭对方，但是每踢着人家一脚，自己也会因反作用力向后摔倒，然后翻起来再踢。另两个人此刻也被一帮拉偏架的甘肃人围成了困兽。

本身劳务市场这地方就鱼龙混杂、乱七八糟，只要一有事就大呼小叫，一些看热闹不嫌事大的人甚至还在跳着脚起哄，争相喊打，也有人想压事，吵吵着要不要报警，却即刻引来了反对的声音，理由很简单，男人嘛，就该用实力解决争端，尽管方式粗暴，但是没毛病，况且这种事就算警察来了也两眼一抹黑，最后还不是有理三扁担，没理扁担三，各自罚款了事。

但王村心虚，看着刚刚将他打出鼻血的人此刻被人痛扁却一点都高兴不起来，毕竟干了好些天活却没有拿到钱的他们也很冤枉。这一刻，他只是为董青的出手相助而感激涕零，这就叫老乡啊，即便人不亲了，水还亲着呢，可见老乡的水土情是能够抵销一切恩怨的，从大的方面讲，是能够胜过兄弟之情的，不论之前有多大过结，但是在关键时刻，过往的恩恩怨怨还是被这份浓浓的乡情冲散了。

不过王村还是很理智的，他怕事情闹大，赶忙冲过去夹在两人中间，试图将他们硬硬分开，在向董青连声道谢的同时也劝阻说："哥你听我的，别打了，得饶人处且饶人，让他们走吧。"

董青看上去仍不想收手，似乎正等着对方求饶，那样他才好借坡下驴、顺势收场。但他想错了，让那人当众低头求饶那根本就不可能。他抹一把脸上的血污，一边挥舞着短了半截的拳头，一边跳骂道："孙子！有本事你今天就打死爷爷，想让爷羞先人，呸！门都没有！"

看到这两个人互不相让的场面，王村心里越发紧张起来，毕竟拳头是没轻没重的东西，他担心董青因他而打伤人吃上官司，于是他一挺身，再次横在两人之间，冲董青说："行咧撒哥，你听兄弟的，咱们是为了家庭生活才出来的，并不是千里迢迢来和谁一争高下的，差不多行了，停手吧，算我求你了。"

董青始终没理睬王村，好像他今天打架根本与王村没一点关系。尽管他松了手，但仍严厉地警告说："滚！我再也不想看到你，你娃听好了，从今天起，我见一次打你一次，就你他娘个熊样还想在这里欺行霸市呢，你以为劳务市场是你家开的吗？滚你娘个屁！"

那个小瘦猴万林也借机咋呼说："还不赶紧起来滚啊，意思呢，还没挨够吗？"

三个人像一窝被斗败的刺猬，摇摇晃晃地走了。一场闹剧也在乱纷纷的嘲笑声中结束了，劳务市场像狂风过后的湖水，再次恢复了平静。

多数人都找到活相继离开，没走的也就是董青一伙和那些看热闹不嫌事大的人。董青和跟屁虫万林是因为打架耽误了，自然没找到活，不过他俩看上去好像并不着急。王村歉意地说："董哥，反正今天也这么迟了，没啥情况了，这都怪我，是因为我才把你们的活误了，这样吧，我请哥和这位兄弟一起吃个饭，就请赏个脸吧。"

其实打零工的人早晨都吃不好，都是在街边的摊位上将就的。不过他们知道活很重，也知道人哄肚子，肚子就会哄人，吃不好，根本就扛不到中午，所以每人都在工具包的夹层里装两个白饼子，以备不时之需。刚痛快淋漓地打了一架，说实话也有些用力过猛，外加王村这么一提醒，肚子还真是饿了。但面对王村的邀请，董青好像并不想接受，他仍旧铁青着脸，不屑地一扭脖子，对跟屁虫万林说："咱们走！"

从表面看，董青和万林就是为王村出头的，但是董青心里似乎并没有这样的感觉，说白了，他的挺身而出只算是一种本能，是原始冲动，而这种冲动恰恰是来自于同乡情。乡情如酒，不论你将它搁置在哪里，都不失其特性，而且时间越久越浓烈，正因为这样，他才没假思索地冲上去帮了王村。那一刻，他忽略了王村在他眼里曾经是那么讨厌，那么的不可一世。但是眼下，冲突已经结束了，他的思路便立马清晰了，一切自然就折回去了。毫无疑问，王村还是王村，还是那么令他心情不爽，所以这是他拒绝吃饭的第一个理由，再就是时间还早，现在是初夏，各处的大工地都已陆续开工，用工量一天比一天大，一些人刚上来时选择打零工只是权宜之计，等大工地一开工也就都走了。风里来雨里去的，按打工者的话说，就是一嘴沙子，一嘴泥巴，有这顿没下顿，他们更倾向于稳定，他们的心只属于稳定的地方，同时也好给这些喜欢打零工的暴走族腾出更多的生存空间。也就是说，这段时间他们并不缺活干，即便迟了，也不用过度担心，因为有些老板是在派活时才发现工地上缺人的。现在才七点多，那些刚发现缺人的老板还没到呢，董青们等下去还是有希望的。

而王村却不甘心，追上前拉住董青的胳膊说："董哥你别走，你听我把话说完撒。"

　　董青不耐烦地一甩手说："有啥好说的？快去招你的人吧，再磨叽连一个顶用的都剩不下了。"

　　王村将双手抱拳，虔诚地连连鞠躬，央求说："董哥，还有这位兄弟，给个面子撒，再说都这么迟了，已经没好师傅了，我还招啥呢？"

　　董青没经住王村的软磨硬泡，被拉进了广场边的一家餐厅。这大上午的，自然没人提议喝酒，都怕喝完酒误了正事儿。尽管上午没了，毕竟还有下午呢，对他们而言，干半天是半天，少干总比不干强。王村要了三大碗烩肉片，又要了三个小菜和三碗米饭，标准虽不算高，但对于他们来说已经是不错的一餐了。吃饭的过程中，王村一直脸红脖子粗，频频点头如捣蒜，极力真诚地向这哥俩道歉，逐步把横在董青心里的那堵墙一层层拆光了，心中的壁垒一倒，董青便失了继续讨厌他的支撑，只好说："算了撒，都过去了，这要放在老家静宁，恐怕十年都过不去，因为你那天的表现永远都不可原谅，但这里不同，这是人家的地盘，在这里咱就是打野食的，咱自己不帮自己，那就得被人家挨个欺负。"

　　董青的一席话像一串催泪瓦斯，早已让王村湿了眼窝，王村说："董哥，你说得对，兄弟我今天受教了，那天我也不知道因为啥，就突然犯浑伤了乡亲，都是我的错，以后不会了。"

　　万林也瞅了一眼，将一块黄瓜喂进嘴里边嚼边说："因为啥，还能因为啥？是因为和身边的小妞聊热了，膨胀了，忘乎所以了吧？"

　　吃罢，王村给董青留了电话，告诉他若有事就打电话，从现在起，咱都是自家兄弟，董哥的事，就是我王村的事，有事你尽管说，只要我姓王的能帮上忙的，保证一定尽力。

十三

　　王村是独自一人空着手回工地的，而且一连三个早晨他都没招到人。悲催的是董青们也和他一样，在劳务市场上好几天都没有把自己推销出去，倒不是无人问津，只是问的人少了，概率自然变低了，直到第四天，董青才不得已给王村打了电话，问他那边人招够了没有，王村说："一言难尽呀，哥，我打听过了，咱俩是一样的遭遇啊，都是那一架打的，他娘个屁呢，现在不论招工的还是干活的，都在拿有色眼镜看咱们，都是兄弟我不好，还连累了董哥你。"

　　这也难怪，他们那次闹得动静太大了，才让彼此陷入了被动。找活的说王村是做妾的带钥匙主事不当家，很可能是个专骗老乡的大忽悠；找人的嫌董青拳头太硬，尽管他是替乡亲出头，也算是惩恶扬善，但以一敌三都不吃亏的本事还是会令人忌惮，不外乎都担心他这种人不好管束。没想到，别人一战成名，他们却一战变成了穷途末路，无奈之下，他们也只能抱团取暖，先往一块儿凑合了。

　　董青说："老弟呀，你给咱说实话，你那个老板到底咋样？不会真是空手套白狼吧？"

　　王村一拍胸脯说："放心吧董哥，咱们是老乡，我骗谁也不会骗你，再说了，你家和我家虽说是两个乡镇，但实际上就隔条公路，到时候你拿不到工钱，我和尚跑了庙还在呢，不用怕。"

　　董青一想也对，即便王村和工头唱双簧，合起伙骗人，但骗自己也没那么容易，两家离得那么近，老板能跑，他王村却跑不了，至少，他会有所顾忌，就算他真的甘当骗子的帮凶，只要不骗咱们就行。他舒了一口气说："那好吧，我信你，不过我们一起原本是七个人，三个师傅带四个小工，现在他们五个倒是每天有活干，就剩咱两个像是被贴了坏尿的标签，死活都没人要了，这样吧，我晚上联系一下，把他们都拉过来怎样？"

王村说："好啊董哥，这样的话，你就帮我大忙了，太好了，以后我们静宁人也可以在这异地他乡拧成一股绳，相互有个照应了。"

董青带来的人确实解了老郝的燃眉之急，工程进度明显加快了，但是他这边的劳动强度也明显大于别处，对于体质好的人，咬咬牙还能坚持，弱一点的就有些吃不消了，仅仅一周后，跟屁虫万林就表示干不下去了，他本来就身体单薄，性格上又有缺陷，手无缚鸡之力还常常玩世不恭，再对上老郝叽叽歪歪的臭嘴，那便是水火不容。老郝嘴巴欠，嗓门大，喜欢一骂一大片，适应性强的人就权当没听见，你骂你的，我干我的，而万林却不行，总认为老郝就是盯死了骂他一个，这就叫有病的驴子肯弯腰，烂脊梁驴子喜鹊叨。他身体差，走路都感觉脚下拌蒜，别人往二架上扔砖都一次扔两块，他只能咬紧牙关扔一块，即便老郝不指名道姓，他也会认为人家在找他的麻烦。他属于那种人尿胆大，瞎子不怕鬼的糟糕性格，若搁在平时，就算对方是天王老子他也会骂回去，但眼下他必须忍，他得顾忌王村和董青的脸面，不能因自己的冲动连累两位哥哥。他将王村和董青叫到一旁，告诉他们说："两位哥哥，我实在干不动了，你们没看见吗？这老家伙使人比周扒皮还狠呢，动辄出口伤人，我忍不了，又不想让你们夹在中间为难，我得走。"

王村的心被重重地揪了一下，他认为眼下受伤最重的并非万林和董青，而是他。论身体和心智万林都弱，但他的品质一点都不弱。遗憾的是，他可以阻止老郝骂万林，却无力阻止老郝骂大家，糟就糟在大家能承受，唯独万林不能。万林是他的兄弟，他没理由不为兄弟着想，何况他始终都认为自己欠着万林一份人情，他想挽留，想把万林留在身边，这样也有个照应，但却被董青制止了。董青说："算了吧，这个活他真的做不了，身体这东西是父母给的，性能是造就了的，我们也无能为力，包括他自己在内，谁都无法改变这一现状，尤其这种靠力气吃饭的场合，一个萝卜一个坑，狗撵狼似的一环套着一环，有一环续不上力，其他的环节都会受到影响。没办法，你有心是一回事，但现实又是另一回事，既然我们帮不了他，那么天大地大，就由他去吧。"

王村放不下万林，他的担心是万林用义气挣来的，尽管那家伙看上去很弱，可他讲义气够朋友，知道关键时刻该帮谁，一旦他离开，必然会让王村背上沉重的心理包袱，这一刻他是满怀歉意的，于是关切地追问说："兄弟，那你今后打算咋办？"

万林的眼神中满是迷茫，他苦笑了一下说："咋办，谁知道呢？好在我媳妇也上来着呢，她那边有份稳定的工作呢，暂时还饿不下，走一步算一步吧。"

王村说："你媳妇也在这里吗？"

还没等万林回答，董青就将王村拉到一边，说："他媳妇要是没来，他也虚弱不到这个程度。作孽呀。"

王村的神情有些呆滞。他的这种神情是标志性的，一旦某一件事情让他大惑不解的时候，他都会现出这种神情。他相信大多数成年男人身边都会有个女人，这跟身体虚弱有什么关系？但他哪里知道，万林是得了性成瘾的，是一种难以治愈的性心理疾病，按乡下的话说，就是蔫头骡子骚叫驴。好在他穷困，没钱去外边搞，不然这种病还会影响家庭生活，就这他女人冯娟早表示受够了，曾多次向他提出离婚。

万林走了，董青身边少了个跟屁虫，但多了一分担心，毕竟，万林是那么依赖他。临走时万林并没提这几天的工钱，依前车之鉴，他估计老郝不会给，但是他估计错了，老郝是痛恨逃兵，却没恨这个万林，因为他听了王村的，尽管近年来乌驼镇这地方工人工资高，那又怎样？再高也不就每天30元吗？王村认为该给。就在万林与大家道别时老郝走过来给了他三张红票子，老郝说："拿着吧，多余的钱算我的一点心意，这地方虽然封闭，但力所能及的活还是有的，请原谅，我帮不了你什么，只能祝你好运了。"

万林很感动，他甚至后悔了，不想走，他认为有这么好的老板和这么好的兄弟，应该再咬咬牙坚持一段儿。但这都是一时逞强，干活需要实打实的体力，现实已经告诉了他，这活他真的扛不下去。老郝这小小的慷慨让万林深受感动，同时受感动的还有大家，他们这辈子最怕的人是工头，最恨的人也是工头，无论怎样，工头都能与"黑心"一词联系上，在他们的记忆里，好像所见的工头就没个好人，或许有，只是他们没遇上，但今天遇上了。

老郝以极其微小的代价便赢得了人心，可见工人们是多么的憨厚，他们只要求拿走属于自己的，这要求是正当的也是合情合理的。

人与人之间的桥梁都是用信任来搭建的，有了信任，内心才会有所牵扯，当一帮人认你的时候，你才是老大，才能在天时、地利、人和中取其一，尤其有了人和，就有了追随和拥戴，也拥有了成事的根本。

有道是人在事中迷，单怕有人提，老郝突然变得慷慨和善解人意，这都归功于王村，是王村提示他借万林离开打出的感情牌。事后老郝还直夸王村，说他这张牌既高明又高效，咱只赢不输。但王村的真实目的多半还是想让万林轻松地拿到钱。因为他不同于老郝，老郝做好事的动机往往都并不单纯，而王村对万林的牵挂绝对是真心实意的，自万林离开后，他还时常打听他的消息。有时约董青喝酒也不忘叮嘱他，来时一定要带上万林。当得知万林还没找到合适的工作时，他更加担心，总有一种纠结无法摆脱。他的牵挂既包含了朋友之情，也有几分同情在里面。万林体质差，论打架也只有挨揍的份，但他却能在关键时刻替老乡出手，就冲这一点，王村已给他贴上了仁义的标签，并认为万林就是他的兄弟。

从董青加入后，老郝的工程进展得很顺利，特别是王村负责的工地就没再减员。一切都有条不紊，干的顺风顺水。工人们情绪稳定，恐怕撵都撵不走了。这处规划区域内的空地越来越少，一幢幢起脊瓦房像雨后冒出的蘑菇一样，以惊人的速度往上冒，很快就形成了极具规模的建筑群，而且其中的土建部分都是老郝干的。到五月底，仅老郝和王村盖起的房子就有八十多家。这些都是乌驼镇各机关单位工作人员和生意人自己建的，看上去规格一般，造价也不是很高。记得在施工过程中有天晚上，董青伙同他人打麻将被派出所抓获，人是被放回来了，但手机被扣下了，说是交完一千元罚款才能拿回手机。第二天，董青愁眉苦脸地将情况说给老郝，想让老郝给拿个主意，看受罚合适还是跑路合适，却被前来视察的房主无意中听到了，房主问清是哪个派出派之后随即打了个电话，然后告诉董青让他安心干活就是，手机马上送到。果然半小时后就有个警察将手机送来了，还客客气气地问董青："你看，是你的手机吗？"事后董青还调侃："看咱牛逼不？连手机都坐了回警车，还是专程的。"

董青们不清楚这家房主是干什么的，只知道他姓高，在市里高就，前来送手机的警察称他高检。听高检说，他是从有关部门申请的地皮，人工建材是自掏腰包，这里是城乡接合部，盖这房子并不是为了住，而是为了出租。

对于老郝来说，高检的房子他是特别重视的。包括王村在内的其他人可能听不出那个"检"字的分量，但老郝能听出来，所以老郝吩咐王村，这活得认真做，细心做，只求活干得漂亮，赚不赚钱无所谓，只要干下来不赔就算是赚了。

老郝是什么人？粘上一脸毛可就是猴精。他知道在家靠父母，在外靠朋友，多个朋友多条路。老郝是深谙此道的人，在这方面他比王村明白得多，因此他包工赚钱，而王村却一直赔本赚吆喝。

由于老郝的精明，施工的节奏变慢了，特别是进入到粉刷阶段，那更是慢工出细活，连高检每次检查都赞不绝口，高检说："这么漂亮的房子，可惜了。"意思是干再好他也不住，白瞎了。施工的节奏一慢，工人就觉得比以前轻松多了，有了剩余的体力，晚上三五成群地搭伙进城打野食，吃点好的。这样就给跑黑车的哈闰平带来了不少生意。因为都是朋友，反正打车得花钱，那自然要照顾朋友了。本来王村每晚都是和老郝一起在外面吃喝的，但最近这些天他总是提议要带上董青，老郝不同意，老郝认为人还是有高低之分的，要讲层次，总之不能把下苦的人抬太高，那样的话，时间一长他就会忘了自己的身份。王村心里不爽，总觉得老郝太势利，眼睛长在头顶上只会往上看。其实，老郝也有自己的想法。老郝知道等这批民房一建完，时间也差不多进入七月了，七月对于西北地区的农民来说是个非常敏感的时段，因为季节不等人，麦子熟了必须得收，而这种庄稼情结是系在心里的，是深埋在骨子里的，不论在外面做什么，能赚多少钱，只要家里还有几亩种着麦子的旱地，那毫无疑问，肯定得回去割麦子。老郝是陕西人，老话说，陕西的麦子，黄一片割一片。所以他比谁都清楚，时节对农民来说就如同无声的命令，他们甚至用龙口夺食来形容夏收的重要性和紧迫性。也就是说，农民工的大批回乡很快就会开始了，既然这些人给他干活的日子不是很长，那么等夏收过后，即便他们再到乌驼镇，也不一定会继续跟随他。大多数包工头都没有远见且唯利是图，他们只认定铁打的营盘流水的兵，走了张三李四，还来王二麻子。所以没必要做无谓的情感投资，更不想做那种拿着馊饭喂瞎猫的赔本买卖。当然，老郝对王村的慷慨是不遗余力的，目前王村已成为他事业线上的重要一环。但王村有自己的思想，在好多事情上，虽不敢与老郝苟同，但他仍有一份可爱的天真，所以也相信情义无价，更相信人心总归是肉长的，只要以"情"字当先，不论来自天南地北的人都能成为朋友。有时候他甚至开始怀疑老郝的动机，觉得老郝对他的抬举有可能是虚情假意的利用。这一点倒不全错，这里面至少有一半是对的，因为对老郝来讲，他本身就有一定的利用价值。当然，老郝怎么想，怎么做，他王村都无权指责，甚至都不该提示，但无论如何，他都不会像老郝那样过河拆桥，因为他自己也是下苦人，在穷哥们之间，一起挥汗的日子很值得珍惜。特别是董青和万林，他们既是老乡又是朋友，就算在异地他乡抱团取暖，他们也需要彼此，他不能冷落他们，也不该冷落他们。

哈闰平一如既往地勤快，他的车就如同是王村们的专车一样随叫随到。有了这层关系，王村们出行方便了，哈闰平也增加了收入，可谓是双方获利、皆大欢喜。本来哈闰平一直推辞，不愿收王村的车钱，但王村不行，他强调说："钱我必须给，你也必须收，因为我现在坐车是老郝掏钱，你不收白不收，不但收，而且还要多收。"

哈闰平说："那行，我就先收着，谢谢王哥，不过咱可说好了，等王哥你以后自费打车的时候我可就不能再收了，到时候你要再给，就等于拐着弯骂兄弟呢。"

王村说："看情况吧，人情是人情，现实是现实，毕竟这车它得加上油才能跑起来不是吗？"

就这样，大家带着那份似乎永远都摆脱不掉的辛劳走入七月。炎阳下，乌驼镇的劳务市场一下子就空了，像有人突然在麻雀群里放了一枪，轰的一声各奔东西。乌驼镇周围都是乌突突的山峦，没一棵庄稼，更没有一棵麦子，黄茫茫的麦子和那久违的麦香都在山外边，远的近的都有，即便远在川甘，那种清心馥郁的味道也能穿越千山万水钻入人们的鼻孔里。

董青走了，却没带回他那花一样迷人的婆娘，那个叫李梅的女人，曾在王村心里留下了深刻的印象，这半年时间她究竟在干什么？记得为这事王村曾问过董青几次，但是都被他支吾过去了，况且这是董青的家事，夫妻间的事情他也不便细问，但能看出来董青藏着心事，作为王村最倚重的兄弟，他心里不爽，王村自然也睡不好觉，尽管在董青这里他无法刨根问底，但他相信答案在李梅身上，他应该找到她，毕竟乌驼镇不大，找个女人还算不上大海捞针。

王泾河也要走了，他将报刊亭托付给当地的一位新生代诗人打理，自己回甘肃泾川县帮父母收麦子去了。王村也得走，因为他家里有七八亩麦子要收，再说他当初是跑出来的，他得借这个麦收的机会给家人一个交代。不过他得掌握好时间，与家里人保持联系，不到麦子熟到极致，他还得继续在乌驼镇待着，一方面老郝挽留他，说带他好好玩两天，顺便让他放松放松，也算是对他这半年来的辛苦和操劳做个补偿。另一方面，王村也确实还有事要办，好在这次大家都拿到了全额工钱，这让他心里的石头稳稳地落了地。

尽管哈闰平不用收麦子，但他远比收麦子的人走得还要急切，他要去北京，他认为此行是一般人不可逾越的事情。他没有一丝一毫地看扁身边的乡亲，作为最好的朋友，他只是希望他们别太依恋那几亩薄地，希望他们带着家过来，在这生机勃发的陌生地方重新开始，毕竟田地里的发展潜力是有限的，干来干去，也只能让生活得以持续，仅此而已。这是他的短识，也可能是他文学之路的短板，突出的问题就在于，他不了解农民，更别说倾听过庄稼拔节的声音，所以在遇上去北京学习的机会时他才会欣喜若狂。鲁迅文学院办了个少数民族作家培训班，他有幸作为学员前往学习。当然，他膨胀的是这消息的爆炸性，它在乌驼镇的文学圈和打工者一族中不亚于平地惊雷，不单哈闰平自己，很多像他一样挣扎在底层的文化人听到这一消息都会彻夜难眠，有替他高兴的，也有羡慕嫉妒的，哈闰平是幸运的。王村说："恭喜老弟，去多长时间？啥时候走？"

哈闰平说："学期是二十三天，下周一晚上十点的火车，估计得坐一夜，第二天早上到，正好能赶上规定的报到时间，怎么，哥你还有事吗？"

王村摇摇头说："算了，准备去学习吧？我这个不打紧，有的是时间，我再想办法。"

哈闰平说："有事你尽管吭声，咱们是兄弟，只要是用得着我的地方，我义不容辞。"

王村有些为难，他知道哈闰平重情重义，够朋友，但是他与哈闰平一样，也认为自己的事儿与去北京这事相比简直太小了，他甚至后悔在这个关键节点让哈闰平分心。但哈闰平是个有心之人，自然能听出王村有事，何况他还依靠王村挣了好多钱，情分摆那里，便难以做到无动于衷，在他的反复逼问下，王村才说："是这样的，老郝约了我，想一起出去在乌驼镇周边转一转，老郝说了，包括车钱在内的一概费用都是他的，本来想用你的车，看来不凑巧，不过我这个闲着呢，拿钱雇车，问题不大。"

哈闰平稍加犹豫，好像在心里盘算了一下，说："哥，没什么的，还一周时间呢，我至少有五天可以支配，后两天做准备，这个行，我去。"

当晚，王村和老郝、哈闰平三个人在一起喝酒，并商量第二天如何行动，老郝问王村想去哪里，想玩什么。王村说："我想玩遍乌驼镇所有的洗浴中心和足浴城。"

老郝惊得脖子都伸长了，老半天愣在那里，好像自己听错了。连哈闰平也是一脸的错愕，似乎都不知说什么好了。最后还是老郝打破了僵局，他用食指点着王村的鼻子，大有恨铁不成钢的意味，但说出的话却像最佳评语那般简短明了，只三个字："没出息。"

老郝的话一出口，哈闰平也想借机对王村进行教育，不过哈闰平远没有老郝那般严肃认真，语气很像是在半开玩笑半劝谏，他说："哥啊，你砌一块砖要磕三个头呢，容易嘛，这年月钱难挣啊，你可不敢就这么造掉了。"

老郝黑着泛了紫的脸膛说："开开荤没什么，男人嘛，我能理解，毕竟这半年你辛苦了，适当的放松一下也对，单我可以给你买，但是你要没完没了地胡搞我就不管了，再说这是个无底洞，我也管不起呀。再加上还有成片的麦子要割，这样里里外外不消停，万一弄垮了身体，不是让我自损战将吗？"

王村端起一杯酒说："来来来，不说了，咱们喝酒。"

老郝一扭头说："不喝！要喝也行，但你得先告诉我，到底吃错啥药了突然发疯？"

哈闰平也说："是啊哥，据我观察，你平时也没这毛病啊？"

王村欲言又止，只得端起酒杯一饮而尽，然后掏出一根烟叼在嘴上，老郝忙打着火为他点上，嘟哝说："行了，别拿捏了，快说吧，磨磨叽叽的，就你娃事儿多。"

王村叹了口气，数番欲言又止之后才说："这事啊，也算是家丑，不好对外人讲的。"

老郝的三角眼一下子就绷圆了，不满地说："挨求呀，难道我们两个是外人吗？"

"那行，大家都是兄弟，我也不藏着掖着了，我有个老乡，女的，她失踪了。"王村没说出董青，虽说他与老郝、哈闰平之间关系不错，但这事一旦传出去那就是非同小可。

"嘁！多新鲜啊？这年月，女人失个踪有啥好紧张的？无非是对自己男人不满，外面有了相好的，跑球了呗。"老郝不屑地说。

"哥，人长得咋样？年轻吗？漂亮吗？"哈闰平坏笑着问。

"不单是漂亮，而且还貌美如花。"

"那完了。"老郝和哈闰平异口同声。

王村好久都没再说话，他明白这两人所谓的"完了"是什么意思，但他不甘心，就是想帮董青一把，因为他了解董青，也知道他放不下李梅，董青只是在回避，不愿意接受自己所想的那个结果罢了。作为最好的朋友，这件事他必须管，无论如何先找见人再说，即便真找不见，只要咱努力了，那起码也算是尽心了，他说："是我好朋友的女人，朋友摊上难事，我不能袖手旁观。"

哈闰平追问说："哥，你找人为什么非要去洗浴中心和足浴城呢？"

王村说："这个只是我的猜测，其实在失踪前我曾与她见过一面，记得她当时向我说过洗浴中心和足浴城，还说她表妹在那里挣了大钱。"

"哦，我明白了……"

王村说："你又耍笑老哥了，可千万别胡乱联系，那可是朋友之妻。"

哈闰平又坏笑了一下，说："嘁！现在谁还讲这个？"

"我就讲！"

"你们两个别争了。"老郝的情绪看上去好了很多，他说："老弟为朋友两肋插刀，这一点我喜欢，你说吧，打算咋办？万一真的找见了呢？又怎么收拾残局？你朋友能原谅她吗？"

王村说："这个我也不知道，等找见了再说吧，不过郝哥你也不用担心，我只是让你陪着我去，毕竟我对这边不熟，至于消费的事就由我来承担，咱们的目的是找人，顶多也就洗个澡，泡个脚，不干别的。"

"屁话！我老郝说出的话能不算数吗？况且你的朋友自然也就是我的朋友，不过咱可是有言在先，只洗澡泡脚，当然，这么做也是为了方便找人，其他的花花事儿，你想都别想。"

王村一抱拳说："这个郝哥放心，只要你不想花花事儿，我绝对不想。"

哈闰平说："我也不想。"

五天过去了，他们就像准时上夜班那样，先后光顾了乌驼镇好几家上档次的洗浴中心和足浴城，但是连个音信也没有，那些按摩女和捏脚的技师基本都是正当服务，也有极个别的女人仗着姿色会说些挑逗的话，试图引诱他们搞特殊消费，都被一一拒绝了，但这些女人的态度也是出奇的一致，全是一问三不知。王村的心越来越凉，原本他也没抱太大的希望，只是死马当作活马医，接下来，他打算一醉方休后鸣金收兵，回老家割麦子。但他还是很感谢老郝和哈闰平的，他说："心意到了就行，其实我要的就是这么个过程，至于结果也只有认命了，多谢郝哥和哈老弟陪我，跟着我出入娱乐场所真是难为你们了，谢谢。"

老郝一只手把玩着酒盅，似是在自言自语，他说："难道她上天入地了不成，或者是离开乌驼镇了，要不就是咱们遗漏了哪一家？还是找人的方法有问题？"

哈闰平也是若有所思，他说："要不咱们再捯饬捯饬看。"

王村说："离开乌驼镇的可能性有，但是咱只能当作她还在，她要是真跑远了，那咱们还找个什么劲呢？"

"不对！不对！"老郝连说了好几遍不对，看上去好像已经想到了什么。

王村眉头一皱，说："怎么了，郝哥？"

老郝说："看我这猪脑子，刚刚才想起来，郊区那边的深沟里还有个挺大的山庄呢，好像是叫什么如意山庄吧，那里集洗浴、餐饮、住宿于一身。他们的经营范围很广，去年我还和项目上的朋友去过一次，我们喝完酒洗完澡之后，朋友好像还要了港式按摩……"

说到这里老郝又心虚地扫一眼他俩，还刻意强调说："先声明啊，我可没要，但是我看见里面有好多漂亮女子，穿得都很暴露。"

王村心里一震，立马觉得这线索超有价值，从李梅的角度分析，她肯定会去偏一些的地方，她表妹应该也是，这样做，她们既能在距离乌驼镇不远的地方挣到钱，又不会轻易被熟人撞见。王村笑了，他好像已感到事情有了一丝转机。

十四

如意山庄距乌驼镇市区说远也不是很远，穿过城北边清水公园壮丽的山河桥继续向北，也只有二十多公里的路程。几天来，老郝都跟着他一路折腾，还花了不少钱，王村心里确实有点过意不去，他冲坐在副驾驶位置上正哼着秦腔的老郝说："郝哥，这几天辛苦你了，这样吧，今天你把我送到山庄就行了，闰平也是，我不能再拖累你们了，这不都挺忙的嘛，我想一个人在这里待两天，慢慢打听，这事它急不得，我也是最后努一把力，实在找不到，我就打道向南，回静宁老家，估计家里正着急呢。"

老郝说："也行，随你吧，不过要保持联系，不论结果如何都得告诉我一声。"

"没问题，郝哥，到时候我一定给你打电话。"

山庄坐落在一道弓形的山湾里，据说是由一个老旧的农场部改建的，里面有新型小楼和零零散散的袖珍别墅，全都是复古风格，同时还保留着几十年前的一些破旧设施，老房子、老农具、老物件等，这些充斥着浓浓乡愁的老物件，能勾起人们对以往岁月的追忆。

凡事都需要讲个策略，瞎撞了这么多天，王村总算撞出了一些经验，在这种场所找人，需慎之又慎，串房间不行，瞎打听也不行，就目前的情况，要想有所突破，就得不动声色，悄悄地向其内部渗透，不过这样的方法即便真的有效，那也得多花时间，可能还得多花钱。花就花吧，反正为兄弟的家事掏腰包，他心里舒坦。

他先登了个标间，是最便宜的那种。然后戴上墨镜往门口的大槐树底下的石凳上一坐，一边抽烟喝水，一边像狗似的紧盯着出入大门的女人，试图从她们当中寻找。耐心他还是有的，尽管坐上大半天免不了心里焦躁，但这是他最后一搏，他还得咬紧牙关打起精神。不过，他显然又犯了个错误，因为这里不论是进来的还是离开的，都是成双成对的男女或清一色的男人，就连山庄里面，整个也都是正经八百的女服务员，就这样他都没放弃盯梢，他还得继续熬着。直熬到夜深人静的时候，他依旧一无所获，不单没见到李梅，而且连一点信息都没有打听到。实在没辙了，他只能跑过去跟巡逻的保安套近乎，保安嘴上叼着他殷勤点燃的香烟，眼睛却在他身上滴溜溜乱转，继而歪着脑袋说："你是便衣吧？"

王村惊得猛一抬头，惭愧地说："哥们抬举了，我倒是想呢，可惜人家不要。"

保安说："不是最好，咱先声明，如果您真是警察或警方派来的眼线，那还请高抬贵手到别处去探访，兄弟我就是个看家护院的，闲毛事我一概不知。"

王村将食指摁在嘴上嘘了一下，然后压低声音说："别嚷嚷兄弟，我是来找人的。"

"找人，找什么人？"

"我的一个亲戚，叫李梅，瘦瘦的，高高的，有三十出头，我估计她在你们山庄里做那个。"

"那个，你是说公主吗？"

"差不多。"

"公主不可能，她三十多岁，年龄太大了，不过做足浴的技师或者小姐倒差不多，问题是，你怎么确定她在我们这里？"

"我猜的，因为整个乌驼镇的洗浴足浴场所我都找遍了，就剩你们这家。"

保安吸了口烟，若有所思地说："瘦瘦的，高高的，这也算不上什么特征呀？在这里混的女人，身材好、长得好那是肯定了，仅凭这些是找不到的，假如她要是铁了心不让你找到的话，那就更难了。"

王村一抱拳说："还请兄弟帮忙。"

保安说："抱歉，我恐怕帮不上你什么忙，我只能提醒你，山庄实行的是封闭式管理，你可不敢到处瞎转悠，更不要瞎打听。

这样吧，你去找个小姐，尽量找年龄上跟你那个亲戚差不多的，如果你能成为她的朋友，说不定会有惊喜。"

主楼总共四层，最底层是餐厅，二楼是会议室，是以接洽会议的标准设计的，三四楼是住宿。绕过主楼往北走，拐进一条绿树掩隐的小径来到一片红砖蓝瓦的别墅区，王村很快被闪耀的霓虹晃花了眼。来到前台，他点了个足浴带全身按摩，规定时长是九十分钟。前台服务员拨通电话说："喂，燕儿姐，你那边完事儿了吗？嗯对，有活儿，哈哈哈，那当然，有钱挣妹妹肯定会先想着燕儿姐的，嗯好。"

服务员放下电话，冲他一笑说："请稍等。"

没几分钟便由左边走廊走过来一个女人，瘦得跟纸片似的，穿一身印花旗袍，好在她瘦归瘦，该挺的地方还挺着，该翘的地方也翘着，只是浓妆并没有遮盖岁月的痕迹，王村一眼就看出她与李梅的年纪不相上下。女人往脑后将一把披肩发，温婉地一笑说："走吧哥。"

女人在前面走着，紧跟其后的王村有些失望，在他的想象中本应该扭腰摆臀的女人却表现得正经八百，倒把他搞糊涂了，他甚至认为来错了地方。

他被带进顶楼的一个房间，里面的灯光彤红如血，但是空间却狭如棺椁。他估算了一下，这间屋子也就十平方米稍过一点，有两张小床，一张是半躺式的洗脚床，另一张则是普通的平板床，两床之间的顶头是一个金属的挂衣架。他盯着平板床看了一会，心想有这么一张床就能说明一个问题了，这里不只是洗脚那么简单。

见他盯着床出神，女人立刻便有了反应，她脸一红，解释说："哥，你是想多了吧？这张床是全身按摩时才用的，因为是全身按摩，要反复翻转身体，只能在这张床上操作，哦，对了，大哥你是单纯的洗脚捏脚呢？还是外带全身按摩呢？"

"我要做全套。"他冒出这么一句重话也算是一招投石问路，想借此来试探一下女人服务的底线在哪里。但女人明显地惊诧了一下，然后又适时地赔上笑脸说："大哥，不知你所谓的全套指的什么，能说具体点儿吗？"

还说啥呀？连全套服务所包含的项目都不知道，很显然这女人并不是她要找的菜。但他还是不甘心，万一这女人卖关子、故意装傻充愣呢？他相信在这样的地方每个人都是戏精，一切皆有可能，他说："全套就是啥都干，这个你不会是真的不知道吧？"

"我知道。"女人收回了长久保持在脸上的那一抹笑靥，没好气地说："我知道，但是你找错人了，我这里只是足浴按摩。"

这也太意外了，遭到女人的一番数落后，他竟然被动到无言以对，只得深鞠一躬表示歉意，然后灰溜溜转身准备离开。但是就在他转动门把手的时候，女人却说了声等等。接下来女人开始打电话，好像是告诉一个叫梅姐的人，这活是她的，让她快些过来把人领走。打完电话，女人斜着眼睛，用嘴往按摩床呶了一下说："先躺那儿等着吧。"

听到"梅姐"二字王村猛地激动了一下，很快便将这个"梅姐"与李梅联系在一起。他甚至幻想着与李梅相见时那种悲喜交加的场景，他闭上眼睛，想静候这一时刻的到来，但是突然间他又想明白了，或许那种动人的场面在她和李梅身上并不会发生，毕竟他们之间也只有一面之缘，人家很有可能都认不出他来。至于他与董青之间的情分，李梅并不知道。他睁开眼睛，自嘲地笑了一下，嘴咧得很难看。

但是门口走进来的并不是李梅，只是这世间另一个称呼中带"梅"字的女人，她和刚才的燕儿姐一样，却又有所不同，尽管都穿着印花旗袍，都瘦得弱不禁风，但是直觉告诉他，这梅姐经得起折腾。

梅姐眉毛一挑说："走吧哥。谢啦，燕儿。"

这一刻王村已确定自己是受了委屈，不然怎会有想哭的感觉。他先是跟着那个叫燕儿的女人走，现在又跟着这个叫梅姐的女人走，怎么看，都像一头被牵着鼻子的骆驼，能不委屈吗？但是再怎么委屈，他要干的事却不能半途而废，或许事情的转折就出现在这个梅姐身上。他发现梅姐身上的肉和燕儿姐身上的肉一样少，但是胸比燕儿姐的挺，屁股也比燕儿姐的大，而且燕儿姐走路不扭屁股，梅姐却一步一扭，将一身的曲线扭成了燃烧的火焰。

他像头急于找到水源的骆驼，被一团火焰牵着一步步登高来到了三楼，走进了梅姐的工作间。房间和刚才楼下燕儿姐的房间一样大，设置也大体相同，只是细节上有一些微小的不同，墙面上多了几幅性感美女的裸照，与足浴床并排的那张按摩床也不像先前看到的那样一刷白，而是上面加了层粉色床单，感觉温馨了许多，也赋予床更深的含义。

"脱了吧。"梅姐说。

王村愣了一下，便把鞋袜脱了。

"把衣服和长裤都脱了。"说话间，梅姐从挂衣架上取了件长袍睡衣递给他说："把这个换上。"

见王村盯着睡袍犹豫不决，梅姐说："怎么了，哥？"

王村说："这衣服很多人穿过，而且没洗过对吗？"

梅姐剜了一眼说："毛病，这衣服每晚换一次，都是消过毒的，今晚你是第一个客人，你怕个毛呀？说吧，你要做哪些项目？"

王村说："不论做什么都得换衣服是吗？"

梅姐说："只洗脚捏脚就不用换了。"

王村边换衣服边违心地坏笑着说："我想多做几项，嘿嘿。"

足浴和全身按摩的规定时长还是九十分钟，费用还是一百元。这期间王村确实也感受到了高消费所带来的那种另类的舒适，同时也更深刻地体会到钱是个好东西。梅姐连续工作了九十分钟，也陪他闲聊了九十分钟，梅姐说她是甘肃平凉人，家里有两个孩子，一个上小学，一个光着屁股在爷爷奶奶身边玩，她和老公都在外打工，但常常一个不见一个。看来梅姐的家庭情况跟董青两口子差不多，但是人处在最惬意的时候，时光就过得特别快，还没聊到正题，九十分钟就过去了，梅姐在捋完他最后一个手指后笑盈盈地说："好了，老乡哥，欢迎下次再来。"

王村躺着没动，而且还抓着梅姐的一只手不放。其实先前在进行到全身按摩的环节时他就开始不安分了，他特别冲动，同时也认为自己今晚再怎么忍耐，恐怕也当不了君子了，来吧，管不了那么多了，就权当一次人生体验吧。梅姐依然面若桃花，笑得灿烂，说："咋呀？该摸的不该的你都摸过了，看在咱同是老甘的分上，姐我只当是照顾你了，赶紧的，起来付账走人吧。"

在梅姐的催促下，王村慢腾腾地坐起身来，但是他仍然心有不甘，毕竟该办的事儿他一点儿也没办，他说："行，我走，不过你既然承认咱是老乡，那就请帮我个忙吧。"

梅姐没吱声，但脸色明显已阴沉下来了。王村忙补充说："在你们同行的姐妹中有个叫李梅的，你知道吗？我有急事找她。"

梅姐猛地一怔，然后又假作镇定说："不知道。你快走吧，我还要做生意呢，求你了哥。"但梅姐那个震惊的表情虽然短暂，还是无意中告诉王村，她知道点什么。为达到目的，王村也只能孤注一掷，他重新往床上一躺说："再来个全套。"

"没有！"梅姐没好气地说。

"不会吧？那你有什么？总不是和那个燕儿姐一样吧？"

"不一样，如果你实在需要的话，我可以用手给你做……"梅姐说。

王村心一横说："那行，就把你能做的项目从头再来一遍。"

梅姐哭丧着脸说："哥啊，不带这么干的吧？哪有连着做的？就算是最有钱的人，能每天过来放松一点都是够奢侈的了，明天吧哥，别闹了，咱明天再做，如果你真想做那个，就赶快回宾馆去，到那边会有人给你打电话的，包夜，各种玩法都有，好不好？"

"不好！"王村说："我就是喜欢你，想和你多待一会儿，钱我照掏，咱们聊聊不行吗？"

"行行行，只要你钱多，聊通宵都行，说吧，聊什么？"

"李梅。"

"李梅是谁？"

这次梅姐没表现出丝毫的震惊，从这句反问来看，她已经料定王村是醉翁之意不在酒了，大概她早有预案，所以才泰然自若、对答如流。或许是为了转移话题，梅姐说："哥啊，谝闲椽挣你的钱我真的不好意思，尤其咱还是老乡呢，但其他事你别想，我心理上的红线就划在这儿，无法逾越。"

"你们都这样吗？"王村问。

"嗯，基本上都是，我们有老公，有家庭有孩子，走这一步，也只是实在没办法，实际上像我们这个群体的姐妹才是女人中最难的，除过父母给的这张脸和这身肉再也没什么了，书没念下，下苦吧又细胳膊细腿的干不动活。"

"是挺难的。那你干这个你老公知道吗？"

"刚开始他不知道，但现在知道了，这是我俩之间的秘密，他相信我。"

听了梅姐的一席话，王村立刻全明白了，也理解了李梅为什么会突然间消失了，她无非是想挣钱，但又不敢让董青知道，她了解自己的男人，也断定顶天立地的董青不会答应她这样挣钱，她只得采取极端方式，跑出去先把钱挣了再说，至于以后如何收场，她应该有自己的主意。

梅姐叹了口气，边拿湿巾擦手边将滚烫的身子逼向王村。

王村呼地坐起身，制止了梅姐，他说："妹子，李梅的事儿我也不为难你了，但是在我第一次提起她的名字时你的表情已经出卖了你，我可以断定，你认识她，也知道她的情况，只是你不想出卖朋友。也好，我不找了，原本我也是为朋友操心，不过你刚才的话对我触动很大，让我一下就理解了你们。生活不易，受波及的又何止是你们。算了，不说了，如果你见了她，就告诉她我来过。我放弃寻找她，是因为相信她和你一样，都有自己做人的底线，凡事适可而止，为了家庭和孩子，尽量早点回家。"

本来王村想留下联系方式的，但后来又一想还是算了，既然放弃了，就不要继续在浑水里瞎搅和，毕竟人都是要脸面的，这也是人家连丈夫都不让知道的原因。

十五

按理说，陕甘一带的农民工回乡收麦子，有一个月的时间就足够了，但他们一般都会在家里待上两三个月。这里面少不了男人的恋家和女人的拖后腿，但根本原因还是七八月份的天气和烈日当头。尤其对于工地上搬砖的人来说，这外在的因素一个比一个残酷，那些由烈火熏灼而成的砖头再经过阳光暴晒后即便是饮透了水，拿到手里也会有一股强烈的烧灼感。除意志绝对坚强的人和那些严重缺钱的人之外，大多数人都会选择躲过这个难熬的时段再说。

眼下的乌驼镇，地面的平均气温是30℃，大工地上依旧人迹稀少，小工地早已经鸣金收兵，免战牌高悬都有二十多天了，劳务市场上重新热闹起来的迹象仍迟迟没有出现，那些零零散散的早来者还躲在广场的背阴处，为冲进高温里刨食积蓄着力量，但是在大大小小的工头眼里，上来的这一部分人太单薄了，根本就七不凑八不够。然而这时候的劳务市场上，日子难过的不只是那些工头，还有开饭馆的，开麻将馆的，开旅店的以及跑黑车的，尤其像哈闰平这种以搬砖一族作为主要客源的黑车司机，暂时都无一例外地断了生路。

在王村的一帮兄弟里，哈闰平是第一个返回乌驼镇的。说实话，这次的培训带给他的感受还是很深的，踏进鲁迅文学院的那一刻，他仍然有刘姥姥进入大观园时的满目新奇。没有人比他更看重这次机会了，因为看重，他才像饿汉吃东西，到临近结业的后三天，仍觉得没有"吃饱"。这次史诗般的充电，或成为他文学苦旅的一个标志，一个起点，不光他心里美滋滋，就连他老婆丁晓莉也在他临来时一再叮嘱说："老公，机会难得，一定要珍惜哦！"

在他学习的这段时间，他老婆丁晓莉也确实未曾打扰过他，即便隔三差五地通电话，也都是一番勉励，目的就一个，让他安心学习。但他不明白，学期临近结束了，在这最后关头，丁晓莉咋就按捺不住了呢？这几天，她几乎每晚都来一次电话，尽管电话里没说什么，只问啥时候回来，但他还是觉得有事发生了。在他臆测的最可能发生的事件中，丁晓莉被男同事骚扰的可能性是最大的。他想，若家中无事，依丁晓莉沉着坚毅的性格，绝不会如此密集地打电话，也不会这么问。他问丁晓莉："家里到底怎样了？你可不要瞒我啊。"

丁晓莉说："没什么，都好着呢，你啥时候回来？"

瞧瞧，还是有事。他断定丁晓莉在刻意隐瞒什么。

不管怎么说，时间不会停滞，结业的日子如期到来。典礼上，有老师建议，让大家先别急着回家，来都来了，就在原地转转，读万卷书还得行万里路嘛，这里景点多，在全国数得上的就有好几处，遇景不赏，可不是文人性格，况且都这么远的路来一次不容易，就这么回去，岂不是太可惜了。

老师的建议是好的，至少能够让分离的时光拉长，可以淡化惜别时的酸楚与凝重，免得泪奔当场，同学们没道理不响应。

但他执意要走。他宣布这一决定时已满眼热泪，他说："俺现在必须回去，而且越快越好。"说完，便一屁股重重地砸在原地暗自伤神。班里的其他同学都呆住了，很是震惊。

他低垂着头，脑袋都快塞进桌仓里了。许久，都没人再说一句话，好像典礼现场的空气和声音都被凝固了。目光聚焦到他身上时，又仿佛被一块质地坚硬的冰给挡了回来。

书记和班长，还有学习委员、文体委员以及同学们都靠了过来，并形成一个圆圈将他围在当中。

这个班虽说是临时组建的，但它麻雀虽小五脏俱全，有班委会，还成立了临时党支部，书记由来自广西的一位老作家担任，老作家是省环保厅副厅长，擅长写杂文，平时也就能在报纸副刊上混个脸熟，又出了几本书，逐渐增加了知名度。论党龄、资历、级别他都是全班最高的。其实这个班除哈闰平外，基本都是公家人，从书记往下排，也就是班长级别高，他是某地级市的文联主席，也算是圈内人，再往下都是些政府工作人员或企业高管，各领域的人应有尽有，说白了，全班也就他一个农民工。

记得刚来时，在开班仪式上，大家纷纷做自我介绍，这个程序看似繁琐，但却是个不可或缺的环节，它的重要性就在于能增进师生间同学间的相互了解。

他个头不高，但坐在最后一排，那是他喜欢的位置。在此等群体中出没，自卑是难免的，因此他不得不低调，当然，在这个陌生而又特别的场合，他也高调不起来。尤其听了别人的履历，不是厅局长，就是科股长，还有做编辑的，最不行的，也是企业里有头有脸的人物，听起来一个比一个风光。另外，在这里应着重介绍自己的创作经历，或文学成就才对。依眼前的路子往下走，他确实没东西能拿得出手。他突然觉得，自己像蝼蚁一般大小。

在情绪的支配下他脑子开始发热，每当自尊心受挫时他都会一半清醒一半糊涂。暗骂道：有什么了不起的，在这里显摆你官多大，钱多多，想压谁管谁呀？王八不会跳，各行各的道，关键还得看谁能从这次培训班里真正拿走东西。于是，他摆出殊死一搏的架势，一咬牙，将自己直挺挺地立了起来。不过，他仍感觉心里发虚，立起来的自己，好像比坐着的同学没高出来多少。还好，穿梭于现场的工作人员及时发现他，并递上麦克风。他说："我叫哈闰平，是乌驼镇文艺家协会副主席，省作协理事，签约作家，迄今为止，在国内多家刊物上发表小说、散文、随笔等作品上百篇近六十万字。我写了很多作品并相继发表，但遗憾的是还没有打造出精品力作，这次来，就是要潜心向大家学习，争取在文学创作之路上更进一步，走得更远，希望老师们喜欢我，同学们支持我，谢谢！"

他在介绍自己时明显出了漏洞，他只说乌驼镇文协副主席，省作协理事，但并没说哪个省。这并非他仓促间的疏漏，而是事先就想好了的。他没提省份就是怕别人知道得太详细，会查出他所称的乌驼镇充其量就是个不起眼甚至地图上都查不到的小地方。

可掌声却持续了很久，比前面所有同学得到的掌声都热烈。尽管后来他对自己的做法追悔不已，但当时却非常满足，同时也给自己的表现打了满分。在他看来，那些用力鼓掌的手可不是一般的手，是有身份有地位又有钱的手，但他们会这样接纳他欢迎他却让他颇感意外。他确实没想到，在这么多大腕面前，一不留神倒扬眉吐气了一回。

实际上他真的错了。这一班同学都酷爱着文学，是多情重义的文化人，素质普遍很高。大家隆重地推出自己，也是为引起老师和同学的注意，与他刚才的做法并无二致。在后来的相处过程中，感情越处越深，大家相敬如宾，从没有人摆过架子或刻意鹤立鸡群地表现自己，连班委会也是在竭诚为学员服务。每天傍晚，大家会三五成群地聚集在后花园的喷泉旁。待夜色渐浓时，酒意和诗意以及情意都能同时达到高潮，同学们你一言我一语，畅谈人生，交流创作体会，每每折腾到半夜仍感觉意犹未尽。哈闰平只管参与，该吃吃，该喝喝，钱的事却轮不到他操心。到学期的后半段，他已基本上融入这个既有距离又有温度的整体中，和大家畅想文学，把酒言欢。后来，甚至有人提议，让大家凑钱为他出本书。理由是，大家都来自不同的地方，有道是百年修得同船渡，既然茫茫人海之中四十颗心能够在此聚首，那就是缘分，没道理不珍惜。同学如兄弟，兄弟有难处，哪有不帮之理。

但他始终都没有接受，同学们的情他领了，但欣然接受却不是他的性格。他说："同学们，兄弟姊妹们，哈闰平给你们鞠躬了，感谢大家的厚爱，让我度过了这么美好的一段时光，尽管在我三十多岁的人生路途中，这一段十分短暂，但我却收获了很多。首先，我重新认识了文学，感受了人与人之间的真挚情怀。这一个月，大家给我的不仅仅是亲人般的照顾，还有信心，包括对生活的信心，对文学事业的信心，我都更加坚定了。我很幸运，这一刻，无论我说什么，都不足以表达内心的感激之情。你们的音容笑貌，你们的良善真诚，我会永远珍藏于心，并深深铭刻……"

他觉得自己的话远不止这些，但他哽咽着说不下去了，最后，也只能放任自己，号啕大哭。他的激动，其内因或许别人无从知晓，但却充分展示了一种难以想象、难以背负的心灵满足。

他回来了，带着师生之谊、同学之谊，带着临别的嘱咐和许诺，带着对文学的新认识新理解满载而归了。或许傻人有傻命，他们这个班，可谓是人才济济，也不乏重量级的人物，尤其那几位做编辑的，和他是对口行当。临别时有同学说，回去后可不能忘了我们，只要用得着，不论经济上还是其他，只管开口。眼下这时代多好啊，信息方便得就像面对面，不用怕，有事你说话。做编辑的几位也纷纷叮嘱他，回去好好写，有分量的稿子给大刊，没分量的，包括写坏了的，给我们，谁让咱是同学呢。

他回到家已是黄昏时分，晚秋的天说黑就黑了，只是晚风从街巷间、楼宇间冲出来，在光顾了每一片树叶的同时，也用那一丝凉意迎接了他。敲门的那一刻他想，丁晓莉见到他，一定会张开双臂扑进怀里，然后将惊喜的泪水滴落在他的肩头。这是他文学作品中经常出现的情节。家里不是出事了吗？他认为这一幕应该会上演。但丁晓莉并没有张开双臂，只是张开了嘴，语调平和地说了声，回来啦！然后伸手接下他身上的大包小包。包里装的，都是同学们赠送的各类集子，有诗集、小说集、散文集、杂文集、报告文学集和民间故事集，包括几位老师的文学理论专著，共四十多本。

一下火车，这些书就重重地压在他身上，但他没嫌重，他认为这都是情义，哪有嫌情义重的道理。他背着它们，感觉像饥荒年背回来一包干粮似的。其实从分开的那一刻起，每一位同学都有了这样一包干粮，至于回家后吃不吃，那得另说，只是别人得到的干粮里没有一块是他做的。现在，尽管人们出书都快出疯了，特别是单位上，出书已成为常态。反正有单位的人都有人脉，书出来能依靠错综复杂的人脉帮着推销。他时常在想，像他这没单位没依靠的人，在尘世间生存游走，无异于孤魂野鬼，抑或是没娘的孩子。

有关出书的事，只是他众多烦恼中的一个烦恼，但这个烦恼又最让他揪心，也最难释怀。出书，原是他梦寐以求的事情，是他毕生的目标。但这事儿又让他深陷无休止的向往与抵制的矛盾之中，每当这欲望从脑海中强烈地往外跳时，他不得不极力打压它，排斥它，让它尽快胎死腹中。他拥有上百篇成熟的稿子，可以出两三个集子。身边也有好多文友对他报以同情，并多次鼓动说，你发表过的那些个作品，都是被正式编辑过的，质量上应该没问题。为啥不出书？要知道，当下这个时代，人人都在宣传自己，推销自己，都在抓紧一切机会往自己脸上贴金，你有这么好的基础和条件，为什么不做。

每当这时，他便茫然地抬起头，看大家一眼，再将头低下，不说一句话。也有人揶揄说，我们知道，你在担心钱，这的确是个问题，古时候一块钱能逼死英雄汉，何况现今这个时代，没钱干啥都难。就算你的书出来，还不得拿出钱来炒作啊。人多了，说什么话的都有，他也只能耐着性子听听。但是听归听，穿衣吃饭还得量家境，他心里有自己的主意。

进门后他像个木桩子似的站那里一动不动，好像仍等着某种情节的发生。丁晓莉将他上下扫了三遍，才提醒说："还愣着干啥？"

他眨眨眼，有些失望，又有些宽慰，他的脑子才稍稍活泛了些，从某些迹象看，家中即使有事，应该也不大，不然，丁晓莉这肚子里存不了半泡尿的女人，哪来的这份淡定？丁晓莉说："发啥愣？脱衣服洗澡呀！不行，今天我得好好帮你搓搓。"

他边脱衣服边嘟囔说："搓什么？我可没掉进粪坑里。"

丁晓莉将拖鞋往他脚前一扔，说："完了，越学越抽搐了，这个班啊，看来又白上了，连脏话都带回来了。"

他嬉笑说："脏话其实一点儿都不脏，因为它全是大实话，那些一张嘴里长几条舌头的人说出的话，那才真叫脏呢，再说了，夫妻间到了床上，说脏话都算不了什么，还干脏事呢……"

他突然觉得话题扯远了，便自嘲地笑了笑，将话锋一转，问道："说吧，家里到底出啥事了？"

丁晓莉扫了他一眼，不紧不慢地说："你先洗，出来我慢慢跟你说。"

他走到浴室门口又站住了，大有不得真相绝不进去的意思，他说："晓莉，老婆，亲爱的，你想急死我呀？每晚一个电话，跟催命似的，你知道我这些天是怎么过来的吗？"

丁晓莉仍然是皇上急娘娘不急，她还是那副处变不惊的样子，说："别怪我，电话里我可没说什么，不就问你啥时候回来嘛，咋，不能问吗？"

他反驳说："能问，但是我知道，若没事你不会那么问的，快说，究竟怎么了，你不说，我就不洗。"

或许丁晓莉认为一句两句也说不清楚，动嘴还不如动手效率高，她拉开浴室门，一把将哈闰平推了进去，并敲着门板叮嘱说："耐心点洗，多泡一会儿，泡好了，说一声，我帮你搓背。"

他洗得很快，从水声起到水声落，快得令人吃惊。总共还不到十分钟，他就用浴巾裹着下半身从容地走出了浴室。他惦记丁晓莉的答案，但丁晓莉却脸一沉嘲弄说："哎哟，你淋湿了吗，就跑出来？"

他没吭声，只是默默地拿浴巾的一角擦头发。大概他认为现在讨论的不该是洗澡或洗澡的质量，而是家里到底发生了什么。等他擦够了一回头，却发现丁晓莉在一件件往掉脱衣服，见他诧异，丁晓莉便展开媚眼笑了笑，说："你先睡，我去洗洗。"

他的心好像被针扎了一下，本想说你有完没完，果真是急死人不偿命啊？但他忍了，每次火到喉咙头上他都能刹住车。他认定，对丁晓莉这样的老婆发火是会遭天谴的，况且，就他目前这尴尬的处境，在人家面前要横，似乎还少了些分量。别看他这个主席那个理事的，一身官衔，听起来倒是风光，可没一个适用的。说个难听话，现在，他甚至连个稳定的饭碗都没有。就他每月的那点稿费，外加零星的副业收入，放在三口之家，只能算杯水车薪，若不是丁晓莉平时努力工作，假期在校外补课创收，他们家现在住新房，开小车，这些也只能到梦中去实现了。

一念起丁晓莉的好，他立马就会短了舌头。他率先进了卧室，铺好床，一边躺着看书，一边耐心等待。与往常一样，丁晓莉用在洗澡上的时间总是比他长好几倍，而且还洗得勤，他不理解女人为何都喜欢用水来泡自己。没完没了的水声不断地传过来，很强劲，像打在石头上，没一丝要停的迹象。说实话，他心里很烦躁，烦躁得都没办法看书，他看不进去，又在那反复猜测：就算是小事总该是个事吧？这婆娘到底有多大的一颗心脏，才能在那里磨磨叽叽洗澡卖关子，用得着这般淡定吗？

水声终于停了。丁晓莉就那么光着，连浴巾都没有披，不过，他的女人虽年过四十，但身体看上去一点儿都不肃杀，且显得欣欣向荣，只是他自己是慢热型的，在房事方面他甚至还有些腼腆。他曾多次指责过丁晓莉，理由是夫妻间也需要含蓄，就算非得光着，也应该是上了床熄了灯之后。

丁晓莉并没像小猫一样温存地钻进被窝，而是一把掀了被子，来个将军跨马式，一跷腿便骑在了他的身上。丁晓莉过去常这么干，他早已习惯了。他盯着房顶子，身体显得有些僵挺，只是该挺的地方没挺。

丁晓莉看上去已有些不悦，大概她支持久别胜新婚的说法，便抱怨说："咱可有一月没见了呢？怎么，出去一个月长本事啦？在外面有人了咋的？"

他没有回答，而是连搂带抱地将丁晓弄下身来，冷不丁地说："家里出啥事了吧？"

丁晓莉有些扫兴，她一边掖被子一边说："老公啊，我还真有个事需要你出面解决。"

他将身体往起仰了一下说："看你费这劲，有事直接一说不就完了嘛，何必绕这么大个弯子。"

丁晓莉撇了一下嘴，刚刚那种兴奋的神情与疯狂的劲头已经消失了，沮丧地说："老公啊，你说人倒霉了，啥都能摊上，这不，咱年级的教研组长最近颈椎病犯了，说是不能再担负繁重的教学工作，趁着有病，一下子连班主任都撂干净了。谁知道校长哪根筋突然搭错了，非得让我顶上去当这个教研组长，而且不和人商量，就突然在全年级宣布了决定。当然，校长也没想到我不接招，现在他也是进退两难。我就不明白了，放那么多年轻人不用，非得盯着我这老女人，这不是为难人嘛。"

他听明白了，丁晓莉还跟过去一样，不愿当出头鸟，这个别人不理解他却能理解。教研组长可是个官不像官兵不像兵的苦差事，不但苦，而且还出力不讨好，每月比普通老师也只多拿伍拾块钱。当然这话是站在自己女人的角度上说的，那些要求进步的年轻老师可都在碰破脑袋往前挤呢。人这辈子，谁不由年轻处过呢？谁不想趁年轻多多奋斗呢？这教研组长在学校虽是兵头将尾，但千里之行始于足下，干啥事还不得先打好基础。可摊在自己女人的头上就不一样了，她已经四十岁了，到了这个年龄的女人个个都身心俱疲，能咬紧牙关把一班六十多个学生带好，别误人子弟比什么都强。

他抠着头皮说："你打算咋办？"

丁晓莉剜一眼说："这不是没主意嘛，才盼你回来呢。哦对了，我好像曾听你说过，你有个初中同学在教育局工作，你能不能找他帮忙，把我这担子给卸了。"

他觉得丁晓莉给他摊派的任务确实有些沉重，他一筹莫展。他的确有个初中时期关系要好的同学在教育系统工作，好像还混得不错，已经是副局长了，但这对于他而言一直算坏消息。在他的身边，哪怕人人都高官得做，骏马任骑，即使有人破天荒当了总理，也碍不着他什么事儿，他现在最怕某位同学或老友突然升迁，好像人家的地位越高，他自己的身份就越尴尬。

或许丁晓莉是知书达理的人民教师，又或许丁晓莉是因为爱他而心疼他，见他沉思，便赶忙替他解脱，因为丁晓莉是他的女人，自然知道他有几多斤两。

丁晓莉侧过身，将一条腿搭在他身上，温柔地笑了笑说："算啦，别为这事儿闹心了，毕竟这件事可大可小，顶多也就硬着头皮干呗，难不成它还能累死人啊？"

第二天早上，那轮红日还没有露头，他的小排量"丰田"已龟缩在路口的槐树下了。离开了王村等一帮打工的哥们儿，他还得站在十字路口的边沿上等客源。但目前丁晓莉的事最大，而且大成了一个负担或一个努力的方向，解决了算圆满，解决不了他可就栽了。这个倒也没什么，反正他在丁晓莉面前栽的也不止这一回，即便丁晓莉责怪他甚至怨恨他，但她绝不会为难他，因为她珍视他们的感情。再说，丁晓莉比他年长，既是姐姐又是妻子，当初她既然选择了没有正经工作的他，就说明被他身上的某种气质吸引了。作为知识女性的丁晓莉并不缺乏远见，应该也无悔于自己的选择。但对于他来说，眼下最不能耽误的还是出车，如果搞文学算不上事业的话，那么跑黑车就应该算。况且他又是那么的喜欢车，总觉得车在为他苦撑着门面。唯独开车时，他的身形，包括精神境界才能够拔高，至少情绪能得以伸展，腰杆子能够挺直。他知道这是车给他带来的信心和美妙的驾驭感。在车的空间里，他心里的方向是直的，就像他毕生的文学信念一样，从来不会拐弯。他知道自己是个被理想绑架并永久支配的愚人，是个拿爱好当事业去干的蠢人，他还知道，将爱好当事业，对男人而言无疑是浪费青春，往重了说，更会愧对妻儿及家庭。

他时常将自己比作一辆车，而他的人生，就像车轮下无尽的高速公路，只许延展，不许调头。说白了，他就是负重前行的人，而且家无余钱，若按自身所拥有的财富，像他这样的人顶多配骑自行车，或偶尔有急事打打出租车。但他偏不信邪，偏和命运抗争，与身份对着干，到现在，他自己也无法想象，怎么就摇身一变成了有车一族。随着驾驶技术的日趋娴熟，他与车之间的感情也逐渐被培养起来了，对车而言，他从不说喜欢，只说爱，但这种爱又是建立在高消费基础上的，光每年的保险费就过四千，保险费和油钱都不曾让他头疼，因为他盘算过，保险也是一份投资，耗油呢？他心理上有准备、有铺垫，是个车都一样，这些他接受起来容易。让他最接受不了的，是那一张张交管部门的罚单。每当违章短信一来，他的精神便会紧张到受虐的程度。特别是前几年刚开车上路的那段时间，由于技术太次，操作上常有失误，再加上他的驾照是十年前考取的，那时候路上车少人稀，交规远没有现在这么繁杂，现在有很多规则以及路面上的标识都搞不太懂了，因此老被处罚。好在大把大把的罚单在为他增长着记性，慢慢地他发现，若将车也算做家庭中的一员，那它就是个十足的吃货，而且吃的都是钱，甚至比儿子上学的花销还要高。他是个认死理的人，认为车上花的，就应该由四个轮子往回找。

今早与往常一样，他再度来迟。小区外十字路口处的四个方向上，前来谋生的车辆已排成了四条长龙。好在大伙儿都认识他，一个个从车里钻出来热情地和他打招呼。一个月没见，倒有些久别重逢的味道。与人寒暄，简要地介绍了此次去北京的所见所闻，而后，他又向四个方向看了看，接着暗骂一句：妈的，都排到新华街了，这么多车，拉谁呀。

骂归骂，但生意还得做，只要在乌驼镇，这便是他每天的工作，别人拉黑活，是靠耐性，靠智商，与运管部门打游击，拿时间熬收入，就算运管所的人来了，我只要不拉客，你也拿我没办法。这一招虽灵，但他不能用，再怎么说，他毕竟是小有名气的作家，那样死皮赖脸地找饭吃，一旦被抓，曝出去多难听。他认为那样不光丢他的脸，还丢文学的脸。所以他小心翼翼，战战兢兢。

起先他跑黑车也是有人给通融过的，那时候县委办的秦主任还在乌驼镇，秦主任是年轻干部，曾当过两年多的乌驼镇文协主席，镀足了金，便调到县委办当了主任。秦主任和他算是老熟人了，刚上任那阵子，恰逢他想跑黑车挣点外快，结果话一出口，秦主任表示支持，秦主任知道他的难处，或许是出于对文人的同情，便答应为他活动。秦主任说："这事我来办，不过，你得掏一顿饭钱。"一顿饭他愿意请，他知道，秦主任就是他的贵人。席间，秦主任频繁地给运管所所长及手下一干人敬酒，并介绍说："这是哈闻平老师，文学家，写短篇小说在我们乌驼镇乃至全县都算是大拿，县里张书记很喜欢他的小说，对他的生活现状也非常关心，不瞒你们说，就为这事儿，来之前我已请示过书记了。"

将县委书记抬出来，秦主任是刻意的，大概他心里清楚，他这个主任说到底也是个正科级，人家运管所长也是正科级，买不买账他心里没底，抬出书记，也是不得已而为之。但是所长信了，他心里比谁都清楚，县委办主任就是专门侍候书记的，至少，他每天都能见到书记。

秦主任很投入，也很尽心，他俨然是宴席的主人。但这一刻哈闰平的嘴拙了，生活中，他一向都上不了台面，唯独在那伙跑黑车的朋友或乘客面前自信满满。秦主任说："也许大家都知道，这年月搞文学，即使饿不死那也吃不饱，难哪！"

听者都频频点头，表示赞同。秦主任接着说："好在，他还有辆车呢，平时呢，想出来跑跑，挣几个，既补贴家用，也搞个油钱，另外呢，也顺便找找灵感……"

就这样，哈闰平和他的"丰田"车确实过了两年多安生日子。他的手机里，一直保存着运管所所长的电话，当初所长留下电话的时候还刻意叮嘱说："往后不管谁查了你的车，都可以直接给我打电话，我保你没事，这也是我对文艺事业的一种支持。"

这个承诺像一颗定心丸，他吃进肚子里感到很踏实，直到文学培训班前，秦主任打电话，说他被调往偏远贫困山区挂职，为期两年，这对他来说自然是好事。

秦主任还说："现在就这世道，人一旦走了，茶必定会凉，你得小心一些，跑归跑，但要多长个心眼，万一车被扣，我不在，恐怕没人帮你。"

这就叫生活，再怎么瞬息万变他都得去面对。没了靠山，一切还得继续，好在跑黑车的哥儿们都够朋友，针对运管执法人员的作息时间和上班规律，为他制定了一套运营方案，现在，他早上七点出车，到九点收车，下午五点出车，晚上九点收车，在这个时间段，他是安全的，其余的时间，他可以在家里写作。

在街口上兜了几圈，他发现不论停在哪个方向，他的车都是个尾巴，但他还是在恰似尾巴梢子的位置上停了下来，因为排队是这里的规矩。也好，乘排队的空隙，给那位当副局长的同学打个电话，看能否将丁晓莉的事儿给办了。

同学姓白，叫白鹏，很好找，在手机联系人目录里，仅排在一个安姓文友的后面。他深信，同学看到他的来电一定会很惊喜，但几声嘟嘟后那边说："喂！你好，请问你哪位？"

他的嘴好似一下子被缝上了，半天才缓过劲来，怯生生地说："我是哈闰平，初三时坐你前面。"他没提他们曾经在餐厅偶遇，并相互留电话的事儿，既然人家忘了，那就是不愿意记得，他只能拿对方想忘也忘不了的事情提醒。果然，白副局长记忆的焦点立马就投射到他的身上，而且那声"噢"拉得很长，然后才埋怨说："这么多年没见，你躲到哪里去了，也不来找我。"

他想冷笑，但最终忍住了。就算他们去年在餐厅的偶遇与互留电话白鹏真的忘了，他倒是可以理解。可是有一点很明确，在他们所处的县内，他的名气在公众中并不比一个副局长小，由此可见，他这位同学多么地不待见文学。

人在有所求时才会低声下气，他认为如果忍受力为一百分，现在起码已耗去九十九分了。如果是为自己，哪怕是保命，他也绝不会做到这一步，但为了丁晓莉，他打算将最后的一分也全部耗尽。于是，他强迫自己说出了此番通话的意图。

沉默了一会儿，白鹏问了个不沾边的问题，白鹏说："老同学如今在哪里高就？"

他有些为难，总不能像在培训班里那样，说自己是文协副主席吧？那只是个空职，是个名头罢了。以真实的面貌视人，即便有错，总不会错多远，于是他鼓足勇气坦言，说他没有单位，人生很失败，唯一成功的，也就是婚姻了。但是他老婆丁晓莉太不容易了，还请看在同学之谊上，帮下忙。

白鹏又沉默了。沉默过后，他用恨铁不成钢的语气反问道："帮忙？你让我帮什么？往好了帮还是往坏了帮？老同学啊，刚才我还在寻思，你怎么会混成这样呢？嗯，现在对上号了，你自己不思进取，还连累女人，你是不是心理上有问题啊？如果你今天打电话，要我给你老婆丁晓莉安排个教研组长当当，我都会视为你有长进，可偏偏……"

他心头有些闷，他记不清自己那根卑微的拇指是如何摁断电话的。或许是那最后一分耐性用光了，再透支，他的心会痛，才下意识地做了选择吧。每个人所站的角度不同，观点也自然不同，无论怎么理解，他同学白副局长也没说错什么。算了，由它去吧，只是他心疼丁晓莉，都四十岁了，还得多受一份苦。

路口的四条长龙在逐渐变短，最后，每个方位上也就剩下三四辆车，看来，大多已揽上活出去了。剩下的人，仍使出浑身解数努力揽客，嚷嚷声不绝于耳，只要有人过来，他们便争相上前，堆着笑脸问："先生，走吗？""美女，走吗？""来来来，价钱好说。"

他从不曾站在旁观者的角度去看这些同伴们，也不知为什么，突然间，他有了惊天发现，这些黑车司机，包括他自己在内，其目的、行为，包括语言习惯，横看竖看，都跟失足女相像。他们这伙人，像极了那些站街拉客的，这一发现，更像一击重锤，瞬间将他的意志击得粉碎，他胸口一热，立马调转了车头，他不想让内心圣洁的文学再受玷污。

十六

　　近些年，马兴是一直带着母亲外漂的，出门他依着母亲，回乡他也依着母亲，只要母亲还坚强地活着，那毫无疑问，凡事他都得遵从母亲的意愿。尽管他早已不问农事，家里仅有的几亩地也都租给别人种了，但他对季节的敏感度却丝毫未减，也不敢减，因为人生步入暮年的母亲对家园的思念正在逐日增加。每逢七月，他仍会带着母亲返乡，这似乎是一种习性，他们像一对候鸟母子，来来回回地迁徙，似一曲生命中难以忘却的恋歌，只等时间一到，就会展翅上路，谁也留不住。但今年打破了常规，他没走，他的心已经被另一根无形的丝线拴牢了，这根线很瓷实，线的一头系在他的心尖上，让他动弹不得，即便连他心目中无可替代的大哥王村都走了，他依然舍不得离开，他觉得乌驼镇的生活越来越有味道，甚至连乌驼山上吹来的一股股带着煤烟味的风，都似乎掺杂了浪漫的气息，他乐在其中。尤其是面对女人或处理和女人的关系时，他一贯自信，这是他的弱点，也是他的硬伤。其实，人的自尊心最突出的表现就是怕被人瞧不起，而他却总在高估自己，这种自以为是在正常人看来是可怕的，可憎的，但他却以此为荣，一以贯之地视形象为资本，老想着靠脸吃饭，殊不知，这碗饭太软，吃在嘴里没一丝嚼头。他的病由来已久，起初是别人有意无意奉承他，煽忽说他很帅，他便奉为箴言，时常对着镜子傻呵呵地偷乐。说实话，也就在那一刻，他才有一种触及灵魂的甜蜜与幸福，同时也会一万倍真诚地感谢父母，暗自告白说：爹！妈！你们的功劳太大了，大到能让儿子毕生都珍爱自己，也珍爱你们，尽管你们没能给我留下什么，但留下了我，这已经足够了。放心吧，咱这鸡窝里，一定能招来凤凰的。

马兴的心气越来越大，眼光也越来越高。在这方面，他一直感叹，甚至还感到惭愧，认为自己虽相貌堂堂，但却没利用好或发挥好。到目前为止，在乌驼镇这地方他仍无片瓦遮身，他和老妈还将息在租来的房子里，这又使他极度自卑，但这种自卑往往会在脑海里稍纵即逝，很快就被他膨胀的自信心抵消了。反而还会将他形象上的优势再度拔高，并认为凭形象能获得很多意想不到的东西，包括爱情、婚姻和金钱，甚至地位。他要用自己所谓的筹码让身边的傻女人们为他奋斗，为他带来灿烂的明天。凭借这种不靠谱的想法，这几年从老家到银川再到乌驼镇，他"宠幸"过很多女孩子——他认为那就是宠幸，因为他得到她们的过程远比摆脱她们要简单得多，带着这近乎变态的自信，他与她们中的每个人吃饭都不会主动买单，他可以直言不讳地说没钱，他不怕姑娘们小瞧他，没钱怎么了？爱谈不谈，你不谈有人谈，我有颜值我怕谁？至于他总共谈过多少次恋爱，祸祸过多少姑娘恐怕连他自己也说不清了。或许每一次开始他都是冲着婚姻去的，但那些打工妹并没能给予他继续走下去的理由，她们身上似乎都欠缺一种东西，而那种东西既是他梦寐以求的，又是很少有人能够具备的，于是，他这种狗熊掰棒子式的恋爱似乎永远都没个尽头。反正作为男人他是习惯了，麻木了，倒落个穿过花丛中叶片不沾身。有时候他也感觉自己病了，或沉浸在延绵的长梦中，肯定是的，要不怎么就醒不过来，甚至连他师傅王村也无法叫醒他。直到前些日子，他认识了陈妍，才让他有了一种淘到了珍宝的感觉。从陈妍身上，他确实看到了自己想要的一切。在交往的过程中，他发现陈妍最大的麻烦就在于她是个汉族姑娘，在他俩之间，除民族不同之外，还有身份上的不对等。他料定了这段爱情之路势必布满荆棘、充满艰险，但他还是不怕。他不怕，是因为这次他当真了，感情上他认定了陈妍，想爱她一辈子，为了陈妍他可以做一切事情，包括死。一个为爱情抱定必死之心的男人还怕什么？他知道陈妍不简单，或许她就是他今生的克星，是能掐住他脉门的女人。他抚着陈妍的双肩，盯住她的眼睛，在心底里一万倍真诚地说：亲爱的，我的情感一路漂泊，今天终于有了落脚的地方，你是我的港湾，是我心路的终结者，你厉害！

不过，谁若将陈妍看作花痴女那就错了，她是有学历有思想有情调的女人，她清纯可人，爱好广泛，文学、艺术等领域都有些造诣。她择偶的标准不低，可马兴偏不信邪，更不知趣，甚至已分不清知趣与耍赖之间到底有什么联系，他只默默地拿外表给自己打气，并一再自我安慰说，我不能输，我身高一米八，我怕谁？

然而现实就摆在那儿，二人之间的差距还是太大了。陈妍是师范毕业的本科生，现在是在编的小学教师，按理说，当初她应该从哪里来回哪里去，到自己偏远的老家去教书，但她做外科主任的姐夫"郭一刀"在乌驼镇还有些人脉，最终为她争取到这所离镇子较近的中心小学。学校距乌驼镇才十三公里，每天通四个来回的班车，就算骑电动助理车，年轻人顶多用上半个钟头就能骑到镇里。她姐夫说："你先干着，等过段时间稳定下来，你姐再托人给你介绍个对象，放心吧，我未来的连襟必须得是公务员身份，而且至少得在乌驼镇有房有车才行，因为你是我郭一刀的小姨子，等将后结了婚，你每天都能在镇里住，过上梦寐以求的市井生活。"

这些话陈妍并没有放在心上，她没放在心上当然还有另一个原因，她心里有人。这个人便是她的高中同学，他们同年参加高考又同年被录取，他上了农学院，她上了师范，后来又同年毕业同年参加就业考试，他考取了公务员，她考上了特岗，现在，两人都有了工作，他在另一个乡镇当干事，她当老师，两个人私下的约定是等毕业后安顿下来就结婚。到现在，冬又过，春又来，一切已悄悄超出了期限，但仍未见男方有什么表示。最近，陈妍心里总有种不祥的预感，到底是什么她还说不上来，就有些莫名的心慌。

这时候，马兴出现了。马兴没念多少书，但他有瓦工手艺，这是他引以为傲的另一个资本。也感谢那个爱财又装君子的镇教委主任，能结识这位主任他何止是三生有幸啊？简直就是他马兴的造化，他给了马兴机会，让他连干了两所学校的维修活，活虽不大，也没雇几个人，他呢，既做工头也当工人，虽然辛苦了点儿，但心里却甜着呢，因为这所学校里有个陈妍。陈研的身影像带着一股仙气似的，吹得他晕晕忽忽，他除了抓着机会与陈妍搭讪，其余的时间都是埋头干活。记得他第一次挑逗陈妍的话就是："小陈老师，你看我像谁？"

陈妍看都没看便说："像你爹呗。"

马兴仍不甘心，他提示说："那个《像雾像雨又像风》的电视剧你看过吗？"

陈妍眨眨眼睛说："看了，看过好几遍呢，怎么了？"

马兴说："你没发现我跟那里面的男星很像吗？"

陈妍问："谁？"

马兴说："陈坤呀。"

他说这话的时候显得极其轻松，而陈妍正倚在门框上喝矿泉水，听了马兴的话一下子就喷了，然后，竟笑得直不起腰来。许久后陈妍才算缓过劲来，边干咳边说："哎呀妈呀，简直太逗了，你这也太自恋了。"

马兴被陈妍笑得再没能抬起头，好些天也没敢再找陈研说话，但他也没有放弃。工程临近结束时，他干脆将工人都辞退回家，仅留一人给他打下手，为这，校长还跟他吵了一架，说是跟校长吵，倒不如说在跟全体老师吵，校长是学校的领导，哪个老师不借机巴结他？于是马兴遭到了围攻，很快便陷入被动。校长说："你这活是怎么干的，工期拖这么长，给教学造成了多大困扰，多大不便，你知道吗？"

马兴辩解说："工程扫尾的时候不都这样吗？人太多反而施展不开，再说了，人多不出活，损失当然是我的，本来呢，这预算就低，若不紧打满算肯定会赔，理解下吧，校长大人。"

当然，马兴的心病只害在自己心里，他拖着不把活干完，还不是为多看一眼陈妍，他心里的小九九校长不知道但陈妍知道，陈妍也没加入老师们对马兴的围攻，就为这个，马兴决定去找她，想好好道声谢，但他还不曾开口，陈妍却抢先说："何必呢？"

就这三个字，倒像是三块石头，立刻将马兴的语言通道给堵了，他就如同一个窃贼在行窃前先被人识破了，也只能涨红着脸尴尬地离开。回到家，马兴不想吃饭，饿着肚子把事情想明白了，咋了？我就故意不想完工，不想完工的原因就是离不开你，咋啦！犯法呀？

第二天，他见到陈妍后仍表现得很自然，就像先前什么事都没曾发生过。直到周五的下午，他又借故跟陈妍搭讪。陈妍本来就知道马兴在暗恋她，其实这倒也算不得什么，暗恋就暗恋呗，她被人暗恋了这么多年，不照样毫发无损吗？不过，她还是希望马兴能快些干完活走人，因为照这样发展下去，暗恋是持续不了多久的，她也料定马兴会孤注一掷，很快就会把话挑明。她不讨厌马兴，但是往那种方向发展她还是不能接受。马兴怎么能跟她处了五年的对象比呢？一方是农学院毕业，发展得好将来是要当乡长的，前途在那摆着呢，唯独不足的就是那人个矮，形象上与她心目中的预设差了很多。从青春期那会起，她就默默地在心里画圈，一直画，圈里的那个男人，始终是高大俊朗、才华横溢的有为青年，后来，那人便主动跳进她画的圈里。开始时，她并没太投入，因为他不是她圈中的那个人，但那人学习好，班里的女生都追他，为争强好胜，她才被卷了进来，很快，他们便处成了男女朋友，好在双方都还算矜持，始终保持着良好安全距离。不过客观上讲，那人也没法跟马兴比，马兴是棵大树，那人也只能算小草。虽说马兴脸黑，但那是晒的，马兴要有个工作，别这么辛苦，估计他不知会帅成啥样子？

陈妍的脸颊一热，打了个激灵，她问自己：丫头，你想啥呢？就算马兴帅成风景跟你有什么关系？你可是十年寒窗苦读才从农村跳出来的，难道还要再跳回去吗？不能！别说你父母那一关过不去，就连你自己心理上的关卡也无法逾越，还是快醒醒，上课去吧。

细细一想，陈妍还真是吓坏了，她告诫自己，必须将马兴的影子从脑海中清除干净，而且要快，因为她感情上的一亩三分地已被人圈了，没马兴什么事儿，马兴只是个局外人。但是造化弄人，等到了周末，陈妍又犯错了，她本来是要回镇上的姐姐家，可她却鬼使神差地住校了，自参加工作以来，曾因为下雨天乡下路滑班车不通，她住过几次校，平常情况下，她都会返回镇里，不然姐姐会担心，而且等回去后她也不好向姐姐交代。

等同事们走后，陈妍心里便立刻掠过一丝惊慌，宿舍门口那棵榆树上，有几只吵闹不休的麻雀正在枝杈间嚷嚷，给这个黄昏赋予了另一种语境，也同时加剧了她的不安。她始终弄不清楚，自己为什么不回去，天没下雨，班车也来了，既不打算给学生补课，也没有计划家访，住校干什么？难道为了明天还能见到马兴吗？想到这，她心里又是一惊，便立刻自我否定，不会的，绝对不会，她有对象呢，就算没有，也不可能找农村的。

草草吃过饭，她依然烦乱不定，就像这黄昏一样，正一步步向着黑暗靠近。但好在还不到天黑，尤其乌驼镇周边的治安很好，骑电动车走夜路问题也不大，于是她打算独自骑车回城。正收拾东西的当口，就听到大门口传来了摩托车的引擎声，轰隆隆的声响让她的心立马狂跳不止。他知道马兴来了，马兴的摩托车是"幸福125"，这种车马力大噪音更大，数百米之外几乎也能听见。但现在的问题是，他来干什么？找她，这是肯定的，这家伙收工时肯定是看见她没走，天哪！这可怎么办？

此时，学校的大门早已上了锁，看校门的金师傅是位很负责任的白发老头，正在详细地盘问马兴，金师傅说："天快黑了，小马师傅有事吗？"

马兴心虚，刚开始不敢说来找陈妍，只是一味地搪塞。金师傅说学校有规定，下午放学后校外人员不得进入学校，除非有约。马兴没办法，只好说他约了陈妍。金师傅狐疑地转过身，看了看陈妍宿舍紧闭的门，转回身说："回去吧，小伙子，别闹了，人家女娃是城里来的，跟你也不认识，这么迟了，你找她，觉得合适吗？"

马兴一急，跟着又编了个瞎话，说自己数学不行，想请陈妍老师帮忙做个工资表，这不是活快干完了嘛，我急等着发工资用呢。

金师傅又转身看一眼宿舍门，然后摇头说："对不起，等明天吧。"

别说马兴没想到陈妍会推开门走过来，其实连陈妍自己也没有想到，她只是没管住自己的腿而已。她走到宿舍与大门的中间位置时停下来说："金叔，让他进来吧。"

进了屋，马兴顺手带上的门又被陈妍拉开了。门口树上的那几只麻雀仍然在，不过已变得很安静，好像它们已顾不上争吵，黑豆似的小眼睛随着脑袋摇来摆去，似乎是想亲眼见证一下这段爱情是如何拉开序幕的。

陈妍心里清楚，工资表只是马兴美丽的借口，但她还得顺马兴的路子往下走，她不敢也不忍心揭穿他，那样就会变相地逼马兴说出要说的话，或给马兴的话题开了头，她一指凳子说："你先坐，工资表我马上给你画好，人名和金额你回去自己填。"

马兴已领教过了，知道那个看校的金老头眼里不揉沙子，若时间长了，他肯定会来搅局，至少也得下逐客令或以天色不早为由劝他离开，所以他觉得不能把时间耽误在无关紧要的工资表上。

从小到大，也就是这一刻，马兴才真正感受到时间比世界上任何东西都弥足珍贵，他一改平时的嬉皮笑脸，扑通往地上一跪，陈妍立刻就慌了，她吃惊地说："哎呀，你这是干啥呀？快起来吧，学校里还有人在呢。"

马兴将脑袋一扭说："有人就有人，有枪我也不怕。"

陈妍无奈，为了避嫌，她赶紧把门关上了。

马兴鼓足勇气说："小陈老师，我喜欢你，而且，我不能没有你，我知道我配不上你，说真的，我也曾嘲笑过自己，试图别去想你，但我失败了，我真的做不到，尽管我啥也不是，但我会对你好的，我保证。"

"说完了吗？"陈妍没好气地问。

"说完了。"从语气上就能听出来，马兴很轻松，像刚完成了一项神圣的使命一样如释重负，剩下的，爱咋咋。

原本陈妍是想在马兴尽情表白之后再扫他的兴，然后狠狠挖苦他，这也算给他预设难题，让他知难而退，但在马兴抬起头的那个瞬间，她突然发现，马兴的眼睛是湿的，有一汪晶莹的东西在打转并试图从眼眶里溢出来。这使得她心里那把磨了又磨的锋刃突然打卷了，这可是守护心灵防线的利器呀，它却失去了威力。她断定，她的心已无险可守，不过好在她还可以挣扎。而且她也没有料到，自己是有一点在乎马兴的，不然马兴心里疼痛的时候她为何也会跟着疼痛。

陈妍不满意自己遇事的表现，于是给自己打了零分，退一步讲，她在乎马兴只是感情上的，但感情并不能完全左右关系的走向，这一点她是很理性的，她说："男儿膝下有黄金呢，有话起来说，别这样，行不？"

马兴眼皮子往回一合说："不行，你不答应，我就不起来。"

"行！你跪着，我叫金师傅过来。"

见她伸手去开门，马兴便一骨碌翻起身挡住了她，但是就在马兴刚想往那张小床上坐的时候却被她制止了，女孩子的睡床是敏感的禁区，于是她一指椅子说："坐那吧。"

马兴也知趣地坐回椅子上，尽管忐忑，却又不失时机地说："我真是……"

"得！打住。"不等马兴将话说完，陈妍就抢先打断了他，并提醒说："马兴你听好了，闲话说再多也没用，我父母培养我这么多年，容易吗？别说鸡窝飞出金凤凰了，最起码，也得有个安稳的家庭吧？你这样东一榔头西一梆槌的，你想，他们会答应吗？"

按说听了陈妍的话，马兴应该识趣地放弃了，但他仍在装腔作势，脖子一梗说："父母是父母，你是你，再说了，爱情是不分高低贵贱的。"

这样的论调太老套了，陈妍听了，只能苦涩地一笑，她说："我真被你的天真给气疯了，你一个上墙垒砖的，从哪里弄来的这些词啊？言情小说看多了吧？告诉你吧哥，贫贱夫妻百事哀，婚姻从来都是油盐酱醋茶，很现实的。"

尽管陈妍的话不中听，甚至还暗含着挖苦的意味，但马兴的情绪依然温和，他是这方面的老手，知道谈恋爱就跟谈判差不多，只要还能坐下来谈，就说明路还没有完全堵死，还有达成共识的可能性。他看似装傻充愣，实际上很清楚陈妍在嫌他什么，或者说，她想要什么，她想要的，无非就是对未来生活的保证。于是，他反问道："贫贱？你是说，我不能给予你想要的生活是吗？"

　　陈妍习惯性地撇了一下嘴，跟着耸耸肩，说："喊！这还用问，你能吗？"

　　他确实不能，或许他认为自己能，然而生活从来都不是靠想象，而是靠看得见的实力。这一点，到目前为止他肯定拿不出来，而陈妍却是个真实的存在，她就在那里摆着，任何人都能看得到。马兴的脸火辣辣的，这一刻，他才真正意识到自己的渺小，不过这并不等于他会彻底放弃，为了掩盖自卑，他发出了虚妄的狂笑，并强调说："我提醒你，小陈老师，别门缝里看人，我承认，我是个卑微的农民工，现在一无所有，但我有我的发展优势，我们都还年轻，要以发展的眼光看待未来。不是吗？"

　　陈妍的大眼睛忽闪了一下。这时候，她不得不佩服马兴的口才和处乱不惊的心理素质，也发现马兴其实很可怜，但他坚韧的一面又很令人扎心，她的心一软，便觉得马兴也并非一无是处，至少，形象上没得挑，理想和抱负他也有。她盯着马兴的脸看了很久，竟然还鬼使神差地流露出一丝期待的光芒。她想，每个人前边的路都是黑的，或许这小子真是个生活的弄潮儿。于是，她淡淡地笑了一下，追问说："我倒想听听，你的优势是什么？"

　　"当然是自由的发展空间了。"马兴的回答顺口就来，可见这些答案早已在他脑海里酿就并储存了很长时间，但陈妍觉得空洞，她漠然一笑，表示不明白。

　　马兴进一步解释说："就因为我是农民，所以我是自由身，一不用辞职，二不用下海，尽可以大胆地创造未来，只要不信邪，不违法，沿着既定目标去努力，就能创造出理想的生活。"

陈妍觉得，这小子的未来尽管都还停留在理论上，但是有想法总比没想法强，就算是画大饼，也应该给他点时间让他画圆了。她追问说："还有吗？"

见陈妍来了兴致，马兴也激动地打开了闸门，他拍着胸脯，信誓旦旦地说："有啊，太有啦，我是瓦工，靠下苦过个小日子还行，但那样必定会委屈你，所以我的人生志向就是踏实前行，从瓦工到包工头再到开发商，要一步一个脚印，为了你，这辈子我即便苦死累死，也会努力完成这个目标，请你相信我，好吗？"

好一幅美丽的蓝图啊。陈妍被忽悠得快要虚脱了，继而陷入一种从未有过的迷惘之中，她仿佛看到一幅幅有钱人生活的画面已经在不远处铺开了……镜头一：马兴开着豪车，载着她和孩子郊游回来，车缓缓驶入小区，停在一栋别墅门口，他们惬意地拉着孩子的小手，嬉笑着进了家门。镜头二：周末，一身珠光宝气的她逛完商场，立于橱窗前，一边自我陶醉，一边等马兴开车来接她回家……

对于这样一种婚姻生活，她太满意了，这一份满意，能使她忘却工作的琐碎以及身体的苦痛，这些，恐怕是那个小公务员给不了她的，当然，马兴暂时也给不了她，但晚些时候，马兴或许能给她奉上这一切。

一想到"或许"这个词，陈妍醒了，因为"或许"就等于不确定，她的臆想也就此搁浅了，但目光聚回时却依然蓄满了希望，她坚信爱能发电，爱就是动力，在爱情面前，一切皆有可能。既然马兴这么爱她，自然会为她加倍努力。于是她打算骑驴看唱本，同时也给马兴留一丝甜头和一丝盼头，好让他的翅膀先扇一段时间，看能飞出怎样的高度。她不温不火地说："马兴啊，我说话你可别不爱听啊，就你目前的状况俺俩也只能做朋友，做好朋友也行，你看，我年龄也没多大，加上我刚参加工作不久，还打算趁年轻再自修个学位呢。所以吧，我还不能找对象，这一点请你理解，不过既然是好朋友，我还是很期待你走得更远更好。现在离暑假还有三周时间，也就是说，到下学期开学总共还有两个月，这六十天我们就不要再联系了，希望我在新学期到来时能看到一个全新的你。"

她没提那个人，在这点上，说她无耻那是过了，但说她缺乏诚意却一点也不为过，脚踩两只船，沿途看风景，这也不是一个人民教师该干的事情，但她就这么干了。

马兴就像小学生接受教育一样乖巧地频频点头，他已经很满足了，毕竟刚起步，他的期望值也没那么高，况且陈妍的心门已为他留了一条缝。从家里往来走的路上，他在心里就已经预设了两个结果，不外乎被挡在校门外或被骂出门外。但这些不但没有发生，而且陈妍还给了他一分期待。他知道，改革开放三十年后的一切天天在变，面对这样健康向上的大环境，不论群体还是个体都已经吸足了养分，都跟打了鸡血似的在寻找希望或向着希望奔跑。马兴很庆幸他播下了一颗种子，而这颗种子实际上是一副担子，一头挑自己的幸福，一头还得挑陈妍的念想，为了陈妍，他必须负重前行。然而每个人的发展都有自身的轨迹可寻，努力固然重要，但同时还需要资源和运气，时髦点说，就是机遇。好在，马兴已有了融入大环境的眼光与方向，所欠缺的，永远都是机会。时光的脚步不会停滞，而马兴的压力也在逐渐增大，因为改变命运从来都不是一朝一夕的事儿，也就是说，命运之神并没有在这个重要阶段眷顾他，但誓言却一直紧追着他的屁股。他什么都没有找到，六十天就即将过去了。

十七

　　时光如飞，光阴荏苒。暑假即将结束，新学期马上又要开学了。对于内心充满了使命感和紧迫感的马兴来说，这两个月过得如同翻书一样简单和匆忙。时光的流逝，又仿佛世界末日在一步步向他逼近。然而纠结与惶恐都无济于事，命运能给予他的，除了可怜，也就是剪不断的烦躁和焦虑了。在这最难熬的六十多天里，他的获得感非常低，他发现自己紧咬牙关的奋斗，也仅仅停留在吃苦耐劳上。但是好好干活最多也只能体现出一种精神，至于他对陈妍的承诺以及双方约定的东西，他始终一筹莫展。目前，他唯一能做的，就是尽快挣下一笔小钱，也好在新学期开始时给陈妍买件礼物。他不想让陈妍在这么短的日子就将他忘个干净，有一件礼物奉上，起码能证明自己的诚意。这笔钱当然是越多越好，因为礼物是越丰厚越好。这是个新目标，很贴合实际，至少，经过努力是可以实现的。到新学期开学的时候，马兴挣到的钱终于美丽成一个数字。他用这笔钱为陈妍买了部手机，是"三星"品牌年度最高端的一款，花了他将近三千块钱。也就是说，他用六十天的挥汗如雨，顶多能换回了一块继续表达心意的敲门砖或引路石。即使这样，他仍不敢保证今天能顺利地叫开陈妍的门，因为这份礼物距陈妍内心的期许还相差十万八千里。但他的举动是感人的，且带有突然性，是陈妍不曾想到的，或许陈妍接过手机之后还会顺口夸他是个有心的男人。只要陈妍高高兴兴地接受了礼物，就说明他还有戏，到时候，他正好顺坡撵狼，再邀她到家中做客。

　　然而他只是说对了一半。不错，陈妍在接过手机的一刻确实挺开心的，但对他的邀请却一口拒绝了。仅存的一线希望就是，陈妍答应会在某个晚上抽空出来跟他一起吃饭。一直以来，马兴凭借自己的外表，总是在乡下姑娘面前保持着强势姿态，但是在陈妍面前他却展现出了超乎寻常的耐性，尽管陈妍给予他承诺时说的是某个晚上，听起来就有点不着边际，但他还是会当真，还是会等待，因为他宁可自欺欺人，也不愿半途而废。

等陈妍回到家里，躺在床上把玩新手机的时候，才突然感受到马兴的良苦用心，同时也意识到这样给马兴放长线实际上是在变相地折磨人。于是她立刻又给马兴发了个短信，告诉他开学后第一个周末的傍晚，她在乌驼镇的中心广场等他，他们不见不散。

这个下午一如从前，包括这炙热的夏末初秋也是一如从前，炎热似乎是被季节落在原地，但马兴就认为这日子充满了火辣辣的激情。他坐在中心广场喷泉旁的石凳上，看一本关于创业方面的书，同时也借此削减等待中的寂寞。

广场上闲人多，或许是暑假刚过的缘故，周围已少有学生模样的面孔出现，因此他独自端本书在这里用功就显得极为打眼。尤其他今天的穿着打扮还有几分刻意，刚剪了头发，上身白衬衫，下身蓝裤子，脚下寒酸些，是一双"老北京"的平底布鞋。

有时候，寒酸也会成为时尚，这得看谁来穿。当一个人全身上下九成是看点的话，所剩的那一成就必然会化作焦点。马兴有几双不上档次的皮鞋，但是他没敢穿，他心里清楚，不上档次的皮鞋穿出来远比穿布鞋更尴尬，尤其糊弄不了陈妍，所以还不如穿布鞋。但别人就认为这种搭配出彩、神奇、漂亮，外加他的举止，朴素而自然，让人充满了想象。一些闲逛的女生已在他身边徘徊过多遍，当他抬头时，总会从她们的眼中收获一波倾慕。但此刻他心中早已无物，他不缺撩人的目光，他缺的还不曾到来。

马兴在毒刺般的斜阳里将自己晒成了雕像，他就那么坐着，却意外地展示出一种勤奋者的定力来。其实，他这是习惯成自然，他的耐性和定力是辛劳磨炼出来的。他常在炎炎烈日下粘贴面墙瓷砖，能连续坐五六个小时。这里好在还有个喷泉，更不用面对南墙。

陈妍来了，她在广场上转了半天也没找到马兴，只看到一副副陌生的面孔从侧旁闪过。其实他就在喷泉边上坐着没动，陈妍也往那里看了却愣没认出来，没认出来或许还有另一个原因，那就是马兴的形象已被这六十个日日夜夜整模糊了。最后还是马兴心里没底，而且时间也确实不早了，太阳越接近山巅他就越担心陈妍会放他的鸽子，于是他合上书，站起身来主动搜寻。当他的目光扫过一半广场的时候便一眼锁定了陈妍，这并非他目光犀利，而是对方已深深地铭刻在他心里。见面的程序很寡淡，没有情人相见时的那种常规操作，没拥抱，更没有泪光盈盈，只有平常人习惯性的握手和寒暄。然后两人去吃了饭，唯独多了的一分情调就是并肩逛了趟公园。在两人之间的距离上陈妍拿捏得相当到位，既不能给予马兴更进一步的能量，也不能让他的心彻底冰凉，看来她仍旧抱定骑驴看唱本的初衷。见时间不早了，陈妍说："可以了吧？我该回去了。"马兴虽依依不舍，但没有挽留的办法，唯一可行的也就是送她回家，陈妍稍加犹豫，最终还是半推半就地答应了。等送到巷子口，陈妍便突然止步，也许这时候她才想到该多留个心眼，她转过身说："我到了，你早点回去吧，路上注意安全。"

马兴让自己笑了笑，然后伸出手，边握手边说："好吧，祝你新学期快乐。"

陈妍的家也是在城南边的一片平房区里，她住的这处平房还是她姐姐名下的房子。这个片区很大，足有十几排硬顶平房，每排都住着几十户人家。尽管马兴有一丝失落，但他能理解陈妍，毕竟他们之间相处的时间不长，更何况还没有确立关系，而且以后能不能确立都未尝可知。她矜持一下或不想暴露得太多，这都是女孩子该有的表现。即便这样，马兴仍觉得今天收获很大，至少他大致上确定了她住所的方位。

他转身先走了，因为他知道陈妍在防着他，这种情况下他若再目送她进门那就是不知趣了。马兴是老司机，在他面前，陈妍再怎么动心眼都如同掩耳盗铃。

　　他没有在外面溜达，也没有联系王村，像这样八字没一撇的事情他还不想对外张扬，尤其担心和王村在一起时会被凉水泼头，他宁愿继续哄着自己。揣着冰火两重天的心情回到家里，老妈已做好了晚饭，还是多年来的老三样，稀饭、烙饼、凉拌黄瓜。一见疼自己到心尖上的老妈，他刚刚确立的一点信心又一次打了折扣，自从将陈妍设定为生命的另一半开始，陈妍在他心里的地位便上升为他的精神支柱和活着的理由，那么问题来了，老妈怎么办呢？老妈又算什么？一旦他成功得到了陈妍，或者说陈妍接受了他，两人组成了家庭，她能接受他年迈的母亲吗？这么一想，他的压力便立马增大了。因为在他看来，陈妍的身价太高了。为了他的心头肉，他就是拼尽全力也在所不惜，但是老妈的存在又让他回归了理性，相比之下，十个陈妍也没有老妈晚年的幸福重要，况且他确信心急吃不了热豆腐，心急火燎起不了任何作用。他始终都将干活放在首位，即使机会永不降临，也不至于坐吃山空，于是他信守了诺言，在双方约定的期限内没再骚扰陈妍，这也是陈妍求之不得的情形，她正好腾出手来集中精力解决实际问题。

　　然而他只是个备胎，若之前的轮胎不爆的话，他暂且没用。两个月的时间陈妍能干好多事，但大事只有一件，就是对自己感情做最后的评估，或做个终极的交代。那个人一直没来找她，躲猫猫没关系，她可以反过去找他。不就是觍着脸坐班车去他工作的地方吗？有啥丢人的？只要他有种，像个真男人那样能给个痛快话就行，谁离不开谁呀？她最受不了的就是目前这种半死不活的局面，让她成天花心思琢磨这家伙到底在想什么，特别是近几天，竟到了打电话不接、发短信不回的程度。有时候女人的直觉是很准的，不就是劈腿或三心二意吗？你明说呀，在这个问题上她自己不也一样吗？

　　对于那个男人，她本身就没全情投入，尤其有了马兴之后，她的心也随之越跑越偏了。她一直都感觉自己充其量只是那人用时光焐热的一块石头罢了，而现在，又多了一双眼睛盯着她这块热乎乎的石头，让她的内心敞亮多了，有了预备队，作战心不慌，东方不亮西方亮，哪块云彩都下雨，姻缘自有天定，她怕啥？她认为就婚姻而言，除了物质还得有爱，有了爱才会有心疼，没有爱，你就是哭瞎双眼也感动不了对方，所以，她从没打算哀求。

那人大概已想到她会来，但却没想到她来得这么快。这段时间或许他也反复盘算过了，五年来，他们之间的相处本身就平淡如水，别说有什么过分的举动了，即使手拉手也仅有数得过来的几次。从良心上讲，他不亏欠她什么，如果她大气一点，想开一点，应视为两不相欠。尽管他有这样的理由和说词，但仍没敢主动找她摊牌，他心虚，毕竟男子汉说话一言九鼎，收回自己的承诺就等于抽自己耳光，所以他底气不足。

当她走进乡政府大院的时候，那人正准备开车跟乡长下乡。在两个人对视的那一瞬，他已经脸色煞白，赶在她开口之前，他赶忙将她拉到一边，以极其微小的声音说："我现在有急事，你先回去，晚上我去找你，一定。"

还没等她回答，乡长就虎着脸催说："走呀！还没个完啦？"

那人很听话，但是在转身的当口他的双腿一直在颤抖，临上车的时候，还明显打了个趔趄。从这些细节中，她看到了事情的严重性，为此她内心充满了矛盾。别看她这边还藏着个备胎，但藏归藏，用与不用还得另说，她知道婚姻生活是就米下锅，每一步都真真切切，在这一点上，她不敢指望马兴，如果那人能一如既往地追求她，或者像马兴那样哄她宠她，她会毫不犹豫地嫁给他，然后老老实实过日子，至于马兴，她顶多仍拿他当朋友，或继续当备胎。但是生活就这么残酷，自以为起个大早，却仍落在别人后头。她没有猜错，那人早就移情别恋，傍上了乡长的女儿。或许他根本就不爱那个姑娘，但他爱乡长，爱乡长的人将来才能有机会当乡长，这点他看得清楚，至少，乡长能为他的仕途搭桥铺路。

陈妍的梦，包括她心存的侥幸都被彻底击碎了。虽说她没有全力经营这份感情，但它就如同一件无关紧要的东西，尽管可有可无，但真正被人夺去之后还是会虐心。她感觉自己受伤了，疼却无处诉说，正好这个月她姐夫去北京一家医院进修，姐姐也陪着去了。老家的父母年迈，她不想让他们为自己担心，再说了，远水也不浇近火。最后，她从柜子中搜出两瓶白酒来，她认为这个夜晚就靠它们疗伤了。陈妍自斟自饮，自咽苦水，在脸颊红透的时候她想起了马兴，也越发感觉到自己是多么渴望被爱。她知道马兴深爱着她，不论到什么时候马兴都不会伤害她，只有她伤害马兴。而且当她将苦酒一杯接一杯地倒进肚里的时候，她内心的疼痛和孤单却一点也没有减轻，于是她拨通了马兴的电话，以命令的口气说："你来我家，速速的。"

一接到电话，马兴就像奉了女王的旨意一样，骑上摩托车直奔城南。陈妍住的地方他知道，但具体到哪条巷哪一家他还没弄准确。他的"幸福125"时速能达到一百多迈，十几公里的路程很快就到了。他猜陈妍一定在某处等着他，但他搜寻了好久也未见踪影，于是他又将摩托车打着火，而且还加大油门"呜呜"地轰了好几下，他相信，即便此刻陈妍已回到屋里，也一定能听见这辆车发出的老牛般的吼叫声。

也不知怎的，在见到马兴的时候陈妍竟有了莫名的感动，她不仅感到了亲情和友情，而且还有股浓情蜜意涌上心头。顷刻间，她的眼里便噙满了泪水，好在她还算清醒，还能控制情绪，始终让泪水在眼眶里打转转，也没有哭出声。

由于天黑，这些微小的细节马兴并不曾看见，他只是大大咧咧地推上摩托车紧跟着陈妍的脚步。但陈妍却不一样，很显然，这一刻她是将马兴当做了可依赖的人，渴望借他的肩膀靠一靠。陈研肢体上释放出来的信息和一些挑逗性的举动让马兴感到了一丝突然。他的心跳也开始加速了。

十八

　　由东向西的巷子很深，陈妍带着他向更深处前行。来到顶西头倒数第三个门口，陈妍打开门，马兴将摩托车靠墙一立，正准备空人进去。陈妍迟疑了一下，指着摩托车说："推进来吧，立在这儿挡路，也不安全。"她没说放这里显眼，但他真正担心的却是这一点，因为将大型摩托车立在门口就等于告诉邻居，这屋里今晚有个男人。

　　院子不大，面南有两间正房，对面配两间小房，虽说都是两间，但小房却只有正房的三分之二大，剩余的位置刚好够安一个院门。屋子里很温馨，尽管不太宽敞，却能带给人一种小家小户小日子的温暖与幸福。进门后陈妍就嚷嚷着还要喝酒，但是被马兴劝住了。马兴能拦住陈妍喝酒但拦不住她说话，趁着一股酒劲，陈妍倒变得诚实多了，她半疯半傻地向马兴倾诉了自己以往的恋情，包括被人甩了的实情也一字不落地倒给了马兴。马兴也被陈妍掏心掏肺的坦诚打动，以致对她的爱又增加了好几分。

　　但是马兴还是错了，其实直到这一刻，陈妍仍没有将他真正放在心尖上，说到底，他只是个倾诉的对象，是个倾听者，他的重要性就体现在能随叫随到，能耐心倾听，顶多还能起到报复另一个男人的作用。而马兴呢，他年纪不大，但人生的阅历却不浅，特别在情感方面，他要对付陈妍，那还不是手拿把攥的事情。但马兴似乎并不想借机拿下她，他要的是她的心，他确信今晚是陈妍最脆弱的时候，抵抗力极差，但他警告自己必须忍，即便美味近在唇边也不能去尝，如果逞一时贪欲将其给办了，那就是乘人之危，万一明天陈妍后悔了，那他就等于自断后路。熬到下半夜，陈妍总算絮叨累了，但酒精仍在发挥作用，她眯缝着眼，就那么迷迷瞪瞪地盯着马兴看，她觉得这一刻的马兴果真帅呆了，那张迷死人的性感脸蛋怎么看都不够，她浪声浪气地说："哈哈，你他妈太像啦，不！你就是让众多的粉丝千般崇爱万般迷恋的明星，没想到吧？今天你落到本姑娘手里啦，哈哈……"

马兴没理她。不过听了陈妍的醉话，他还是很得意的，酒后吐真言嘛，毕竟赞美他的话陈妍还是第一次说，这也算是她对他的外表给予的肯定，他认为今生能得到陈妍的爱肯定不容易，甚至比得到天下人的肯定都要意义深远。他帮她脱了鞋袜，放好枕头，让她仰躺着并给她盖好被子。在做这些事情的时候，陈妍的目光有一丝迷离，或是有一丝渴望，她的喉咙上下蠕动了好几次，嘴微张，像是在极力吞咽什么，始终没表现出拒绝的意思。或许在马兴脱她鞋袜的时候她就料定了，他还会脱别的，但马兴并没有继续，这倒让她有些震惊与失望，待马兴将她滚烫的身子平放在枕头上正愈离开时，她也意识到将人家看低了，她猛地半坐起来问："那你呢？"

马兴一指椅子说："睡吧，别管我，我困了有它呢。"

整整一夜，马兴就那么连坐带睡地熬过来了。到陈妍醒来时，他仍然两手环抱椅背睡得正香。当彻底醒来的陈妍发现自己与男子共处一室时便立刻惊呆了，好在她没有尖叫，只是静静地瞪着马兴，同时也整理思路极力回忆这一整晚的事情。接下来，她检查了全身上下的衣服，一切都好好的，衣裤完整，浑身也没什么不对，她这才长长地呼出了一口气。呼出这口气代表两个意思，往近处说，她庆幸自己在喝成一推烂泥的情况下竟然能毫发无损。马兴是男人，可这一夜他却老老实实地在椅子上睡觉去了。即便马兴昨晚趁机把她睡了，她再怎么悔恨，但说出去别人也不会指责马兴，因为人是她自己叫过来的，还将其留在家里，发生了事情只能怪她自己，恐怕所有人听了也会认为是她自己不够矜持。可她又糊里糊涂地躲过了一劫，这不能不说是一种幸运。不论马兴是何种心态，总之什么也没有发生，所以她才舒了一口气。但是当那一丝宽慰过去之后，她便再度陷入了纠结，到底为什么？凡事总有个说词吧？难道是自己颜值太低，勾不起男人的兴趣吗？显然不是，自己不至于让男人乏味到昏昏欲睡吧？结论只一个，那就是遇上了真君子，这太好了。她这么一想，便开始心疼起马兴，并将他定性为地球上不易找到的男人，太了不起了，而且向这样的男人托付终身是多数女人的首选。能力大小暂且不论，关键还得看人品。男人品格的好坏，首先得看他面对女人时有没有定力，有定力，就不会见一个爱一个。她这么想着，两眼却一直注视着熟睡的马兴，同时心里也有些轻微的撕扯。她翻身下床时尽管脑袋仍有些晕，但思维还算清晰。她不知道自己即将要做什么或为什么这样做。

然而马兴此刻的睡姿可算不上舒服，让人看着都感到难受，所以直到下半夜他才勉强入睡。说实话这一夜他最大的熬煎并不是坐着睡觉，而是令他热血沸腾的陈妍。床近在咫尺，人就在床上，这对他来说无疑是两难之中的折磨。他一直在提醒自己不可以冲动，但每当陈研在睡梦中翻身并因为燥热而掀掉被子的时候，他浑身上下也会紧跟着发热。他太辛苦了，辛苦是因为自己已变成两个马兴，一真一假，一正一邪，一个要保护陈妍，一个要吃了陈妍，就这样斗了大半夜，直到将精力耗尽才黯然睡去。

陈妍轻拍着马兴的肩膀，像拍一件艺术品那样小心，她说："哎哎，醒醒呀帅哥。"

马兴一直眯缝着眼，这时候他浑身的乏困确实已达到极限了，他觉得就算这会儿站在身旁的是天仙，他也会毫不含糊地选择睡觉。他没头没脑地嘟哝说："别闹了，让我再睡会儿。"

陈妍说："行，让你睡，可你得上床睡呀？这么睡下去浑身会疼的。"

一听到上床，马兴的心里又咯噔了一下，以为陈妍也开始犯糊涂，引诱他犯错误呢，他猛地睁开眼睛说："上床！你可想好了，这事它非同小可。"

陈妍白了他一眼说："你想哪去啦？我是说你一个人去床上睡，我出去买菜回来给你做饭，傻子。"

这句"傻子"可不是她顺口带出来的，她认为马兴昨晚的表现就像个傻子，不过他傻得可爱，她现在起床做早餐也是对他昨晚的傻劲给予褒奖。

早餐很简单。陈妍的厨艺也仅限于熬稀饭，糖酥饼和小菜都是超市里买来的。但这一顿仍不缺乏温馨，并让马兴体会了满满的幸福。回去的路上，他已兴奋到忘我的境界，伴着"幸福125"的引擎声，他反复高唱着一首曾经流行过的老歌《傻妹妹》。他唱得尿性，唱得放肆，像个狂傲的凯旋者。

从周一到周五，陈妍一直忙碌，新学期开学，班里的事情多，她没工夫想别的，当马兴的身影在脑海中稍一闪现的时候，很快便又湮没在学生的吵闹声中了。到了周末，陈妍的白天依然会风平浪静地度过，可一到黄昏时分，她又重回到失恋的阴影里。尽管她否认与那人有多深的感情，但她们之间确实有约定，而且她被人甩了也是不争的事实。她就是想不明白，也不愿接受，她认为这事儿太荒诞了，凭她各方面的条件怎么会被甩呢，应该她甩人才对。这就说明一点，她对眼前的事物看得太浅了，在仕途中跋涉的人谁不想借助跳板呢？她陈妍确实优秀，既学得好，又长得好，但是归根到底没有乡长好，或者说没有权力好。这些道理陈妍还不太懂，她是女人，女人往往能将爱情和婚姻提升到生命的高度，可话再说回来，她和那个恋人并没有多少感情基础，她也并不真是因为失去爱而苦恼的，她只是心里不平衡，或一时还转不过弯儿来。这时候，马兴就变得极为重要了，马兴像一剂药，专治她眼前的病，有马兴在，她觉得压力会小很多，好像马兴能为她分担什么，实际上什么也分担不了。这世间的事往往就是这样，飞蛾扑火却义无反顾。按说昨晚能安全度过应属侥幸，聪明的女人绝不会在同一人身上再犯同样的错误，因为马兴是男人，即便是君子，也无法保证他永远做君子，空城计连天唱是不行的，但陈妍就认为行，尽管她从没想过要将自己托付给一个瓦工师傅，她却需要他的陪伴与安慰。她认为与马兴在一起自己并没有风险，他要动歪念昨晚就动了，没道理放过那么好的机会。

熬到黄昏，陈妍脑海中仅显现两个人的身影，或只为两个人评长论短，最终还是马兴胜出，马兴就是比那个人强。当然，马兴胜出还因为另一个人早已经退赛了，目前在她这条跑道上飞奔的其实只有马兴一个人。她很沮丧，心想为什么偏偏是马兴，他这么帅却为啥只是个瓦工师傅？为什么？难道老天在跟她开玩笑吗？非让她苦撑到风雨过后见彩虹吗？肯定是的，别看马兴目前还给不了她什么，但他说了，他是会努力的，人不在穷富，而在于斗志，往后的事情没人能说得清楚，或许在不久的将来他就能成功并带给她美好舒适的生活。

她又开始憧憬了，仿佛她所想象的是一件寄放在别处的东西，只要马兴在，这件东西就在，自己哪一天想取就能取回来似的。想到这儿她又有一丝沉醉，就觉得今晚还需要马兴，当然她的需要仅限于聊天，不能突破说说笑笑、打打闹闹的界线。她相信马兴也不会想别的，看情况吧，倘若苗头不对可尽早打发他滚蛋就是了，反正她的底线不能突破，也绝不能轻易把自己交给一个瓦工师傅。但是当摩托车的引擎声越来越近时，她还是有一些莫名的心慌，她后悔了，但是马兴来了，他是受她召唤才来的，她再后悔也不能出尔反尔将人家拒之门外。好在进门时她没从马兴的脸上看到丝毫的异常，一切都云淡风轻，马兴的目光甚至都没往她身上落。这就没问题了，因为她知道，一般色男的眼睛是极不规矩的，往女孩的敏感部位扫也是必然的。但马兴是什么情况？是羞涩还是胆怯，还是心无杂念呢？她认为这几样都有可能，悲哀的是，她没有锁定另外一种可能，那就是刻意，是装的。其实马兴在赌，赌命运如何安排，如果陈妍再给他昨晚那样的机会，那他绝不会客气。当然前提是她没喝醉，他必须要在她清醒时成其好事，只有那样，陈妍才不会怀疑他的人品。他相信自己，也在等时机，只要时机到了，即便不借助酒精，也照样摆平她，关键是她会不会再犯昨晚上的错误。

当陈妍的电话伴随着夜幕再度来临时，他的心震颤了，他预测着她即将要说的话，果然陈妍吞吞吐吐地说："哎，你在干啥呢……我又喝多了，你能来一下吗？"

马兴是什么人呀？尽管陈妍只在电话中说了三句没头没脑的话，但马兴就从她的话语中听出了很多东西，知道她的心已经躁动了，不太安分了，而且他已经听出来陈妍没有喝酒，也就是说这种躁动不安并不是在酒精的作用下发生的，这就有戏了，看来胜败就在今晚。但马兴又乐观过头了，在他俩的关系上，陈妍是画了圈的，到目前为止这个圈还很牢靠，悟空没回来，谁也别想进。躁动只是矛盾的表现，既贪恋马兴的外表，又不能接受他的现状，究竟是向左还是向右，她没有一丝头绪。

这次与上次不同，这次马兴在来前是做足了准备的，他在街上为陈研准备了晚饭，当然晚饭他自己也有份。一只卤鸡和四个酱羊蹄外带一盒香辣豆腐皮，这些都是女娃们爱吃的。办这些东西马兴是有想法的，他就想和陈妍多待一会儿，现在他觉得与陈妍在一起的每一分钟都弥足珍贵。所以他没有邀请她上街吃饭，是不想将时间浪费在公共场所。果然陈妍也很满意，她一高兴，便提议喝两杯。马兴猛地抬起头，用惊讶的目光盯了她许久。他知道她不会喝酒，昨天将自己灌醉那是心里有事，想麻痹自己，因为女人在痛苦的时候什么事都做得出来。那么今天呢？难道她还要借酒消愁不成？不至于吧？事情已经过去了，况且有他在，什么男人也得甘拜下风，她这样纠结，分明是没拿豆包当干粮。马兴心里有点不爽，当他不高兴的时候，对陈妍的疼爱就会偏离方向。他暗下决心，就今晚，今晚他必须将米下进锅里煮成熟饭，否则她永远也不会拿他当回事的。

他表情上的变化陈研都看见了，也知道他心里想什么，无非就是对她喝酒有看法。原本她是不喝酒的，她不单不喝而且还见酒三分怕。她还真不信马兴有那么单纯，她笑了笑，说："咋？不让我喝呀？你们男人不都喜欢给女人灌酒吗？"

马兴也淡然一笑说："也许你说的是事实，但不包括我，在神志不清的状态下糟践女人我做不出来，因为我不是龌龊小人，对，我是不想让你沾酒，这都是为你好。"

这一席话简直把陈妍感动坏了，同时也再度加重了她内心的纠结。她竟毫不掩饰地说："马兴啊，你为啥就没个工作呢？即便不当官，两个人都有正式工作，小日子也勉强过得去嘛。"

这是陈妍的心里话，也带有一丝恨铁不成钢的意味，很显然，陈妍对马兴的要求没原先那么高了，但就这样的要求也还是空中楼阁，马兴依然是个瓦工师傅，依然得在风吹日晒中劳作，这一现实陈妍改变不了，她唯一的作用就是狠戳马兴的痛处，让他心里难受，但马兴却不以为然，他脖子一梗说："瓦工怎么了？你可别小看了瓦工，每一位包工头都是由瓦工演变过来的，而开发商呢，又大多是从包工头演变过来的，还是那句话，你得以发展的眼光看人。"

陈妍承认马兴说得在理，做人嘛，眼光当然得放远一点，但道理归道理，现实是现实，这当中可隔着好多层呢，有时候努力了却不一定成功，成事还得靠很多外在因素。所以她现在就不敢往远处想，她在尽量回避或逃避，说白了，她还是不相信马兴，更不敢将命运与马兴捆绑在一起，正因为这样，马兴才成为她感情上的鸡肋，食之无味，弃之不忍。与马兴认识至今，矛盾与纠结始终伴随着她，迫使她尽量别想得太多，甚至连明天也不要去想，即便想，也只限于想一些美好的事情。就像现在，他们吃着美味聊着天，再开心不过了，就这么一开心，倒把个时间弄得飞快，不觉间已是半夜时分，就在俩人都开始眼皮子打架的时候，马兴说："困死了，咱们休息吧？"听了这话，陈妍困顿的眼睛一下又睁大了，并以另一种态度审度他，像看一个现了原形的伪君子。马兴心里一紧，立刻就判断出陈妍的心理，知道她开始起疑了。但马兴毕竟久经沙场，他的言行是能够收放自如的，他笑了笑，指着昨晚那把椅子说："嘿嘿，别紧张，我还在那儿。"

这样一来，陈妍倒有些心虚了，为了挽回脸面，她只得红着脸说："我紧张啥呢？你也真会想，我要是不信任你，会引狼入室吗？"

马兴说："谢谢你，不过相信我，没错的。"

陈妍嘴一撇说："油嘴滑舌，你不会是欲擒故纵吧？"

"当然不是，我是来给你当出气筒和开心果的，如果你心里不爽，尽管向我发泄，我保证打不还手，骂不还口。"

听他这么一说，陈妍忽地一耳光就扇过来了，但马兴的反应更快，他一下就抓住了陈妍细嫩的手腕，陈妍剜一眼说："看看，我说什么来着，男人的话就是不能信。"

马兴嬉皮笑脸地说："这你还看不出来吗？我不是护自己的脸，而是怕弄疼了你这白皙的小手……"

他一边搪塞，一边仍抓着陈妍的手说："瞧瞧这只手，又白又嫩的，怎么能打人呢？万一用力过猛弄伤了，多可惜呀？"

陈妍猛地将手抽回，警告说："这是女孩子的手，不是你随便能摸的。"

马兴低头不语，故作羞涩状。他终归不是王村，道德感也没王村那么强，而且在对付女孩子的时候灵感十足，考虑得相当周全。他一直在默默权衡，看怎么做才会对自己有利，既要占便宜，又不能因此陷得太深而失去退路，好在他没用惯常的方式对待陈妍，因为他爱她，为此他表现出惊人的耐性，既要得到她，又不能操之过急，就像刺猬抱团取暖一样，尽量掌握分寸，以免刺伤对方。

清醒时的陈妍自然抹不开面子，当着一个活生生的大男人，她只得和衣而卧了。本来马兴是鼓足了劲的，他认为如果今晚陈妍还留下他那就算天意，可是从目前的情况看，她是有防备的，有防备就说明她不想让人有可乘之机，更不想付出太多，当然这种状况也在他预料之中，所以他告诉自己少安毋躁，急是没用的，心急吃不了热豆腐。

事情的转机还是来自于陈妍。她是女人，是她内心的柔软最终让马兴的图谋峰回路转。在伸手熄灯的瞬间，陈妍改变了态度，不觉间亲手撕开了自己的防线。尽管她后悔了，也意识到不该留下马兴，因为她突然觉得若先前狠狠心将其赶出门都比现在的局面好看。现在马兴在地下坐着，而她却在床上睡着，说句不好听的，若不服蒙汗药，心再大的人在这种情景下也无法入眠。

可她真的困了，她想马兴肯定和她一样也是困了，但他却要整夜坐在那里静候天亮，这太残忍了，马兴要是不来陪她，这会儿应该会睡在自家的床上，何必受这份罪呢？

她的手从电灯开关上移开了，然后翻身下床，从柜子里拿出一床被子和一个枕头，往床上一扔说："上来吧。"

马兴像听到了特赦令的囚徒，一下就翻起身来到床边。陈妍一抬手说："停！咱可有言在先，虽说我相信你的为人，但楚河汉界还是要分的，毕竟，咱俩只是朋友，明白我说的话吗？"

"放心吧，我都困成狗了，现在就想睡觉，估计脑袋一挨枕头就进入梦乡了。"

陈妍说："嗯，这还差不多，上来乖乖睡觉，不许想入非非。"

夜是无边的，对马兴来说更是漫长的，或许他俩在这相同的夜晚会有不同的心境，但月光纯洁如水，不会因某个人的意愿刻意掩饰什么，它只能以柔性之美赋予夜晚另一层含义，也让心灵充满了想象与期待。

也不知怎的，陈妍突然不困了，湿漉漉的月光打在身上如沐浴般洗净了她的睡意。马兴也是如此，他可是憋着坏呢，当身边的陈妍辗转反侧时，他料定她的心已开始扑腾了。他懂得把握机会，也知道掌握节奏，既要达到目的，又不能因操之过急把对方吓着。他先是试探性地向陈妍靠近，实际上他们已经很近了，但必须更近些才会有故事出现，于是他就像毛毛虫一样悄无声息地蠕动着，见陈妍没有反应便将一条腿搭了上去。他想好了，如果陈妍发火，他就说自己睡着了，完全无意识，这样顶多道歉或扇自己几个耳光了事。

但陈妍并没作声，他料定她的心跳正在加速，估计已快了好几拍，但她也许会认为马兴是无意的。果然她只是将那条不安分的腿轻轻地推下了去，似乎是不忍心弄醒马兴，但她已明显地感觉到一股男人的气息正向她喷过来，更严重的是，马兴并没有停止动作，仍大胆地摸索着，像个贪婪的盗墓贼，最终将一只手伸进她的被子，并搭在她的身上。她的身子猛地一紧，强忍着没有出声。不过她还是坚持认为，马兴是睡糊涂了，顶多是在梦中将她当成了别人。即便这样，这一切对她而言却是个全新的体验，毕竟是一只男人的手伸进了被窝，她能不战栗吗？但理智仍在告诉她，不论这家伙有意无意，这样都不行，她必须采取措施，阻止他更进一步的行动。她的动作依旧很轻，就想将他的手从自己身上移开，但这看似简单的事却让她没有想到，在这种状况下男人的手是带着电流的，当她抓握的时候像被电击中了，竟然连挣扎的力气也没了。这时候马兴是清醒的，他明白，火候已到，用不着再装了，他也清楚，失去还手之力的陈妍更无力追究什么了，于是他来了个反转擒拿，一下就捏住了陈妍的小手。陈妍下意识地挣了挣，没用，马兴的手像把坚韧的铁钳，竟没有丝毫的松动。马兴是老手，他知道此刻稚嫩的陈妍已经蒙圈了，她心里正在搅糨糊，越搅就越对他有利。

接下来马兴采取的行动是相当连贯的，就像猫科动物的杀戮一样，追逐、扑倒、锁喉，几乎是一蹴而就的。他用右手抓住了她的左臂，将她的肩部与颈部提起来，然后将自己的左臂伸过去，来了个双臂合拢的熊抱，就把陈妍的身子侧拥过来。对于陈妍来说，这个仅有两秒钟的瞬间绝对是个意外，她无论如何也料不到这一层。那么她下意识地尖叫也就自然而然了，但她没有完成，在她的喉咙发出声音之前马兴就采取了措施。马兴深谙此道，也预料到他的大动作会惊吓到陈妍。果然陈妍本该有的那一声犀利却变成沉闷的呜呜声，她的嘴被堵上了，马兴将他的大嘴死贴在她的小嘴上，像两极电流的碰触，特别是陈妍，她的身子似乎连续抽搐了几下才松弛下来。在陈妍懵懂的意识里，这种从未体验过的快感是新奇的，愉悦的，这种湿热交融的吻合让她的血压急速上升，心跳加快，浑身灼热，连呼吸都变得困难……

马兴知道陈妍已上了路子，她的脚已伸到悬崖边上，就差纵身一跳了。但陈妍还不想跳，她的防线还没被彻底摧毁，还在用最后的理智抵抗着马兴的进攻。她的两只手顽强地坚守着门户，最终也没让马兴解开任何一粒扣子，马兴试了好多次，隔靴搔痒地抚摸她，各种挑逗的方法都用上了，就是攻不下任何这块阵地。马兴是狼，是既狡猾又有耐性的狼，尤其在对付陈妍这只羔羊时他不忍心使用蛮劲，如果陈研抵抗到底，那他就毫无办法，当然他今天是不会轻易放弃的，于是他拿出最损的一招，想再推一把直面悬崖的陈妍，好让她乖乖地跳下去。

但是当那声嘶叫犀利地冲破暗夜的时候，他也被惊呆了。

马兴的脑袋有些懵，不得不停止动作，或许他此刻的心情与陈妍一样，除了后怕就是后悔。陈妍几乎是拼出了全身的力气，猛地将马兴推下身，然后坐起来，打开灯掀掉被子，用纸在下体拭了一下，她看到了一丝殷红。她没有说话，她知道再怎么抱怨都无济于事了，再说，即便是埋怨也只能埋怨自己。她扯过被子将头一蒙，抽抽泣泣地哭开了。

陈妍的哭令马兴心如刀绞。从陈妍因疼痛喊出那一声开始，他的心也跟着裂开了，他心疼陈妍，所以他停止了动作。事情已经做下了，他只能两眼盯着天花板暗下决心，今生今世，定将全部的爱奉献给身旁这个女人，从此刻起，她就是他无可替代的唯一。他这样给自己未来的感情定调子，但并没有向陈妍表白什么。这时候陈妍也停止了抽泣，她一动不动，将身子蜷缩成缺氧的虾米，看上去又像是睡着了。马兴的身子像一座桥，横跨过陈妍，轻轻地将灯熄灭了。他就想让陈妍睡上一觉，折腾了大半夜，她需要休息和冷静。至于她将会怎么对他，那应该是天亮之后的事儿。

马兴再无睡意，他感觉无月的后半夜比平常黑暗得多，他的心也跟着漆黑一片。他认为这样伸手不见五指的黑，抑或是夜晚对他的惩罚，让他熬煎，让他为自己的龌龊行为付出代价。突然，陈妍翻过身，一下就把他抱住了，抱得很紧，接下来还腾出一只手握住了他的下面。这个意外把马兴惊呆了，他一时间不敢相信怀里的人就是陈妍，他甚至认为自己是在梦里。但陈妍却喃喃地说："来吧马兴，你已经把我变成了女人，那我还有什么话可说，从现在起，我是你的人了。"

马兴一把搂紧了陈妍，眼泪也紧跟着流了下来，说："小陈老师，你放心，从见你第一眼我就深深地爱上你了，现在咱终于在一起了，我发誓，会一心一意地疼你，爱你，如若失言，我不得好死……"

他的嘴被堵上了。陈妍说："傻子，都成了你的人了还叫人家小陈教师。好了，可不敢发这样的毒誓，我信你，事情既然到了这一步，就说明它是天意，是我命该如此，我认了。"

十九

说陕西的麦子，黄一块割一块，其实甘肃也是一样的。在这地广人稀的大西北，除过宁夏平原的夏收能一鼓作气地完成之外，其他都是零敲碎打。由于山里基本是梯田和坡地，大型机械施展不开，所以至今割麦子还依靠人工操作，而且山里还有个特点，就是割倒的麦子经过打捆之后先得就地码成小垛，要等到全部割完才搬回去打碾，而且往打麦场搬运还要费不小的工夫，得辛苦好多天，这样自然也就将夏收的期限拉得很长。

王村惦记工地上的事儿，因此他心里急，总想着快一点收完粮食好返回乌驼镇，他估计这些天老郝的眼睛都差不多瞪蓝了，但是老郝却始终没跟他联系，别说电话了，连个信息都没发一个。后来他想明白了，老郝是不好意思，其实他自己面对家人时又何尝不是左右为难呢？他不敢张罗着走，他怕女人哭，女人一哭娃们就会跟着，如若那样，他的心便又会像被麦芒子扎了似的疼。当然走是必然的，就连女人也说他应该走，毕竟这次回来她见到钱了，红扑扑的票子谁不爱呢？她只是舍不得男人，每当晚上王村压过她之后流露出要走的迹象时，女人都会一把握住他的老二，半开玩笑半撒娇地说："走可以，把这个留下。"

王村只得无奈地说："老夫老妻的，干啥呀？过日子重要还是这个重要？"

"都重要。"女人用力捏了一下，嗔怪说。

就这样一黏糊，倒把两个月的时间黏糊过去了。大概老郝实在憋不下去了，就给他发了个信息，老郝说："老弟呀，你干甚呀？是不是还等着种完麦子再上来呀。"

王村没回短信，而是直接打电话给老郝，这样也体现出自己的诚意，同时说明老郝对他的重要性，他说："郝哥，不好意思啊，我耽搁得太久了，这么着吧，也就明天，明天我一定上去。"

老郝说："你娃悠着点，要知道，我是请你来砌墙的，可不是让你来扶墙的。"

王村哈哈一笑说："放心吧，郝哥，我不是万林，再说我这老梆子婆娘也不是刮油的刀。"

挂了电话，王村对女人一撇嘴说："你听见了吧？那边都急成狗了，肯定又揽上了新活，明天我是一定要走了，没办法。"

女人先是泪光闪闪，紧接着抽泣说："走吧，老梆子不留你了，去找你的小梆子吧？"

王村拍拍女人肥嘟嘟的肩膀，亲了下她带泪的柿饼脸，说："怎么，又多心啦？不至于吧？男人之间无聊的谝传你也当真呀？那好了，我给老郝打电话，告诉他，咱不去了。"

王村开始假模假式地拨号，但他知道女人是不会让他拨出去的，因为女人再傻，也知道钱对家庭生活的重要性，为了将日子过得宽余，很多女人明知道男人在外面漂泊久了肯定会打野食，但她们却不得不装糊涂，只要到年底人和钱能双双回归，那就算烧高香了。尤其他的女人，恐怕早把心放在肚子里了，再怎么说，家里也有拴着他的东西呢，最起码正在上学的俩娃他丢不下。

第二天早上，女人执意要送他去省道边上坐车，这次他是光明正大地走，所以用不着翻山越岭地仓皇出逃，而是两个人肩并肩，高高兴兴、如影随形地上路，一出庄，女人就接过他身上的行李，说："还是我来背吧，这段日子把你累坏了。"

他说："看你说的，我没那么娇气，放心吧，就咱这体格，累不坏的。"

走过最后一道山弯，老远地就是看见董青那高大的身影正在路边上踱步，似是很着急的样子，他身边还有个女人，但是随着距离逐渐拉近，王村便看出那不是李梅，因为这女人个矮，没李梅那么清瘦高挑，应该也是路边上等车的吧？

董青是他昨晚上通知的，俩人约好了在这里碰头。见面后董青的神情有些不对，他面色凝霜，显得很沉重，他拉过身边的女人向王村介绍说："这是冯娟，万林媳妇。这是王哥。"

女人一脸木讷地说："王哥好。"

王村像是刚想起什么，追问说："哦！对了，万林呢？这次他不一起去吗"

他的话音刚落，冯娟便将手捂在嘴上哼哼泣泣地哭了起来。这一哭倒让王村不知所措，忙转过脸看向董青，却看到董青的眼睛里也噙着泪水。他心里猛地一惊，立马预感到肯定发生了事情，便焦急地追问说："咋啦？到底咋了撒？"

冯娟只是哭，董青擦了把眼泪，哽咽着说："万林……他已经不在了。"

王村追问："不在了，去哪了？"

刚开始王村想，像万林那样的人，就算是犯罪也不会是暴力犯罪，他能有多大事儿呢？但他很快就从二人的悲伤中得到了另一种答案，他一把揪住董青的衣领吼道："出这么大的事情，为啥不告诉我？"

董青解释说："本来想给你打电话的，但是考虑到你和他平素也没啥交际，就算在一起做活也没超过一周时间，顶多算是个萍水相逢，再加上你收麦子忙，家里肯定也攒下不少事得处理，就没好意思打搅你。"

王村还想再数落董青几句，但是车来了，董青说："咱先上车吧，他的事一言难尽，等上了车我再慢慢告诉你。"

坐定后，董青便深深叹了口气，说："这就叫人倒霉，鬼吹灯，放屁都打脚后跟……"

原来，万林自离开王村和董青之后就没找到称心的工作，成天摇三晃四地到处碰壁，已闲了好长一段时间，人一闲，就容易心情烦乱。他心里苦，同时又无处诉说，只好将压力所衍生的蛮劲都使在了自家女人身上。其实这些年他一直这样，冯娟也习惯了，倒也能经得起折腾。麻烦的是女人得长期服药，一旦忘了，就很容易种下祸根。没几天冯娟就觉得不对，恶心，外带食欲不振，女人大多对自己的身体很敏感，她很快想到是坏事儿了，怕是又得给妇科医院送钱了。送钱事小，遭罪事大，这几年被他折腾苦了，一不小心就得做人流，现在，冯娟一听见那些金属器具发出的碰撞声就不由得浑身颤抖。但她不得不再一次走进妇科门诊那条苍白的走廊，随着护士的一声喊："冯娟！"万林的心也猛地颤了一下。

女人应声进了那扇门，万林却做出了逆天的举动，朝另一头的男科走去。男科与妇科是一层，分别在走廊的两个方向，等推开门，他很快又被惊呆了，因为这个男科的诊室里竟然坐着一位女大夫。不过，女大夫看上去倒还面善，不到四十岁年纪，胖乎乎的圆脸上笑容可掬，说："来，进来，请坐下。"

万林忐忑地站着。他不知道自己到底哪里不对，只是想咨询一下医生，看吃啥药能减缓他的性欲，以便在晚上能消停下来，别再斗志昂扬。可面对一位与自己年纪相仿的女大夫，他却羞于启齿，不知该说些什么。就在他进退两难的时候，大夫说话了，她收了脸上的笑，说："你怎么了？"

"我……"

他刚一开口，嗓子就卡住了，像吞下了一根鱼骨头，哼唧了半天也没将情况说清楚，等一张脸被憋红了，才算吐出一句话完整的话来，但是这句话却让大大张开的嘴好久都没能合回去，他说："能换个男大夫吗？"

"咋啦，嫌我是女人呀？谁不是女人生的？你可搞清楚了，我是大夫。"

女大夫的语气一下子加重了。见万林不作声，女大夫无奈地一摊手说："不就是难为情吗？这有个啥呢？就你身上那几个零件，当医生的哪个没见过啊？你不好说，行，我替你说吧，无非是阳痿、早泄、勃起障碍或头晕耳鸣、记忆力减退这几种症状吧？放心，我只开方子，不做检查。"

女大夫机关炮似的突突一大堆，万林仍呆滞着不发一言，心想说个屁啊，有你说的那些个毛病倒好了，还用得着来这里吗？就在这时，对面走廊尽头却传来撕裂般的叫喊声："万林！你死哪去啦！"

万林猛一激灵，扔下女大夫，赶忙冲了出去。

"躲死呢！把老娘害成这样，你刮风喝凉茶，倒挺自在啊？"

万林没敢吱声，就一副伸脖子挨刀的模样。冯娟一甩单子，没好气地说："检查做完了，就是的……"

她眨了一下眼，又说："现在手术是两个标准，一个一千二，一个四百，你选吧？"

万林没敢接那些单子，他心里清楚，妇科医院的价格表几乎都刻在他心里，不论在什么地方，大致都差不多，一千二的是无痛人流，四百的是普通人流，选哪一种，还得冯娟来定，想省钱还是想舒服，决定权在她，于是万林怯懦地说："还是……你自己定吧。"

"我定？你是男人，为什么要我定？"

每一次被确认怀孕的时候，冯娟都恨透了万林。为了缓解她身心的痛楚，她会用最恶毒的语言挖苦她的男人，好让他长记性，去奋斗，因为家大人多，到处都需要钱。在这种情景下万林的意识是最清晰的，他不傻，让他选择，无疑是先杀猪或先杀驴，无论他做何选择，其结果都是受辱。但是他还得选，他得给冯娟的发泄引路，他知道，如果他选贵的，她肯定会说，你发财了吗？现在一个月挣多少钱呀？你爹刚住过院，我所有的积蓄都寄回老家了，现在咱家是什么情况你不知道吗？所以，他只能打定主意选便宜的，选便宜的更符合家庭的现状，说不定他挨骂的几率会降低，他说："那咱选四百的吧？眼下家里的情况也不好。"

果然，冯娟冷冷地一笑说："嗯，就知道你会这么说，钱要紧，人就该受罪是吗？男人啊！说到底就是个自私的动物，反正不往你们肉里放刀子，对吧？你他妈舒服了，罪是老娘一个人的，你还算个男人吗？"

这最后一句话太损了，放在任何男人身上都会是一记重拳，尤其对敏感脆弱的万林来说，杀伤力更大，并且这句话跟余音绕梁似的，走远了，还会折回来，反反复复地往脑袋里灌，他彻底崩溃了，紧跟着胸口开始发热发闷、头晕目眩，一个后仰，便瘫坐在走廊边的条椅上不省人事了。不知过了多久，才隐约听见冯娟那尖利的呼喊声："万林！万林！你这是干啥呀？哎呀，你真没用，连个骂也挨不起，你还是个……"

最终她没敢再骂出那句埋汰人的话，她担心万林听了那句话还会继续昏迷。她顺手将万林扶倒在条椅上，拍拍他的脸，安慰说："没事的，没事的，老公，你躺着休息吧，我先进去啦。"

冯娟是恨万林不争气，这么长时间了，竟然连个工作都找不上，总是这高那低的干不成，但是抱怨归抱怨，却并不希望他有个三长两短，毕竟是八年的夫妻，八年，石头也焐热了，何况是人。

万林躺在条椅上，他在脑海中一遍遍过滤着这些年家庭生活的细枝末节，甚至从第一次见到冯娟时一点点往后推。按说她也是大山深处的一个柴火妹子，怎么现在成这样了呢？老话说得好："日子不好往前推，鞋烂了拿绳子锥。"人生嘛，总是有顺境和逆境的，熬着不就行了，何必怨天怨地呢？再说，咱也没弱到哪里去，庄户人嘛，起码还有口饭吃呢，难道一进城就变了，就掂不出自己的斤两了。最终，他觉得结论只有一个，钱！过去在山里种地大家都穷，没参照就没有攀比，但现在不同了，现在的乌驼镇一天一个样，乌驼镇的人自然也一天一个样或一天几个样。外来人适应了环境的，也就是从情感到个性，真正了解或理解了这座镇子的人，他们更容易被这里接纳，就像王泾河那样，总是能寻找到适合自己生存的土壤，然后将自己耕种在这里。很显然，万林还没有找到，他没找到并不奇怪，因为在这个幻灯片一样变幻莫测的狭小世界里，包括他在内，还有好多灵魂都无处安放。远了不说，就连身边的董青也没有找到。但董青不怕，他有超好的身体，能胜任繁重的体力劳动，那一身的力气好像总也用不完，他可以凭力气吃饭，整天昂首挺胸的，即便这乌突突的小镇遍地流金他也看不见。看不见很好，至少他不会痛苦，因为痛苦大多是由欲望衍生出来的。

在乌驼镇的人流和车流中，在熙熙攘攘的气息中，万林是压抑的，他一旦出了门，走到大街上，呼吸就会越来越急促，偏偏祸不单行，灾难总是追赶着他不放，前段时间，他老爹刚中风了，两个月的医院住下来，将儿女的积蓄基本上都花光了，其中也包括万林的。现在，他俩在乌驼镇打工，租住在一间小平房里，苦是苦了点儿，但压力一大也就不觉得苦了，因为老家还有两个留守的孩子呢，他们要生活，要上学，哪一样都得花钱。所以他们就如同拉套上坡的两匹马，哪一套也不敢松劲。但现在万林不单是松劲了，实际上他已经掉队了，他们一家人眼下的生活全仗着冯娟在物业公司做管理员的那点薪水维持着。冯娟虽牙尖嘴利，但她有超强的适应能力，能够在逆境中前行。在万林处于迷茫时，她的情绪却没有受影响，日子该怎么过还怎么过，最多手头紧一些。当然，她也从未失去过信心，从一踏进乌驼镇的地盘起她就启开了人生的奋斗模式，到如今，在短短的半年时间里，就由一名普通的保洁员荣升为清洁班长、物业管理员，工资也涨到了两千多。事业上的步步成功，其实都是逼出来的，也使她切身感受到压力是如何转化为动力的。而万林却恨透了自己，他始终都搞不明白，为何多大的压力都不能在自己身上产生动力呢？你说，这世间会有哪个女人乐见自己的男人成天泡在家里无所事事呢，何况生活的难处确实就摆在眼前。

"猪窝里没食猪咬猪。"这句话虽粗，但道理还是有的。冯娟常常情绪失控，发脾气，都是现实逼的，她心里再有劲依然还是个女人，她的肩膀太嫩了，该挑的都已经挑了，挑不动的，当然得指望男人来挑。而万林呢？作为家庭的顶梁柱却一直立不起身子，在这种情况下，冯娟除了发脾气，她还能怎样？

万林紧闭双目躺了很久，直到思路变清晰了他才努力翻起身来。他跑到卫生间，用凉水将脖子以上的部分狠狠地浇了一遍，才算重新又回到了现实。他不再怨恨冯娟，甚至第一次真心感觉对不起她。接下来，他仿佛又一次听到了那些手术器械在叮当作响，那些金属的撞击声还和前几次一样，让他的心一阵阵撕扯着疼。他不知道冯娟最终选择了哪一种手术，即便是无痛人流，可怜的她顶多是在这些可怕的响声中睡去，任凭别人在下面恣意操作她却浑然不知。一想到这些，他就心疼到无以复加。这时候，冯娟一只手支撑着腰部，踉跄着向这边走来，到妇科门口时还不由得往前一个趔趄，差一点摔倒。她赶紧用另一只手扶住门框，艰难地调整了一下呼吸才来到万林跟前。这时候万林鼻子一酸，两行来自心底的泪水便扑簌簌地往外涌。

冯娟仍有一股憋满胸腹的怨气卡在嗓子眼里，掂量着发还是不发，想到万林先前昏厥的一幕，她还要视情况而定。当看到他泪流满面的时候，冯娟的心便立马软了下来，她坐在男人身旁，捋了捋他额头上因缺钙而微黄的头发，叹一声气说："咱回吧。"

夫妻俩相扶着往回走，下楼的时候，万林也在暗下决心，必须做男人，就算苦死累死，那也是为家庭献身，为男人的尊严而奋斗，总比憋屈死强。他打算尽快出去工作。还有，就这种烂地方，他宁愿当太监，也不再光顾了。

二十

　　说到底，万林终归还是个农民，种菜种粮他在行，养个牛放个羊啥的也自然不在话下。即便身单力薄，但以上这些，他样样玩得转，再加上个体农业不需要为谁负责，精神好了多干点，乏了累了少干点，没人会说你什么。但是在大山里种田，也就是为填饱个肚子，土地多的，经营好的，顶多外加个穿得暖和住得宽敞，这种生活标准万林几乎是达到了，按说，他也满足了。只是冯娟不满足，冯娟读书多想法自然就多，她认为山沟里那点空间，还不足以盛下她的理想，她早就想出来闯一闯了，恰巧今年万林跟董青来到了乌驼镇，有道是夫唱妇随，她总算找到了外漂的理由。她把俩娃往老人身边一推，开始了仗剑江湖。谁知道乌驼镇这个被黑石头圈着的地方与万林不搭调，像他这种干活没劲、做官没命、个性上又玩世不恭的人在这里根本就混不开。这些天他一直在找工作，其中的艰难、尴尬与辛酸他几乎都尝遍了，最后他不得不求助中介公司。在那里，他交了二百元的中介费，然后才被介绍到一家工厂。报名时，厂方要求先交三百元保证金，说是等退职时再一并返还。就因为这一点，他没干成那活儿，还白白搭进去二百元钱。第二天他又去了另一家中介公司，他认为自己吃一堑长一智，这回总算是一个有经验的人了。交费时他强调说："要押金的单位俺不去。"

　　老板堆着笑脸承诺说："绝对不交押金，一分钱还没挣就往外搭钱的事儿，谁干呀？那不是骗人吗？放心，咱不办那缺德事儿。"

　　于是他又花了二百元中介费，这回进的不是工厂，是一家太阳能安装公司，让他跟着安装小组，专门为他们装卸热水器，其实也就是搬运工，月薪三千元。

公司老板是个肥嘟嘟的女人，三十多岁，尽管也牙尖嘴利的，但语气中充满了热情，说话客客气气的，与冯娟的刀子嘴有着天壤之别。

女老板亲自为他倒水，并鼓励说："好好干，三天试用期一过，就开始给你考勤，争取吧。"万林笑得合不拢嘴，他就像跋涉者看到了绿洲，迷途者看到了灯塔一样兴奋。他笑哈哈地冲女老板表白说："请放心，技术活咱干不了，力气咱还是有一点的。"说这话时，他的脸颊也不由得热了。

头两天工作还算顺利，尽管有些累，但是与在建筑工地上当小工比，还是要轻松得多，他还能扛得住。下午下班时女老板告诉他："明天早晨八点在西门等，咱的车从那儿过，记住，别迟到。"万林一拍胸脯说："放心吧，误不了。"

第二天早晨，冯娟老早就出去买早点，还叮嘱万林多吃点。她说："今天是试用的最后一天，你可千万要挺住了，宁可挣死牛，不能翻了车，等签了合同回来，我会犒赏你的。"万林信誓旦旦地说："我知道。"

西门转盘路口的车辆并不算多，万林在这里从七点等到八点再到九点，仍没见到公司的人以及车辆的影子，心存疑惑的他赶紧给老板打电话，可始终无人接听。他连忙打出租车往公司跑，到公司一问，人人摇头说不清楚，直到中午下班，安装队回来了，女老板一见他便劈头盖脸地训斥说："你怎么会在这里？不是让你在北门等车吗？你跑哪儿去了？"

万林辩解说："老板，你说的可是西门。"

"西门，我怎么会说西门？今天的活可是在北门，不信你让大家说，我们去西门干什么？"所有的人都众口一词，万林觉得再争论也无济于事，他甚至也开始怀疑自己的耳朵了。女老板一改前两天的和颜悦色，阴阳怪气地说："我最反感不守规矩的人了，你走吧，看来我这儿不适合你。"

万林是喜欢这个单位的，他真心想在这里好好干，为了能留下，他几乎是带着哭腔央求说："可能是我把乘车的地点搞混了，但我绝不是故意的，求你了老板，再给我一次机会吧，这种事以后绝不会再发生，我保证……"

女老板不耐烦地一摆手说："走吧！走吧！你已经出局了，求我也没用。"

烈日炎炎之下，他站在乌驼镇的大街上，这一刻，失落和无助啃噬着他的心，看着四周林立的高楼，他有种被困在陷阱里的感觉。人往往就是这样，这头失意时才会想起那头，城里失意时就会想起乡下，人生中最踏实的事情莫过于脚踩土地，那样才不会心慌，才不会走神，才不会像现在这样连灵魂都无处安放。他下意识地抬起头，心里说，不是举头三尺有神灵吗？老天爷呀！你到底在不在呀，明明是西门，咋会变成了北门？你说呀！他将两手高高地举过头顶，做出问天的姿态，就那么久久地保持着，像在虔诚地等一个答案，对于周遭的一切，他没有丝毫的顾忌。一辆轿车飞驶过来，"吱"的一声刹在他的脚边，他理都没理。司机探出头来骂道："神经病！找死呢。"

他没能得到回应，连司机骂了啥，他一个字也没听清楚，他只是觉得此时的阳光很毒，刺得他头晕目眩，他在想，这车刚才要是不刹住其实也挺好的，只需一个沉闷的撞击声，他就能一了百了。

然而他的反常举动从一开始就被对面广场上的人发现了，两位好心的老人赶紧跑过来，一边一个将他架过马路，让他坐在树下的道牙上，然后递给他一瓶水，他一仰头，咕咚咚喝了个精光，然后双手捂在脸上，又上下捋了好几次，再摇摇头，觉得清爽了很多。一位老人开导说："年轻人，凡事想开些，世上没有迈不过去的坎儿。"

他嘟嘟囔囔依旧是那句话："我明明听的是西门，咋就变北门了……"

老人以为他仍在犯迷糊，又接着劝解说："想开些，想开些，有啥事就讲出来，不要憋在心里，那样会憋出病来的。"

当他说出这些天求职的遭遇时，老人们却很平静，像在听一个家长里短的小故事。许久，才委委道出了事情的真相。乌驼镇这地方，是在 2000 年之后因煤价上涨才逐步发展起来的新兴城镇，之前它充其量就是个煤炭小镇。随着西部大开发的逐步深入，以及地方财政和国家扶持力度的增强，它的姿

162

态也就日渐丰满与光鲜了。但是整个镇子的躁动好像永远都不会停滞，到处是耸立的塔吊，到处是挂牌的公司，也有很多人躲在阴暗处非法牟利。就拿劳务中介来说，满街到处都是，但没几个正规的，还有那些所谓的用人单位和中介公司其实是蛇鼠一窝，他们相互勾结，用各种方法坑那些急于求职的人或者外来人口。这一毒招对他们来说太有利了，中介赚了中介费，用人单位白用两天苦力，然后再找个冠冕堂皇的理由将其打发。正所谓病急乱投医，他只是其中的一个受害者罢了。

一切都弄清楚了，但是真相大白之后，他的心情更加沉重了，双腿也如同灌了铅一样，离家越近越觉得举步维艰。这么多天过去了，他啥也没有做成。花掉了几百块钱不说，还傻乎乎白干了两天活，他不敢想象，就这么灰头土脸地回去该如何向冯娟交代。想到冯娟，更加重了他精神的崩溃。他抬起头看了看天，看到阳光还斜斜地打在乌驼山的东坡上，他苦笑了一下，心想，好在还没到下班时间，冯娟还没回来，快先进屋缓缓吧。他真的很累了。

冯娟今天的心情超好，就像阴雨后遇上了艳阳天，她脸上一直挂着喜气，哼着歌。她没有直接回家，而是改道去菜市场买了一只鸡，还有很多菜，她俩好久都没吃肉了，万幸的是，万林肯出去工作了，而且今天是最后一天试用，从明天起就可以考勤挣工资了。这也是好的开端，人嘛，并不在于能挣多少钱，而在于给自身的定位，就像秤东西，多一两少一两都不会平衡，她相信万林这次一定是找准自己的定盘心了。一想到这些，她浑身上下都洋溢着前所未有的松弛。

看到他躺在床上的那一刻，冯娟的脸"唰"地全白了，拎在手里的鸡和菜一下子都砸在了脚面上。她顾不得疼痛便抬手质问："你怎么回来了？"

他只好吞吞吐吐地把事情的原委说给冯娟听。冯娟听完后便重重地哼了一声。冯娟用鼻子说话万林是能听懂的，只要一个"哼"字出来，那就是全盘否定，再怎么解释都是多余的。

果然，只一会儿，冯娟便开始自言自语："我真就不明白，这么富足的地方，人人都脚不沾地，就你想忙没处忙，你说为什么？"

他仍没有辩解，按说他至少应该强调自己正在努力找工作，但他没有，他只是说："你先别急，不是说好事多磨吗？明天我继续出去找，如果还找不上，咱就买辆三轮车，我去收破烂。"

冯娟苦笑了一下，阴着脸，冷漠地说："你以为收破烂就容易啊？我想结果还是一样的，别人能收上，你仍然收不上。"

他无言以对，当一个人活到连收破烂、拾荒都不被看好的境地时，那他剩下的路也就只有讨饭了。但他绝对不信，他只是不想与冯娟做无谓的争论，他得让事实为他说话，也只有事实能堵上冯娟的嘴。但是现在，冯娟的嘴还没被堵上，很快，她又开口说话了，她说："我就不信，这世上还有不开张的油盐店。"

他自嘲地说："我也不信。"

冯娟看一眼撂在地上的鸡和菜，以命令的口气说："你把这鸡和菜拿厨房里收拾，晚饭你做，还有，从今天起找不上工作就别想吃肉，当然了，也包括我！"

之后他又在街上转了好几天，但还是一无所获。他发现在乌驼镇这地方，女人的岗位总是远多于男人，比如餐厅的洗碗工、服务员，超市的售货员等，满大街的招聘启事，对象基本都是女性。招男性的偶尔也能碰见，但要求大专以上学历，不是这个经理，就是那个主管的，只要不是体力活，都与他不沾边儿。

现在，一提起"中介"两个字他心里便会发毛，不到山穷水尽时，他是不会再去那里的。他又挨着去了几家单位，结果问话都一样，有文凭吗？有技术吗？甚至连桑拿房里的搓澡工都问有没有工作经验。这回他彻底没辙了。老话说："人乏了抽烟，马乏了要鞭。"现在他也只能坐在路边的道牙上抽烟，顺便捋捋头绪。他突然想起那天帮助他的两位老人建议他去政府办的劳务机构，他去了，接待员做完详细登记后说："这里不交纳任何费用，先回去等消息吧。"他心想，这回大概走对地方了，他现在的处境，除过做一只不挑食的猫，别无他途，只要给钱，他啥活都干……

可是，他在家傻婆姨等汉子又等了一周时间，连一点回音也没有，自己都快急疯了，还要承受冯娟的眉高眼低。

他总算是看透了，他现在就像个落水者，无论怎样扑腾也没有一棵救命草让他抓住。此后的一些日子，他都一如既往，但结果都不言而喻。

晚上，万林在街面上打了一斤"白老泉"散酒，还有些麻辣条、鸡爪子之类的垃圾食品做下酒菜。"白老泉"的老板是他甘肃静宁那边的同乡，也是经过多次创业后才稳定下来的。当谈到他现在的处境时，同乡说："我老婆娘家有个远房亲戚在保安公司当队长，要不我打个电话，你去那儿试试？"

"保安，我行吗？"他急切地问道。

"你咋就不行，没听人说吗？要想有饭吃，后厨学本事；要想有衣穿，门口当保安。你学厨师恐怕是太迟了，不过做保安没啥技术含量，一年四季也就那身制服，还连衣服都省了，回去考虑一下吧。"

没有太多的考虑，他便爽快地答应了，他总算在人生的囧途中看到了一丝并不算清晰的小径。第二天，按照同乡的指点，他老早就去报上了名。不过，这里是分公司，只负责前期考察和填表，签合同缴费还要到城西老市场旁边的总公司办理。

当保安主要涉及两项费用：一是培训费三百六十元，二是服装费二百三十元。临走时分公司的内勤小李就悄悄地告诉他："把钱带够了，不管人家怎么说，这两项费用你务必主动交清，记住了。另外，可千万别说是我告诉你的。"

总公司在乌驼镇老市场的一条小巷里，是一栋斑驳的四层旧楼房，望上去，像个牛皮癣患者，浑身上下没几处好的地方。楼道很脏，尽管保安公司的铜字招牌非常耀眼，但他们也只是第四层的一家租客。

上到三楼，万林顺着楼梯便一眼看到了那个醒目的牌匾，上书"乌驼镇银盾保安服务公司"。他径直来到四楼，在走廊的另一头找到了人事科，但是门关着，他轻轻地敲了两下，"谁呀！"里面传出的质问声，比冯娟的声音还要尖利，他被问蒙了，不知该如何回答，说我是万林人家也不认识，于是，他干脆不吭声，站在门口死等。过了好一会儿，门仍没有开。

哐哐！他又敲了两下，还是那个声音："谁！要死呀。"

门终于吱的一声开了，但总像是用一串骂声打开的。

他进到屋里，发现办公桌上凌乱不堪，屋里有一对男女，男的在他进屋时以最快的速度闪了。女人很年轻，二十多岁，脸色发红，气微喘，像刚跑完了百米冲刺一样。

他将入职表和身份证复印件以及身体条件证明等一起递过去，对方一边整理着衣服和头发，一边拿出一份合同，让他在指定的地方签上名，然后说："好了，你去财务科交费吧。"

来到财务科，里面也是一个女人，不过比刚才那个老得多。她正在收拾衣服和背包，看来是准备提前下班了。他哆嗦着双腿走上前，怯懦地说："科长，我交培训费和服装费。"

"你才是科长，你们全家都是科长！"

女人发了通无名火，发完了，瞅他一眼说："我们只收培训费三百六拾元，服装是免费的。"他心里一喜，高兴之余心想：这还差不多，少一项是一项，只要不交钱，对于他来说都算好消息，他求之不得。他掏出四百元递过去，对方又扫了一眼说："我这里可没零钱找你，要不你出去换换吧？"

要说万林他就是个二愣子，即便在大山深处的农民里面他也算不上机灵的。若是圆滑一些的人，此刻一定会推辞说算了，不用找了，吃上四十块钱的亏，以后好办事。而他，却只感到了一种对事情本身的无奈，竟然腾腾腾上气不接下气地跑下楼去，找了一家超市，可人家就是不换，他一想，看来还得买点啥才行。最终，他花三块钱买了一包口香糖才将百元钞换零。当他气喘吁吁地跑上去时，这里已人去楼空。

一瓶矿泉水兑三个白饼子就是他的午餐，他一口气吃光后，心里便踏实多了。毕竟工作的事儿八九不离十，连服装费也省了。他来到北墙根的阴凉处，想静静地睡一觉，也好等待保安公司下午上班。

又是三天的试用。第三天上午，他到分公司领胸牌，队长慎重地告诉他，明天起他上中班，月薪一千五。他心想，一千五是少了点，还不及冯娟的多，但这是六小时的班，昼夜四班倒，如果有充沛的精力还可以两个班连着上，那样就能多挣点了，不过一想到自己的身体，他又自嘲地摇摇头，心想一千五就一千五吧，对于家庭来说，即便添不了斤，至少还添个两呢，总比没有强。办完所有的手续，内勤小李问他费都交了没有，他说只交了培训费，人家说了，服装是免费的。小李咬了咬厚实的嘴唇，惋惜地说："完了，从工资里扣就不是二百三，而是三百三了，你知道吗？你呀，为啥不按我说的做呢？"

小李的话并没有给他带来愉悦，并且还产生的疑惑，认为他没事找事，接下来他以略微生硬的口气强调说："人家财务上亲口说的，我也是亲耳听的，难道还会有错？"

见他执迷不悟，小李苦笑着说："看来你还嫩得很呢，现在的事儿，别说你亲耳听见，就是亲眼所见又怎样，该变的还是会变，等着吧。"

本来他还想说什么，但他猛然觉得小李的话也有道理，当初还不是亲耳听的在西门等，最后却变成了北门。

中班是14：00到20：00点，上午没事儿，他乘此机会又跑到总公司，想搞清到底咋回事，结果还是从小李的话上来了。财务科依旧是那位老女人上班，她托着一脸横肉说："那天让你交，你说你没钱，这个怨不得别人。"

他一听这话便知道被忽悠了，于是他那种人怂胆大瞎子不怕鬼的性格又一次附体了，咆哮说："你们都是些什么人呀，收费没有零钱找，还骗人，啥财务科，我看就是大忽悠。"他将桌子拍得山响，可是没起任何作用，老女人怒气冲冲地拉开门，手往外一指说："滚出去！这儿还轮不上你撒野。"

他站在那儿睁着血红的牛眼丝毫未动，还愤愤不平地说："让我走，没那么容易，除非你让我补交服装费，或者退还我的培训费，我不干了还不行吗？"

正在僵持不下时，走进来一个人，从老女人口中得知，那就是经理。他一看，正是大前天从人事科跑出去的男人。不过经理的态度倒还温和，他说："服装费规定是现交的，过期不补，只能从下个月工资里连同滞纳金一块扣，至于退钱那就更不可能了，我们收你的培训费，但给你提供了岗位，这可是有合同的，不干是你违约，所以很抱歉。"

他总算全听明白了，现在他还分文未挣呢，就里外又搭进去六百块钱，还不算白干这几天活，如果真撂挑子那就更亏了。他心里憋着气，有一肚子的委屈想往外涌，他说："就算是我当时没交服装费，下月多扣点也行，可你也不该这么过分吧？多扣我一百块钱，这不成驴打滚的滞纳金了吗？"

他急吼吼的神态显得有些可笑，但是他急经理却不急，人家要跟他一样焦躁就不是经理了。经理不温不火地说："这是公司的规定，一直都这么执行着，我也没办法，如果你觉得亏，或觉得公司待人不厚道，你可以立马走人，我绝对不拦着。"

这下他还真被逼到了悬崖边上，不干，就等于跳下去，干，就是忍气吞声。想到这段日子找工作的艰难，他只得选择了后者，人在屋檐下，吃点亏就吃点亏吧，只要能有个事做，亏掉的钱还是能挣回来的。他一咬牙说："行！我干，我干还不行吗？"说完扭头就走，老女人没好气地说："把门带上。"

上班的地方是一家由南方迁来的厂子，名叫"常乌钢结构"。工厂占地四百亩，听说总投资过亿元，建设规模宏大，人员配置众多。

他们这些保安是雇来的，受着两方面的管制。一是保安公司的头头脑脑会经常莅临视察，指导工作；二是厂里的领导们就近发号施令，你长他短喋喋不休。上第一个班时，班长便特意叮嘱说："厂里领导的面孔你可得赶快记熟了，姓什么叫什么，在哪个部门履职，这些都很重要。"但他试岗期间上的都是夜班，夜间领导们都回家了，他们之间从未谋面，更别说语言交流了。还有那些进进出出的车辆，哪个是本厂的，哪个是外来的，他在三天之内都很难掌握。好在司机们都不错，即便他开门迟了，也没人找过他的麻烦。

在厂门口正襟危坐，他心里便有了一种踏实感，他甚至庆幸自己前几天在公司里的大肚能容，看来忍耐对一个人的成败起着关键性作用。六小时的班很快就过去三小时，等于他今天的工作已做了一半。他从包里掏出一瓶凉茶，就像掏出了冯娟那颗既尖刻又柔软的心。

出门时，冯娟说："拿着，困了就喝一点。"

他说："行，不过你以后别再买了，咱家很困难的。"

冯娟依旧没笑，她说："你想啥呢？我哪有钱买这个，是一个业主送的，我没舍得喝，留给你了，也是怕你上班打盹，再次丢了工作。"

冯娟没舍得，难道他就能喝下去吗？他拿着这瓶水转过来转过去，还在上面亲了好几口。就在这时，有人走进治安室，此人看上去有四十多岁，秃顶微胖，操着纯正的当地口音。

由于他所有的注意力都在那瓶凉茶上，才没有立刻意识到有人来了。当回过神时，又吃不准来人是本厂的还是问路的，就没主动打招呼。来人硬生生地问道："你是新队员吗？"

"是的。"他说。

来人显然不快，又没头没尾地嘟囔说："怎么老换新人呀？真成铁打的营盘流水的兵了，这保安公司也太不像话了。"

来人气呼呼地走了，临出门的一刹那，他才预感到坏了，从言语中他听出对方是有来头的，或许还是个惹不起的主呢。此刻正好有工人出大门，他连忙上前拦住人家，问刚才那人是谁。

"你连他也不知道，他可是厂办的高主任。"工人说话时眼睛睁得很大，好像不认识高主任是多么难以置信的事情。

其实这位工人的吃惊一点也不为过，你不认识谁都可以，可别不认识高主任。往后的半个下午，他都在竭尽全力地表现，试图对自己的过失做一个弥补。

高主任的爹是省里的一位领导，当西部大开发的号角将这家工厂从南方吹到了北方时，高主任便辞去公职到这里上班，据说年薪好几十万。就连这儿的老板也要礼让他三分。

约莫两小时后，高主任再度光顾，他的一只脚还在门外便开口问："新来的！你试过岗了吗？"

"试过了。"

"我怎么没见过你？"

"报告主任，我之前值的是夜班，我们可能错过了。"他还没说完，高主任又走了，他好像被打了一蒙棍，原地转了好几圈也没想出高主任究竟要干啥。其实高主任就是来找茬的。像他这样位高权重的人无论进哪个部门的办公室，包括各部门的主管在内没人敢坐着跟他说话？恐怕他做梦也没曾梦见过会被一个不起眼的保安漠视，但他今天还真的经历了，所以一直无法释怀。他必须找回点什么才能安慰自己。

下班了，慢爬在西边的太阳仿佛已筋疲力尽，领导们相继离开，就剩下土建科刘科长还坐在车里等人，并不住地按喇叭。此时，万林正站在大门的一侧，就见高主任从办公室里走出来，他心想，怪不得这么长时间呀，原来是等他这尊大神呢。

高主任看都没看那车便径直走向他，劈头盖脸地指着他的鼻子训斥说："人家在打喇叭叫门，你站在这儿跟个死人似的，装没听见呢？我真不知道你这三天岗是怎么试的？"他又厉声命令道："还不开门！"

他忙不迭打开大门，但刘科长的车依旧没有启动，依旧在那里摁喇叭。

大门敞开着，一些骑自行车下班的工人不走小门，都从大门往外涌。高主任一看，更是气不打一处来，斥责说："你这门是咋回事？"

万林已觉出他在找茬，便没好气地反问："不是你让开的吗？"

"哎！你这是啥态度啊？我是让你开门了，但不是让你永远都不关门，嗯行，看来你是该走人了。"

他不想惹麻烦，所以没敢再辩解什么，他知道这样的地方没他说话的份儿。

人车都走完了，被掏空的厂子便有了几分凄凉。他刚换好衣服准备下班，分公司的经理、大队长就匆匆赶到了。他们挡住万林，表情非常严肃，经理递过一张单子说："给，这是罚款单，你签字吧，另外，从明天起你先休息，等别处有了岗位再通知你。"

他接过单子一看，上面清晰地写着一百元，他脑袋嗡的一声，像被双尾蝎连蜇了两下，罚一百元也就算了，可是让他停工，回去怎么给冯娟说呀？

离开厂子之后，他只能在街上溜达，七八月间的白天异常闷热，被高温关了一天的人们都纷纷拥抱了黑夜，凉爽的夜晚，正是溜达的好时候。街面上的行人越来越多，拥挤着吵闹着，虽看着乱哄哄的，却都有各自要去的地方。

他心里也乱透了，跟着一波一波的人流翻过来倒过去，就是不知道该要去哪里？不知不觉中，他来到一家烧烤店前，门口坐一个戴白帽的男人，在默默地抽着烟，烤床下面那一炉炭火看上去死去活来。店内并无其他客人，因此显得极其冷清，看得出，店里的生意也不是太好。

他问老板羊头多少钱，老板说二十元。他掏出身上仅有的几十块零钱，又要了一瓶五块钱的小口杯铁盖子老白干，然后把所剩不多的钱小心翼翼地装回兜里，他知道，待会儿还要用它办一件大事。

老板将肉剔下端了上来，他盯了好一会儿，像看一盘山珍海味或其他陌生的东西，久久都拿不起筷子。其实这一刻他想到了冯娟和儿子以及父母，她们都吃过了吗？然而儿子是在父母那里，应该很妥当。让他放不下的还是冯娟，每当想起这些年她跟他受的贫穷和清苦，他感到味觉都变了，连这瓶普通的老白干仿佛也变得曲劲十足了。最终，他还是吃完了那些肉，只是酒还剩下一半儿,他一看不早了,便提着瓶子来到庄稼医院。他当了半辈子菜农,经常和农药打交道,对其特性和价钱了如指掌。他要了一小瓶 25 毫升的"乐果"乳油,他认为剂量足够了,别说是吓唬人,就是真的拿来自杀这分量也绝不会小。

二十一

万林摸黑来到了厂子门口，夜班保安还以为他是喝多了酒被老婆赶了出来，忙拉他进屋休息，他理都没理，径直走向高主任的办公室。

关闭了网络，高主任正在边洗脚边哼着江苏民歌《茉莉花》，因为董事长喜欢这首家乡的歌，于是他也受了传染，再加上今天他特别高兴。他终于又出了一口恶气。最近太压抑了，要不是那个出气筒跳出来当靶子，恐怕他会被郁闷死。自从进了这个厂子，他时常都觉得憋屈，管理层倒还好，就这些下属，从来都摆不正自己的位置，时不时就会挺着细脖子跟他争长论短，无组织无纪律，老是拿他这豆包不当干粮。

可是，今天那个刺儿头的行为就如同又往他眼睛里打了一粒沙子，磨得他生疼。见了人你好歹打个招呼呀，竟然连我都敢爱搭不理了。这当然不是新来乍到不懂规矩，而是品质问题。按照宁缺毋滥的原则，这种人是绝不能留用的，好在，他被辞退了，不知天高地厚的东西，像他这种人，要一如既往地重视，有多少辞退多少，大浪淘沙，要最终留下金子。

高主任正在为他轻而易举地辞退一个门卫而高兴时，门却吱的一声被推开了，随着开门声万林也颤巍巍地走了进来。他满身酒气而且目光呆滞，一双眼睛像两把锥子，竟盯得高主任浑身直起鸡皮疙瘩。高主任警觉地立起身，结结巴巴地说："你……想干什么？"

万林没正面回答他，只是随口反问说："为啥要害我？"

高主任一看，对方只是要与他理论，立马又恢复了东风压倒西风的气势。他漫不经心地说："你不是敢在我面前跷二郎腿吗？那么有个性还跑来找我干啥？"

万林并没因高主任的盛气凌人而对他产生敬畏，而是觉得他那张小人面孔比想象的还要龌龊、恶心。加之酒精的作用，使他的勇气大增，连身形也仿佛一下子拔高了。这样的感觉对于他来说是极其危险的，实际上高主任只是因为被一个小保安漠视而心理失衡，他觉得不该丢这个面子，只要万林能低个头，让他找补一下也就完了吗？但可悲的是，人微气盛的万林只会钻牛角尖，竟闹到让自己失去了退路，他指着高主任数落说："真不知道你这小人是怎么当的大官？你一年能轻松挣几十万，我一年拼死拼活也只够糊口，害我，你也值当啊？"

这些话尽管表达得断断续续，但高主任还是听明白了，也大大出乎他的意料，在他的记忆中，从不曾被人如此直面地挖苦过，但他还是有了些许的心虚。人常说，邪的怕横的，横的怕不要命，面对打了鸡血似的万林，他只有遵循狭路相逢勇者胜的法则，仗着胆子往门口一指说："滚出去！你现在已不是本厂的保安，我犯不着跟你瞎扯淡。"

万林酒醉心明，知道他会有这一手。他掏出那瓶"乐果"乳油，高高地举起来说："看！这是什么？是一瓶农药，现在我给你两个选择，一是马上打电话，说我是冤枉的，让他们撤销对我的处理和处罚。二是我立马喝下去，死在你屋里，这样的话，你也别想脱了干系，看着办吧。"

高主任听完后反而笑了，他说："你以为我是吓大的，不就是一份工作吗？你至于吗？"

见万林立在那儿不再说话，高主任以为自己的反击取得了成功，便想再接再厉，从精神上彻底摧毁他，高主任说："喝吧，如果你敢喝，我绝对不拦着。"

这一招太狠了，逼得万林一时慌了手脚。这可是毒药，喝了真会死的，他的手开始有了轻微的颤抖。

高主任嘲笑说："不敢了吧？那就赶紧回去，该干啥干啥，别再跟个婆娘似的丢人现眼。男人拿死吓唬人这种恶作剧，我还是头次见。"

万林已无力招架，他想灰溜溜地转身离去，但是两条腿却告诉他，没有退路了，尤其是他脑海中不时地现出冯娟那张失望的脸，他倒觉得自己真是在干一件丢人的事情，丢自己的，丢父母的，同时也丢冯娟的。堂堂男子汉，既然说下了，就得去做，况且乌驼镇最大的医院离这儿也不远，他就不信姓高的敢看着他死在这屋里。想到这儿，他拧开瓶盖逼向高主任，威逼说："我再问你最后一遍，你打不打电话？"

高主任轻蔑地说："我早就说过了，不打，想喝啥请自便。"

正是这句话，成了压倒骆驼的最后那根稻草，万林一仰头，只用了两大口便喝光了那瓶农药，药一入口，就像喝下两个滚烫的火球，立刻将五脏六腑都点燃了，仿佛有一股火焰从嗓子眼直往上蹿。

高主任站在那儿，像被点了死穴一般，他在判断万林喝的究竟是水还是别的什么。当一股刺鼻的气味浓烈地扑过来时，他不禁猛地打了个寒战。一切已非常清楚，事情发生了。

在去医院的路上，车拼命地颠簸着，乌驼镇是个东西南北跨度都超不过十公里的小地方，第一矿工医院又坐落在市中心，但万林却觉得这段路很长，好像永远也无法抵达。这时候，他的意识也渐渐模糊了，脑袋里像有根狼牙棒在不停地搅脑浆，越搅越多，越搅越稠，胀得他眼冒金星，直到七窍被通通打开，里面有东西溢出来，才感觉身体在一层层地往下塌。此刻，那些曾经抛弃过他的幸福感好像都折回来了，因为在迷离中他似乎看到了远方，看到了一浪一浪的庄稼和老家的田垄上黄灿灿盛开的油菜花。

其实还没到医院万林就已经七窍流血，等送进急救室便没了生命体征，医生看了看瞳孔，又听了听心脏，接下来一摊手，只剩下摇头了，但还是在高主任的强烈要求下进行了抢救，胃也洗了，呼吸机也用上了，却仍没将万林从死亡线上拉回来。高主任吓坏了，一直在指责医生，很显然，他不愿接受眼前的一切，并且在走廊里捶胸顿足，不停地重复着他的疑问："怎么会这样？怎么会这样啊？"

他没有为自己辩护，也承认万林的死与他有关。第二天乌驼镇的相关部门便接入调查，结论是万林因被工厂和保安公司处罚想不开而选择自杀的，但舆论却不依不饶，质疑的声浪一浪高过一浪，几乎没有人相信一个大男人会因为被罚一百块钱和暂时停职而以命相搏，为什么会在高主任的办公室自杀？他们之间到底发生了什么？真相！人们需要真相，真相是什么？谁能给公众一个交代？

说良心话，这次高主任算是赶上了，人死在他的面前，而且是他眼看着死者喝下农药的，尽管他强调自己无辜，但毕竟事情是因他而起，连保安公司也一推六二五。在这种情况下，保安公司不傻，这可是一条人命，现在人死了，媒体又穷追不舍，一旦背祸，那可是一笔不小的赔偿，在业务和现实利益面前他们知道孰轻孰重，没办法，眼下只有甩祸，只有把自己撇干净才是最明智的选择，于是他们一口咬定是因为高主任的百般刁难才使死者的精神崩溃、彻底绝望，厂子应该负主要责任。但是厂里也没让高主任为难一个保安呀？所以他们更觉得冤枉。在这关键时刻，高主任父亲的一个电话便给这件事定了调子，他分别指示工厂和保安公司以及自己的儿子，严肃地告诉他们，钱算个屁，重要的是影响，当务之急是尽快找家属去谈，看人家提什么条件，要多少钱，只要钱能解决就尽量满足人家，这件事千万不能再炒了，炒热了对谁都没有好处。最终他们以九十万元的赔偿达成和解，高主任拿了五十万元，工厂和保安公司各拿二十万元。

冯娟有了一笔钱，但她暂时还放不下万林，所以她还得上来，工作是一个方面，最重要的还是不想让万林孤单，她是万林的女人，必须得定时去祭拜他，他活着可怜，不能到另一个世界还穷巴巴得让人笑话，她得烧钱给他。

王村很难过，可谓是默默无语两行泪，就像董青讲述的是一个电视剧里的故事，最终他深深地叹了一口气，感慨说："这娃的气性太大了，多大点事呀？人的一生哪能不遇上沟沟岔岔呢？只要活着，总会有希望的。"

冯娟坐在与他俩并排的另一个座位上，但是她一直在抽泣，听王村这么一说,她更加泣不成声,不停地埋怨自己,"都怪我,要不是我没完没了地唠叨,他也不会有那么大压力,都是我的错,呜呜……"

王村安慰说:"万林媳妇,你也别太自责了,出了这样的事,我们无法将责任归结于哪一个人,事情既然发生了,也已经了结了,那就想开点,看远点,毕竟生活还得继续,孩子还得长大,你肩上的担子不小,所以你得保重自己。"

董青说:"是啊弟妹,要说怪,这件事也得怪我,是我把他带出来的……"

"行啦!你就别跟着添乱了,现在不是怪谁的问题,这么怪来怪去有什么意义?"王村制止了董青,周围的其他乘客也都伸长了脖子,竖起了耳朵,试图尽可能地多捕获一些消息好为茶余饭后预备谈资。但三个人没再说话,冯娟似乎也接受了王村的疏导,擦去了脸上的泪痕。

客车还是原先的线路,在隆德县倒车,像重播,一切照旧。隆德县长途车站也就是国道边的一个牌子,路边上停着好几辆大巴,不过这次与前次不同,这次他们选择坐快客,走高速。但这时候的王村心里有些空,因这又让他不由得想起了乔英子,想起了上一次美丽的邂逅,它正好就发生在这里。

三个人一路无语,主要是不知道该说些什么,万林的话题太过沉重,不好再度提及,而此时开玩笑,说段子,更不合适,大家正沉浸在悲伤中,唯一合适的,也就是闭嘴不说话。好在,王村思念的重心就像这风驰电掣的客车一样直往前冲,早已从老婆和万林身上偏移,落在了乔英子身上。不知她现在怎么样了,还在银川吗?和老公和好了吗?一连串的问句也承载着一连串的担心,他甚至后悔了,想不通自己当时为何就那么死爱面子,以至虚伪到连联系方式都没敢留下。离银川越近,他的纠结就越发加重,他甚至奢望着换车时苍天保佑,让他们能在银川车站再次偶遇。

二十二

快进入九月了，乌驼镇的地面还是闷热如常，燥得要命。

最近这段时间可把老郝给愁坏了。从某种意义上讲，老郝算是个空心老板，对王村有着较大的依赖。王村若不在身边他就心慌意乱，觉得做任何事都缺乏动力，甚至连喝酒都品不出滋味。王村走后不久，他在施工方面可谓是一步比一步艰难，最终他彻底扛不下去了，只好停工散伙，整日在广场的树荫下听人唱秦腔，有时候也一时性起，到台上骚情一把。

老郝刚唱完一段《二堂舍子》，王村的电话就打过来了。一听王村回来，他惊喜地只说了两句话："挨求呀！我当你娃死了呢。"片刻后又笑说："咋样，老子打车去接你？"

王村说："算了吧，有那份心你倒是买车呀？打车，还不够个麻烦钱。"

老郝在乌驼镇中心最繁华的富兴大街订了餐，要为心腹的归来接风，同时也为新工程即将开工庆祝一下。

这是家挂有"地中海鲜虾蟹"牌子的豪华餐厅，上半年老郝和王村也曾是这里的常客，只是餐厅里的服务员以及主管好像都看岔了，一直把王村当成了老板，以为老郝是王村的跟班。甚至还有人在背后议论，说王村找这么个老气横秋又满身土鳖的跟班真是够奇葩的。即便每次都看到是老郝往出掏钱，他们也认为那是事先安排好的。

王村向老郝说了万林离世的消息，老郝听后内心的触动也很大，当初在工地上还活蹦乱跳的，没想到仅仅半年之后就变成一个沉闷的坟堆了。这半年之内身边发生了这么多事是人们始料不及的，万林的离去的确令人痛心，但随着时间的推移，那种痛就会被淡化，毕竟活着的还得继续活着，还得承载生活所赋予的痛苦，就像董青，他心底的结永远都是李梅，那可是他的女人，也是他亲自带出来的，如今却杳无音信。在来时的路上，王村其实有好多话想对董青说，想提醒他，一定要活出个男人样来，尤其像他这种顶天立地的汉子，就不必在乎一个女人的去留，只要梧桐树活得蓬勃，便是诱人的风景，何愁招不来凤凰。理是这么个理，但董青的腰杆就是挺不直，心里的疙瘩也自然解不开，那是他俩孩子的妈，而且曾经也是个顾家的女人，说来说去，这都是钱害的，过去没钱能活，现在没钱会死，所以他始终相信，自己的女人是因为穷怕了才孤注一掷走了极端。

王村好几次都欲言又止，最终他还是忍了，没透露他找过李梅的事儿，他得给董青留面子，不管是何种理由，有多少说辞，总归，他女人挣那个钱都会令人不齿。

对于王村来讲，有个老郝和马兴在这边，就等于依托根据地作战，也可以进退自如。老郝的心是真诚的，他所有的心情都体现在这一桌丰盛的菜肴里，让人看得见，摸得着，吃得香。席间王村得知，自他走后，老郝就没怎么干活。原本接近扫尾的工程至今还原封不动地放在那儿。王村很纳闷，问他为啥停工？老郝说："挨求呀，干哩，一点儿心劲都没有，再说，你也是啊？收个麦子还收了两个多月，至于吗？你不在这儿，我还哪里有人？你也知道，这边下苦的人都来自宁夏南部山区以及甘肃那边，你家里有麦子，他们家里当然也有，剩下不多的散兵游勇也一个比一个想得多，他们哪还相信我这个外乡人，干上一两天又都跑了。"

看着眼前这土豹子似的老板，王村真不知该说什么？看来他现在跟老郝之间，或老郝跟他之间，都是分不开的，分不开就分不开吧，反正老郝需要他，他也需要老郝。尽管老郝使人太狠，看上去心比石头都硬，但了解他的人都知道，那是他踏实的性格造成的，而且在盯紧别人的同时他也从不放松自己，按陕西话说，是一个不干活连骨头都痒痒的憨货。老郝的朴实，不光体现在长年不修边幅不注重外表上，而且他那张布满沟壑的黑方脸原本就蓄满了劳动人民的淳朴本色。而他也无意改变什么，灰头土脸怎么了？邋里邋遢又怎么了？他照样是掌握着一帮人命运的工头。

好在，王村已经是老郝肚子里的蛔虫了，他认为老郝的锅大碗小他最清楚，其实在他这里老郝好像也不想隐瞒什么，一谈到家事，老郝就竹筒倒豆子，放开了嘴突突，这也难怪，他们之间本就是英雄相惜才走到一起的，有道是人生一世，知己难求，作为老江湖，这一点老郝比谁都懂。这些年，他在乌驼镇掏金子，仰仗的是官场上的亲戚，现在遇到王村就更好了，可算作如虎添翼，王村是他的臂膀，已与他的事业紧密相连，他必须得把王村拴在自己的战车上，绝不敢让他这员大将折损了。

老郝对那些接近扫尾的平房已完全失去了兴趣，人手短缺是一个方面，最主要的还是他近期又揽上了新活，把眼光放在了更高处。因为高兴，在酒过三巡菜过五味时他还放开喉咙吼了几嗓子："窑门外栓战马哭声不断，妻望夫，夫望妻擦泪不干……"

他的嗓子与秦腔太搭了，加上他是地地道道的老陕，唱出的味道很正，很快就与这一古老唱腔的爱好者形成了共鸣，甚至连一帮服务员都被他瞬间感染了，竟齐刷刷地涌过来把门给封了。待老郝唱完，围观的人群中便爆发出了热烈的掌声，大家齐声喊："再来一个！再来一个！"

老郝说："来个锤子！喝酒！"

董青始终没说话，他知道自己只是个陪衬，是因为沾了王村的光才荣幸地坐在这里的。王村被老板高看那是人家有文化有技术，他呢，说到底也就是个搬砖铲灰的，其实是最没出息的男人，带个老婆出来还没能囫囵着带回去。董青心里苦，心里苦透了的男人就不觉得酒苦了。他依着规矩，先敬了他二位三杯，然后就埋头喝自己的，至于老郝与王村在聊什么，他一概不关心。老郝偶尔也竖个大拇指夸他一句："兄弟，好酒量！"

王村知道董青心情不好，是坏心情催生了他的酒量，但是当着老郝的面他又无法劝慰，董青的事情是家丑，自然是知道的人越少越好，他只能不住地提醒说："董哥，可别喝多了，喝多了丢人！"

喝多了丢人是一个方面，王村最担心的还是董青喝多了会害人，就他那副宽大厚实的身板，万一往地上一躺来个不省人事，很显然，他们两个是抬不动的。

这次老郝承揽的是镇里的重点项目，地点在城北边的清水公园，由市财政拨款，镇里承建的一个半月形戏台，其中还包括戏台前端广场上的整个地坪草坪。工程规模虽不是很大，但施工中对技术的要求却非常高。特别是那个戏台，既要高端大气，又不能太过张扬；既要有古风古韵，又要有现代气息。主体工程包括水、暖、电以及灯光、音响的安装调试等。一应工程都相当复杂，就老郝目前的实力而言，必须做好打持久战的准备。特别是寻找对口的技术人员，是一项十分艰巨的任务，就得靠老郝花费大量时间和精力在后面调配了。现在他二人分工明确，老郝主持大局，王村负责施工，虽说他们的位置不同，但工作中却能粗细互补，相得益彰。

清晨的五一广场人头攒动，虽说务工者的规模已差不多恢复到麦收前的状态，但是用工单位也多，老板都在以不同方式抢人，王村一直在拥挤的人群里穿梭，熬到八点多，人马依旧没能招齐——还差两个普工。

由于怕耽误开工时间，王村急得直转圈子，这时候，有个刚刚招聘过来的师傅提议，说他有个同乡，虽是女人，但肩宽体阔，有把子力气，干起活来比男人还男人。王村无奈，病急乱投医，让他带过来看看。不一会儿工夫，人就被带到了面前。来者身高有一米七几，黑长脸，留板寸，浓密的黑发里混杂着零星的白丝；上身穿一件掉了一个扣子的黑色旧西装，下身穿黑色的灯笼裤，脚穿软底军用黄胶鞋。王村瞥了一眼，便不禁惊呼："我的天哪！这是一身什么样的搭配啊，醉了，醉了，这也太威猛了，我是叫你兄弟呀，还是称你大姐呀。"

看着王村震惊的表情以及他这些扎心的话，那师傅笑了笑，也有些不好意思起来，但他还是红着脸介绍说："这就是我老家那边的邻居，叫麦花。"

王村瞪大双眼，支吾了半天才问道："她真是……女人？"

麦花的脸一下子更黑了，她显然有些不悦，便一眼挖过来，胸部一挺说："咋，你不信吗？要不要验验呢？"

王村忙掩饰说："哦不用，不论你是男是女，都行、都行。"

一听这话麦花更不高兴了，气呼呼地呛白说："你咋说话呢？啥叫是男是女都行？俺本来就是女人。"

王村是无意的，但他的无意却明显伤到了对方。他立马道歉，忙赔上笑脸说："对不起啊，大妹子，我不太会说话，行行行！多余的话咱不说了，你算一个，我要了。"

麦花又剜了王村一眼，手往腰间一叉，质问说："老板！你啥意思？怎么说话一句一个大霹雳呢？啥叫你要了呀？……"

周围的人好像都被麦花的大嗓门惊着了，吵闹声停下了，一个个似乎都竖起了耳朵，她立刻便感觉到自己有些小题大做了，于是忙往回收了收说："不过，这么着吧，我跟着去也可以，但我还有个室友得一块儿去，不然俺一个女人家，跟上一群男人，俺怕不安全。"

听完她的话，王村差点笑喷了，但他忍住了，心里暗骂：妈的，这是哪来的自信？就你这条件，还不安全？我看是男人不安全才对。

但是想归想，可眼下不是缺人嘛，无论什么人，只要能将开工首日的阵容凑齐了就行。这是老郝的死命令，下这样的命令也说明老郝矫情，他认为第一天的事情办好了就预示往后能一顺百顺。尽管他的想法一再被打脸，但他仍坚持己见。面对老郝的固执，王村觉得无须争论什么，照他的做就行了，先让今天的事情圆满，以后再说以后的，于是他答应了麦花的要求，当然也没有过多地关注第二个女人的情况。

但到了工地上一开工干活，他才感觉到粗心是会惹麻烦的，因为第二个女人不但矮小，而且干活偷尖耍滑，行为举止怎么也跟劳动者联系不到一块儿。

王村也没心思去问她叫什么，觉得记住那张标志性的白脸就足够了。但更令王村吃惊的是，那女人的自信心比麦花有过之而无不及。不但干活浮浮糙糙，而且还时不时停下手里的活向王村瞟上一眼。见王村不理会，便以为是自己的美貌吓着了他，继而还大胆地上前调侃说："王哥，见了俺是不是腿都软啦？嘻嘻，男人嘛，见美女都这样，很正常。"

王村气得将烟头摔在地上又狠狠踩了两脚，但是气归气，他依然选择了忍耐。他觉得今天是开工的头一天，稳定军心要紧，可不敢吓着其他人，再说赶工也不在这一时，也别让下苦的认为咱脾气暴躁，喜怒无常。

收工前，王村站在一缕被树木劈开的斜阳里，照预先的计划向大家解释说："弟兄们，姐妹们，今天咱就先干到这儿，活嘛，就是这么个活，工资待遇呢，之前我承诺过的永远不变。每十天呢，给你们结一次账，当然啦，只要不嫌麻烦的，想三天一结也行。"

最后他婉转地说："老话说得好，睡到半夜哼哼，各有各的心病。或许现在你们当中就有不想干的，没关系，人往高处走，水往低处流，馍馍捡大的吃也是人之常情，这个我能理解，谁想干就留下，不想干就拿上今天的工资走人，谁拿？"

王村知道没人愿意走，正因为他知道没人撂挑子才敢大言不惭地讲这番话。当然他说出硬话还有一个目的，就是想把个别人清理掉。

下面一片沉寂，看来大家都无声地接受了这项工作。王村又顺势强调了一些规章制度，上下班时间以及生活中的注意事项等等。

临散时，王村叫住白脸女人，将当天的三十元工资递给她，这女人也不傻，知道老板一般是不会主动发工资的，便确信自己被炒了，所以一张白脸顿时变得更白了。意外、震惊还有委屈使得她干张嘴说不出话来，似乎是老半天才恢复了镇定，重重地叹出一口气，脖子一歪问道："说吧，啥意思？"

王村解释说："是这样的，我觉得这里并不适合你，因为你太漂亮了，说实在的，我们不忍心用，也用不起，希望你找到更适合自己的位置，再见，祝你好运。"

"再见个辣子，瞧你那德性，有啥了不起的？老娘凭这长相，给你做活都屈得慌，我呸！站在高台上打官腔，还真当自己是个人物了。"白脸女人一扭屁股，骂骂咧咧地消失在一串牢骚声中。

夕阳是美丽的。美丽的夕阳仿佛将人们一天的忙碌与苦闷都默默地带进了地平线。王村们的劳作刚一结束，清水公园金光四射的黄昏便闹哄哄地开始了。人们三三两两地涌进这个既凉爽又热闹的大笼子，微风吹动的每一个角落都人影绰绰。竹笛声声、琴啸齐鸣的平湖沿岸四面莺歌，充分展示了乌驼镇良好的文化氛围。王村们龟缩在公园的阴暗处，本来想低头离开，佯装看不见，却又心存不甘，但是归根结底，这种生活不属于他们，即便是削尖了脑袋，也难以融入这惬意的黄昏，白天他们只属于工地，夜晚他们只属于工棚，这座煤炭重镇，以及镇子里的居民就是和他们不一样，不管有多少人说一样，但这些睡工棚喝洋芋汤的搬砖族们心里清楚，不一样就是不一样。他们抛家舍业地到这里来，是在烈日下用汗水置换生活，而当地人到这里来，是在清凉的夜幕下扇着扇子快乐地享受生活，这能是一样的吗？但是这样的夜晚他们还想再多待一会儿，尽管那些曲径旁的条椅闲着，他们也不敢坐。坐在地上，凉亭里传出的秦腔、二人抬可以听到，那些盛装的广场舞可以看到，这就足够了。

不论是羡慕也好，垂涎也罢，王村却不会在黄昏后的公园里逗留，因为他和老郝有约，在指定的餐厅里喝酒。其实他们这也算享受生活，整几碟小菜，弄一壶老酒，一边喝一边聊着天南地北，这样也是很惬意的。之前他们来这家餐厅，老郝都喜欢坐在一楼大厅靠窗的地方，这样看着街景，就如同多了盘下酒菜。可今天老郝却执意要坐在最里边的角落里，这让王村很疑惑，不过刚开始他没敢多问，等喝得差不多了，他才说："哥，这段时间你没干啥离谱的事儿吧？"

老郝一惊，猛地抬起头来，指着王村的鼻子说："你这家伙，简直太贼了，啥事都瞒不过你的眼睛。"

一听这话，王村更紧张了，他将夹起的一片黄瓜连同筷子一起放下，问道："你干啥事了？严重吗？还躲躲闪闪的，你可别吓唬我，我和这帮兄弟可都指望着你呢。"

老郝说："其实也没啥事儿，我这人你还不知道吗？胆子小得像个巴豆，正因为胆子小，才要躲起来嘛，要知道，在人家的地界上混，有很多人咱都得罪不起。"

这些似是而非的话王村始终都没完全听明白，他盯着老郝的眼睛说："你明确告诉我，现在有没有危险？如果有，那还是让董青跟着你吧。"

"挨求呀，大惊小怪，我能有啥危险？还弄个保镖，亏你想得出来。"

原来事情是上半年盖平房惹下的。那时，在郊外置地建房的好事突然被叫停了。盖起来的人当然高兴了，那些买上宅基地没盖成房子的一个个都急得火上房梁了，他们都知道老郝手下人多，技术也比较全面，自然是希望把活包给他干。但是老郝手上现在不单有活，而且还是个大活，别说是老郝了，搁谁也不会傻到放着满汉全席不吃，跑去吃猪肉炖粉条。但是人怕出名猪怕壮，谁让他盖平房那么利索呢？人家不找他找谁？话再说回来，能在郊外买到宅基地的当然不是普通人了。所以老郝为难就为难在这里，他不敢得罪任何人，因为这些人只管掏钱，有的人甚至连钱都是有人代掏的，在双方取得信任之前，他搞不清谁是哪路神仙，眼下最好的办法就是躲一天是一天。他叮嘱王村："你娃得多辛苦一点了，我呢，也就在幕后追追钱，办办材料，顶多也就过来做做样子，到了晚上听听你的汇报，总之大事托了姜维，一切看你的了。"

"放心吧哥，承蒙你看得起，我和我的弟兄们才算有了靠山，人嘛，说白了就是王八看绿豆，对眼儿，对上的，能做知己，对不上的，利益为先，我想，咱哥俩肯定是对上眼儿的，那就一切看我的。"

老郝说："漂亮！干杯。"

二十三

酒足饭饱的当口麦花打来了电话，因为王村今天辞退了她的伙伴，她心里一直纠结，并声嘶力竭地表示自己也不干了。在王村这支队伍里，麦花虽是女的，却是一员猛将，尽管她带来的伙伴不靠谱，但一码归一码，尤其在这用人之际他必须挽留她，当然挽留的代价是答应她可以重新再叫个伙伴来。麦花说她试着找找看，如果找不上伙伴她也就不来了。不过很快她就用行动告诉王村这只是个铺垫，真正的意图在后面，她说："我弟媳妇从宁夏隆德县老家过来了，这两天正闲着呢，也不知她愿不愿意干。"

王村是谁呀？麦花这点小计谋怎能瞒得过他，他说："带来吧，人嘛，伸出十指都有个长短呢，能干多少是多少，这面子我给你了……"

麦花打断了他的话，强调说："不过你不用担心，活不是问题，我可以多干点。"

王村说："我不是那意思，关键是不能像昨天你领的那位，满工地要嘴皮子，自己少干活不说还影响了别人。"

麦花说："这一点你就放一千个心一万个心，俺弟媳若没人主动问她，那就是个哑巴，就算你问了她，回答你也不会超过三个字，这一点我敢保证。"

王村说："行，能这样最好，工资待遇就随你，一天三十元。"

第二天早上，天气晴朗，天空清丽如洗，王村的心情也与这万里晴空一样敞亮。随着太阳的冉冉升起，工地上也人来车往地开始了忙碌。男人们分成两股，一股身体比较壮实的跟着董青转石头，一股较为单瘦的跟着王村挑地基。麦花还是老样子，带着她的新伙伴在外围平整场地。她二人合作推一辆灰斗车，将高处的土拉到缺土的地方。王村刚出了一身汗，便想蹲下来抽根烟定定神，也好趁机梳理一下今天整个工地的人员配置是否合理。

他像个盯梢的特工，一边吞云吐雾一边观察这里仅有的两个女工，他发现新来的女人不错，个头不高不矬，身材也不胖不瘦，从头到脚都是迷彩，那身崭新的迷彩服显得格外惹眼。尽管她的目光躲躲闪闪，却带给王村一些似曾相识的感觉。只可惜，那张脸的下半部用一条红丝巾罩着，让王村看得不太清楚。

在搬砖一族中，穿军用迷彩服的人大致能占到七八成，因为这种制服的材质好，既耐磨又耐脏，还显得整齐划一。除过一身崭新的迷彩服之外，新来的女工并没有让王村真正走心，尽管她的装束既精致又精神，但王村需要的是麦花那样能干的女人。他只是觉得眼前这位红丝巾蒙脸的女人太过于安静了，而且她那分镇定看上去并不自然，有很大的表演成分，尤其干活，与麦花相比，根本不在一个等级上。

王村一直盯着新来的女人，有那么一丝迷蒙，又有一丝难以名状的兴致，当车装满后，那一身迷彩的小女人便弯腰聚力地往前推，她的双脚就像踩水车一样上下翻飞，车却像蜗牛一样似动非动，看上去既滑稽又令人心疼。王村目不转睛地盯着她，那专注度就像斗鸡眼突然在草丛里发现了金子，他差点笑出声，但还是忍了。

麦花一直巧妙地看着王村，她笑眯嘻嘻地上前打圆场，说："嘿嘿，这破车有毛病哩，大概是轴承坏了吧？推都推不动。"说话间便接过车子，好像连腰都没弯就轱辘辘推走了。

麦花将一车土麻利地倒进一个坑里，然后再将车拉回来交给她的同伴，自己又开始重新装土。王村走过来调侃说："麦花，你可真行啊，坏车到你手里立马就变成好车了。"

听他这么一说，新来的女人明显不好意思起来，她垂下头来，微侧了一下身子，竟亮给王村一个半侧背。

麦花自然也听出了他的弦外之音，觉出王村对她带来的人并不太满意，但麦花很皮，她满脸堆笑说："她干活其实挺有眼色的，就是劲小点儿，不过，你也别担心，有我呢，还是那句话，我多干点，嘿嘿。"

新来的女人始终不发一言，好像刚才这俩人之间的来言去语都与她无关。但王村倒觉得她身上有着某种说不上来的潜质，于是他对麦花解释说："我也没说啥呀？看把你心虚的，这世上与你一样的女人能有几个呢？不过，有一点你没说谎——她不乱讲话，不像昨天那位，牙尖嘴利的，除去那张脸蛋，还哪里像个女人呀？看她那个胸脯，啧啧！比我这大老爷们的还平呢，真是自我感觉良好。"

王村一口气数落了一大堆，他数落走了的女人却抬高了新来的女人，这一点恐怕连傻子也听得出来，但令他尴尬的是新来的女人仍没有一丝反应。他直纳闷儿，心想：这女人不会真是个哑巴吧？若真是残疾人他们就不敢用了，因为哑巴大多都听不见，工地上磕磕碰碰的，闹出事故咋办？

王村边思量边观察，他发现对方好像始终都羞于见人，对方越是这样，他就越发好奇，便顺口调笑说："哎哟！看你那双手小的，恐怕连攥个锹把都费劲吧？女人的手是应该小点，但也要能攥住东西才行，你说是不是？"

新来的仍保持着那份缄默，王村只是隐约听到了一丝微弱的声音，像一个稍纵即逝的笑，轻轻的，又像是婴儿在瞬间打了一个小嗝。本来他并不太关心来者是何许人。工地嘛，铁打的营盘流水的兵，有一个算一个，当一天和尚撞一天钟，撞一天钟领一天工钱，双方各取所需，而王村维护的是老郝的利益，对于他来说，以活干好为原则。

但现在不行了，连他自己也说不清为何会鬼使神差，非得识庐山真面目不可。或许就是那一声可有可无的笑，触到了他敏感的神经。他用手一指说："把你的丝巾摘掉。"

新来的猛地一惊，幽怨地抬起头，看了看远处的楼宇，目光回收时只瞥了王村一眼，但眼神中那副六神无主的样子已经被王村捕捉到了。

王村继续说："别想那么多，不管怎么说，你还算我这里的兵吧，就算是我放的一只羊，最起码我得看清羊的长相吧？你说呢，妹子？"

对方的脑袋就像装了电轴一样仍在不停地摇，甚至连麦花也明显有些不耐烦了，她冷冷地接过话茬说："摘了去！让人家看看，怕个啥？都是过来的女人，又不是黄花闺女。"

没承想新来的女人不但开了口，而且还能猫变老虎，来个一百八十度大转弯，用挑衅的语气说："咋呀？有啥好看的？你是用工呢还是选美呢？"

仿佛是中了冷箭一样，王村愣怔在原地，痴痴地望着对方，竟不知道该说些什么，嗓子眼咕噜了半天，像是被语言中的一颗臭子卡住了。但是，他这副呆若木鸡的神情并没有影响到新来的女人，她始终气定神闲，呼吸均匀，只管一锹接一锹地往灰斗车里装着土。

连麦花也实在看不下去了，一跺脚说："哎哟，我的天爷呀，我这火暴脾气呀……"

由于紧张，麦花竟显得有些结巴，她抬起手捋捋胸口，冲同伴吼道："你咋说话呢？你惊不死人不罢休是吧？这谁能受得了啊？要么当哑巴，要么就出口伤人，干啥呀这是？听话，赶紧给老板道歉。"

新来的小腰一挺，不但没一丝要道歉的姿态，而且还变本加厉，突地转身与王村对峙起来。麦花急了，黑着脸嚷道："哎哟我的姑奶奶，你到底想怎样呢撒？你就是不想做了，我还想做呢撒。"

就在麦花咋咋呼呼扑过来，想英勇地制止一场纷争的时候，更加令人震惊的场面又一次让她坠入云里雾里。不远处那一大帮干活的也相继停下手里的活向这边围拢过来。

眼瞅着俩人像顶牛一样在一步步逼近，那架势似乎随时随地都能在一怒之下掐住对方的脖子。麦花嚷嚷说："哎哟，这可咋办，我可是好心好意带你出来挣钱的，你倒好，恩将仇报给我惹麻烦来了，你说，你安得啥心呀？"

接下来，便是天雷滚滚惊飞鸟的戏份，新来的女人一把扯掉了脸上的红丝巾，弯着腰狂笑不止，将在场的所有人都惊呆了，有人在下面嘀咕说："完了，看来王工这次是摊上事儿了，你们还没看出来吗？这女人好像精神有问题，八成是个神经病。"

王村的心情就像坐过山车一样，一瞬间他承受了上天入地的惊恐，也体验了久别重逢的喜悦，这就叫一条丝巾相隔千里，对于撕下伪装的女人，王村可是再了解不过了，她哪里是说一句话只限三个字的人啊？她其实很健谈，小嘴一开始突突，就跟个机枪扫射似的。

她笑得酣畅淋漓，就像抽闸放水般肆无忌惮，在王村看来，她这样做，就是因为自己今天的精湛伪装得意忘形。但无论如何她的这一番作妖都算是多此一举，因为相逢就该是喜上眉梢、百感交集的，而她却绕了好大的一个弯子。王村一个箭步跨过去，兴奋得像个孩子似的大呼小叫："哇！乔英子，真是你呀？哎哟天哪！真的是你呀。"

如果说他言语上的激动还算不上过分，那么他扑向对方时张开双臂做出搂抱式的动作就有些过分了。好在，他这种下意识的动作终归也没有完成，在这仅有两三步的冲刺距离内，理智又及时将做事的分寸重新还给了他，让他的鲁莽半途而废。他收住脚，打了个激灵，心想这是什么场合，他们又是什么关系？他埋怨，甚至痛恨老天，为什么安排他们以这种方式，在这种地方见面？他带的兵都在这里，几十双眼睛正拭目以待，等着看场好戏呢？更何况，乔英子身边还有个尾巴。

他真的蒙圈了，竟一时深也不行，浅也不行，急得又是搓手又是跺脚，好像突然出现的乔英子一下子又成了烫手的山药。怎会这样？这可是他梦里梦外始终也未曾丢弃的女人，尽管他没抱什么希望，也没什么企图，但他也没有完全忘却，因为当初的邂逅刻骨铭心。他只是一度想让自己清醒，觉得只在梦中相见对于双方而言兴许并不是坏事。正因为这样，当初分开时他才狠下心没索要联系方式，这意图很明显，就是不想打扰人家，他不但怕影响了人家的家庭，更怕影响了自己的家庭。他留下自己的电话，就是要将选择权留给女人，让她去做选择，想联系那自然好，不联系也坏不到哪里去，至少要根据女人的意愿来定，再就是一切都随缘，如果他们之间真有缘分，那么再度重逢也不是没有可能。

这是何等的意外和惊喜？估计连乔英子来这之前也不曾想到会碰见王村。这一刻，他们也只能感叹这世界太小了。到后来乔英子才告诉王村，当她第一眼看到王村时，自然是难以抑制的激动，她的心瞬间便狂跳不止，像揣了一只兔子。随后便七上八下地想了很多，吃不准往下该何选择？她脑子里也乱哄哄的，但是当发现王村根本就认不出她时，她又不由得犯起难来，最终她决定继续装下去，因为她清楚重逢将意味着什么？他们之间，再投缘，再有意，那也是虚的，像海市蜃楼，是个美丽的幻象，能看到或感受到，但是不能摸，也摸不着。而她的婚姻和家庭才是绝对存在的实体，而且已与她的命运紧紧地连在了一起。从另一方面讲，她并不认为有多么了解王村，他们只是一程旅伴，在那有限的时段里王村外露的东西太少了，她所接收到的也只是个大概，就像一座山的表皮，厚重的部分还全在下面。也就是说，王村还远没有向她真正地敞开胸怀。

乔英子说："如果不出意外，我是完全可以唱完这幕哑剧的，我只要不出声，不揭掉面纱，你肯定想不到是我，等一天的工作结束了，一切将会重归平静，我会再次消失得无影无踪。我相信，随着时间的推移，那个旅途中埋下的种子必将不会发芽，咱们终将会活在彼此的记忆里，这样多好啊，这也是我不主动联系你的原因。"

但她毕竟不是演员，能演到这个程度已实属不易。当然失败的原因是多方面的，最关键的一点是，她实在装不下去了。王村是好人，回想当初，一路上他对她无微不至的照顾并没图什么，她认为在如今这个年代，还会有几个好男人做好事不图回报呢？但王村算一个，如果当时王村借故碰她一下或拉一下她的手，那么王村在她心里的形象就会大打折扣。这半年来，那辆摇摇晃晃的班车，那趟昏昏欲睡的旅行，还有发生在她二人之间的美好片段，对她而言，是刻骨铭心的。如若分手后在生活的长河中他们真像一粒沙或一滴水，失去所有碰面的机会，估计乔英子是可以淡化这一切的，她只是需要时间。

但是现在他们就活生生地面对面站在这里，而且乔英子还在王村的眼皮子底下晃悠了整整一个上午。如果在这样的情景、在这样的剧情之下谁还能无动于衷，还能一味地硬扛着装作视而不见，那她就不光是奇葩，而且还傻缺到不食人间烟火了。

总而言之，王村的理性一直是获赞的，这不但是表现在男女关系上，还表现在其他的人际关系上。这都是生活磨砺出来的见识，生活中的艰险让他变得沉着，博弈中的失败让他变得老辣，说起来他还真的感谢生活，感谢一路的跌跌撞撞、失败与贫穷。

他率先清醒过来，迅速从激动与冲动的边缘折返，然后转过身对麦花虚伪地一笑说："呵呵，真是太巧了，没想到我们又碰着了，这就叫人生何处不相逢啊。"

麦花费了好大劲，仍没闹明白这到底是怎么一回事儿，老半天她都翻着一对白瓦瓦的眼珠子一言不发。王村见状，立马就皮肤发紧，那副做贼心虚的样子也在众目睽睽之下暴露无遗，他慌忙解释说："哦，是这样的，当初上来的时候，我们是同乘一辆车的。"

麦花似乎才如梦方醒，但是仍感觉这俩人的举动有点造作的，他们似乎在刻意掩饰着什么东西，而这些东西又是她希望看到的，所以她期待的还原本不止这些。麦花将黑脸一沉，调侃说："哟！是吗？原来是坐一趟车啊？啧啧，还一惊一乍的，搞得跟生离死别似的，真没劲。"

一番冷嘲热讽之后，麦花像卸下了千斤重担一样满足地吐出了一口气，遂又将原先的笑脸找了回来，眯着眼睛说："缘分，缘分，真是难得的缘分啊，噢，对了，你们要不要庆祝一下啊？"

尽管这种借题发挥如同趁火打劫一样，让王村心里极度不适，但是有乔英子这一剂解药在，王村立马就能恢复正常，反正，给乔英子接风也是理所当然的事儿，再顺便添几双筷子也没啥大不了的，吃人的嘴短，他从来都不认为请客是一种浪费，况且他正好还能来个借坡下驴，他拍拍胸脯说："是啊，你提醒得对，即便你不提醒，我也是要为今日的相逢庆祝一下的。这样吧，中午我请你俩吃饭。"

他刚一说完，麦花就咯咯咯地笑个不停，或许她已经不再怀疑什么了，因为弟媳碰上了同车的熟人，好处是显而易见的，至少能让她沾光去吃顿好的，她能不高兴吗？这搁谁身上都一样，毕竟是跟工长攀上了关系，有了这层关系，说不定往后方方面面还能给予她们更多的照顾呢。

麦花抓着乔英子的手，抓了好长时间都舍不得放开，好像她俩才是久别重逢的一对。她说："英子，姐太佩服你了，看来以后姐得跟着你混了。"

收工后其他人都回大灶上吃饭，王村叫上董青一起来到国道旁的一家餐厅，分别为她们每人要了一大碗清拌面和一瓶啤酒。他招呼说："来来来，大家先随便吃点，出门在外，肚子咥饱不想家，因为下午还要做活，酒嘛咱就少喝点，想喝酒也不打紧，只要我们能长期共事，机会还多的是。"

饭上来了，乔英子还是用她那一手绝活麻利地将啤酒斟妥当，尽管王村早就领教过他的技艺，但看着四杯清爽的连一丝泡沫都不带的黄色液体，仍率先鼓掌并由衷地赞叹说："好！精彩！太精彩了。你的表演已让我酒兴大发，但咱们今天下午还要做活，这可咋办？我太想一醉方休。"

"夸张了哥。"乔英子说："什么酒兴大发还一醉方休的，至于吗？别忘了，你妹妹我可是女酒鬼一枚，只要你钱多，以后陪你喝酒的机会绝对不会少，对吧姐？"说到这儿，她又冲麦花问一句。

麦花说："对对对，只要有酒喝，我们随叫随到，嘿嘿。"

这家餐厅的拌面还是不错的，一大碗白面皮配一小碗肉菜，看似简单但价格却不低，每份二十元，连啤酒在内花掉了王村一个整张。好在四个人都将主要精力放在了吃面上，啤酒只是意思意思，一会儿工夫，杯盘朝天。王村说："咋样，没吃好再来点？"

乔英子脸一红，低着头没言传，因为王村要的是相同的分量，也就是说，一不留神她和旁边的大块头董青吃了一样多。哎妈呀，真是羞死人啦，平时也没这么吃过啊，他会不会因为我吃得多而看不起我呢？于是她不好意思地说："嘻嘻，活重，没办法，让大哥见笑了。"

工地上清凉依旧，这般和风朗朗的早晨，天空中一缕一缕的云霞似锦缎般夺目，今天又是个好天气。对于户外劳作者而言，好天气不一定真好，他们倒渴望那种黑云压顶、整日都不见太阳却不会下雨的天气。王村的神情依然是不瘟不火，他是带工的老手，深知得掌握火候，让一切恰到好处，尤其刚刚开工，人员都是新的，大家都在揣摩对方的脾气，他不太在乎这些工人都有什么样的性格，而是更在意他能留给别人什么印象，他并非不想与工人打成一片，只是不敢太惯着他们，更不能让他们觉得他威严、跋扈，难以相处，倘若这样，那就得出问题，甚至会出现老令公带兵——越带越少的局面。

好在一切都按部就班，工人们在岗位上各尽其责、相互配合，除过零星的协调声和粗咧的喘息声之外，再无其他噪声，他们全心全意，上演着蚂蚁搬家，看起来倒真像是一个训练有素的完美团队，就连偶尔出现的老郝也由衷地赞叹这里的有条不紊和秩序井然。老郝没说话，但脸上却洋溢着笑容，只是面对这些仅靠一双手搬运石头的男人们，他并没有在意这些大大小小的坚硬的石头，以及石头与血肉之躯碰撞所增高的危险系数，他考虑的只是怎么干才更划算，更节约成本。同时，他也有他的理由，认为工地不同于工厂，干起来并不需要什么章法，再说又不是什么大不了的工程，犯不着花大钱雇搬运机械，用人工照样能搞定。但是工人们抱得抱，抬的抬，拉的拉，一天下来除过挑地基有点成效外，卸在料场上的那一大堆石头并没有搬动多少。

麦花和乔英子还是原样合作，取高补低，看上去倒是比上午默契多了。实际上她们俩在砌筑工序开展之前充其量也就是个打酱油，现在这种情况下即便是打酱油王村也得让她们打，因为她俩都有留在这的理由，尽管作用不同，但不论对王村，还是对他的团队而言，重要性完全相当，他舍不得她二人中的任何一个。首先麦花是合格的小工，干活又不输男人，而乔英子的价值又是无形的，抛开王村的心情不说，工地上有她这样的美女坐镇，男工们才不会开小差，这就叫经验，连老郝也无话可说。

乌驼镇所属各机关包括学校在内，这一时段的上班时间都是朝九晚五，从早上九点到下午五点，就连钻在乌驼山深处的那些被称为地下工作者的矿工们也是一样。而工地上风风火火的搬砖族们，他们的劳作时间与机关里的作息时间又正好相反，因为天气太热，他们得赶在早上七点钟上班，到下午七点钟收工，中午休息三个小时，这样便能避开中午的酷热，免得中暑。好在干这种小工程他们不用住临时搭建的工棚，公园管理处将几间车库腾出来给他们当了宿舍和伙房。车库是硬顶砖混结构，虽说比移动板房抗热，但是空间有限，里面摆满了上中下三层的高低床，因为拥挤，再加上这个焖罐一样的天气，室内空气异常污浊，总有股特殊味道，于是很多人选择在北墙根和树荫下午睡，有凉风吹着，加上耗去了大量体力，一个个都快要累成了僵尸，身子往草地上一躺，再用外套包上两块砖往头底下一垫，就将累散了架的身心送入梦乡。

二十四

王村细心地观察并分析过，发现时光步入 2007 年，他身边喝假酒、抽假烟、谝闲传的人越来越多，那些装模作样把力气逞着使的人自然也跟着多了起来。总有些人认为，靠吃苦耐劳发家致富，格局小眼光低，即使穷其一生，顶多也就能混得个吃饱穿暖。每当听到这些王村都嗤之以鼻，因为他也曾好高骛远，并因此遭遇失败，教训的深刻足以让他铭记，反正自那次之后，他认定眼界得有，但更需要尺度和分寸，毕竟人生在世，能吃饱穿暖已经很不易了，只要不颓废不懒散，不嫖不赌，不作奸犯科就算不上堕落。奢求得多了，得不到，反而痛苦，还会降低原有的幸福感。

所以他确信身边有一帮不错的员工，他们不光是有把子力气，而且还有着绅士般的好脾气，不用担心有人会狂暴到挥拳捣烂他的鼻子，一想到上半年那三个人他仍然心有余悸，同时又为他们担心，至今他都没认为自己挨得那顿揍有多么无辜，换个位置想，他们也不容易，也不知他们现在怎么样了。可喜的是，目前工地上井然有序。现在各领域都在进步，都在崇尚效率和速度，建筑工地自然也不例外，像他们这样用人力搬用重型建材的现象已不多见，在省钱这方面，老郝这家伙算是个奇葩。前几天就因为这事儿，王村也与他讨论过，但老郝终归是老板，碍于身份，王村倒没敢据理力争，只是提示性地说了说。现在看来老郝又错了，尽管他嘴上不认，但表情却告诉王村，在事实面前，他已经心悦诚服。老郝上了年纪，虽说有成堆的经验，但同时又容易被经验所束缚，变得墨守成规甚至还有些固执，好在他面临重大事项时并不糊涂，也能分清利弊，外加有王村即时点拨，他犯错的几率便会大大降低。

石料算是转完了，但男工们每个人的手上都或多或少地留下了血泡，这都是血淋淋的见证，他们将双掌伸开摆在胸前，就是给老郝看，也给王村看，无非是让他们记住，活他们已做到了这个份上，老板可不能坏了良心。

　　一岭子一岭子的毛石头沿着地槽摆开，将施工区隔成了一块块迷宫似的方阵，但却花掉了将近一周的时间，细算下来，与雇机器相比，钱还是没少花，这么一看，倒像是将馍馍做成了肉价钱。老郝一跺脚说："挨求呀，我不管了，以后你爱咋干咋干。"

　　剔掉了石料这个硬茬子，外加老郝一扭屁股闪了，工地上又重现了欢声笑语。有几个小工在熟练地安装搅拌机，麦花和乔英子在用竹架板铺设推砂浆的小路，三米长的竹架板她俩各抬一头，看上去虽有些吃力，但是与抬石头相比还是要轻松得多。王村则带了五位师傅忙着打桩放线，另外他还叫了董青，他觉得董青这辈子总不能只当个小工吧，王村觉得趁现在自己还能说上话，还能在工地上当半个家，借机让董青跟着学门手艺才是当务之急，再怎么说，一个合格的瓦工师傅一天的工资也比小工多出一倍，这对于每个下苦人来说都是个不小的诱惑。董青的年龄是大了些，但是王村相信，经过他的精心调教董青很快就能入门，有了这门手艺，董青的日子最起码会比先前好过得多，他一个人出来做，能顶两个人的收入，这样说不定李梅就不用抛头露面跟着遭罪，他也能落得个安心。王村怎么也不会料到董青会拒绝他的好意，面对这千载难逢的机会，董青这家伙却头摇得跟拨浪鼓似的，也不知哪根筋搭错了。

　　这是个不小的意外，以致令王村吃惊到半天没说出话来，不光他吃惊，连身边的工友都认为董青是出门时忘了吃药。见众人诧异，董青却说出了更让王村脑仁疼的话，他说："兄弟，你的好意哥心领了，我不是不想学手艺，只是没办法，因为我的时间恐怕不多了。"

　　"什么时间不多了，你说清楚些啊，到底咋了撒，你病了吗？"王村问。

　　"我没病，但是……我好像摊上事儿了。"

"快说啥事，你这样老驴拉磨想急死人呀？"王村催促说。

董青只是连连叹息，见王村虎下脸想发脾气，便看了看左右，说："这样吧兄弟，你先别急，这个事，急也没用，况且这事它一两句话也说不清楚撒，今晚，咱俩喝两杯，我慢慢告诉你。"

他们相约在公园西门外的一家小餐馆里，王村还自作主张，叫了马兴和乔英子，这并非他托大，一来他不认为这两个不是外人，再者是他本身就打算由自己买单。马兴今天穿得比以往讲究多了，他一改之前的那种简约随意，将平常闲暇时爱穿的那些圆领体恤和牛仔裤换成方领纯蓝色T恤和纯蓝色西裤，连脚上的旅游鞋也变成了黑皮鞋，循规蹈矩的意味显而易见，若不是那张被阳光长期关照的黑脸还在，乍看倒像个坐机关的。

乔英子的变化也不小，不过她的变化只是些外在的，虽很惊艳，但又会被大家认为正常。处于这个年龄段的女人只要条件允许，就算一天三撅饬，变来变去别人也不会感到奇怪。况且她也没心思倒饬，还是一副素颜，只是将那身进工地时穿的迷彩服换成了休闲装，将原先的齐耳短发往脑后扎了扎，她虽然来得最迟，但进门时却仿佛一团灼热的火焰。王村擦把汗，似乎是费了好大劲才将目光从乔英子身上移开，他咕噜噜咽下口水，忙冲服务员招呼说："上菜！"

马兴镇定自若，目光只是将乔英子扫视了一下，顶多算瞟了一眼。乔英子再惹眼，那也看能惹谁的眼，反正马兴是不屑于看的。一个吃饱的人，即便路过面包店也不会对面包产生兴趣。虽说乔英子年龄不大，正是魅力无限的时段，但这些与马兴无关，马兴只是纳闷：她是谁，王哥吃饭为啥要叫上这么个女人。这是他心里的疑问，至于答案，他自己似乎已经想到了，而且随着乔英子落座的位置，他更加惊奇于自己敏锐的洞察力。

四方餐桌不大，好在他们也只有四个人，之前王村坐正中，马兴和董青如哼哈二将似的坐在两侧，正面空着，但乔英子进来后并没往空位上坐，而是红着脸咬着嘴唇，忐忑不安地立在王村和董青之间，董青机敏地将沉重的身子拔起来点头说："乔姑娘请坐。"乔英子只浅浅一笑，算是谢了。

董青的块头大，但酒量却比王村和马兴逊色多了，仅推杯换盏几个回合之后便开始推心置腹，他眯着眼睛，将万林去世后发生的事情全部端到了桌面上。原本万林走后他一直背着沉重的思想包袱，精神压力很大，总认为当初是他把万林带出来的，虽说万林是自愿跟随，但现在万林没了，而他却还活着。他被一股强烈的负罪感驱使，时刻惴惴不安。回老家收麦子那段时间，他还鬼使神差地跑去万林家帮了好几天忙，活干了，汗流了，才感觉宽慰了些。人的认知是极其相似的，往往都会对弱者或死者表示同情，尤其董青，更认为该为万林家做点什么，这样也许能让自己获得一分心安。

好在冯娟还算是个通情达理的女人，至少在万林离世这件事情上表现出了理性的一面，万林确实是跟着董青到乌驼镇的，但她并不认为万林的死与董青有什么关系，即便他们不出门，万林也乐意做董青的影子，他就是董青的尾巴，这些年没见他帮董青什么忙，但添乱的事儿倒做了不少。他依赖董青，是为了获得一分安全感。在这么多道理面前，冯娟及其家人没理由埋怨谁或责怪谁，反而对于董青顶着烈日在田地里给予的帮助她们很感激。但事情坏就坏在董青不该在返回乌驼镇之后仍和冯娟搅在一起。冯娟有事没事都联系他，关怀的电话、贴心的话语总会时不时传来，刚开始他也没多想，冯娟说要好好谢他，一来感谢他这些年对万林的呵护与照顾，二来感谢他在麦收期间对她家的帮助。冯娟说要请他到家里吃饭，话撂得很死，意在不容他推辞。他去了，但是喝多了，酒精不但烧晕了他的脑子，而且还直接把他留给了冯娟。

一个是新近丧夫的寡妇，一个是被半死不活的婚姻吊打的男人，他们在一起借酒浇愁、互诉衷肠，就如同干柴烈火被浇了油一样，不出事才怪。

其实这段时间董青的异常王村早就察觉到了，这种异常是从老家回来之后就有的。从回到乌驼镇的头一天起，王村就没见他在工地宿舍里睡过觉。尽管有所怀疑，但王村并没问，他觉得也不该问，因为时代变了，人的观念也就跟着变了。

尽管这样，王村还是了解董青的，依董青老实巴交的性格，估计他也做不出过于出格的事情来，顶多也就是偷偷摸摸地在外面建个小窝，从老乡中找个打工女搭伙，缓解一下孤独，打发一下漫漫长夜罢了，这种事只要是你情我愿，倒也算不上大问题。再说，董青的女人至今还杳无音信，他就算打个野食也无可厚非？要说不占理，那也是李梅先不占理，所以王村并不认为董青有什么错，要说错，应该是一走了之的李梅。

但他的判断失误了，而且谬之千里，他万万没料到董青会和万林的媳妇搞在一起，那可是朋友之妻呀。

王村的脸色有点灰暗，神情也略带忧伤，这种意外竟令他一时不知该说些什么。因为这事儿听起来太狗血了，与他的判断存在着不小的落差，当然更多的还是失望，难怪，女人们一张口就骂男人没个好东西。

王村无语，阴沉着脸点上烟，嘬得直冒火星子。董青舔了舔嘴唇，怯懦地说："老天在上，我姓董的真不想这样，第一次吧，真的是喝多了。不管怎么说，我做下驴事了，我不是人，我对不住万林兄弟，呜呜……"

董青左右开弓，一边哭一边扇自己的耳光，他还想继续扇，但是被王村制止了。王村说："摧残自己有什么用，还是说一说你以后做何打算吧，李梅怎么办？你不会是真想跟她离婚去攀富婆吧？"

"我不会，尽管俺那婆娘也不是个东西，但她毕竟是俩娃的亲妈哩，日子过到这个份上，我哪还有选择的余地呢？走一步看一步吧。"

"要是李梅不回来呢，你在这里傻等也不是办法，你要明白，我不是干涉你的私生活，而是觉得你这步子迈得快了一点儿，这样不光是对死去的万林不敬，而且让外人接受起来也难上加难。"

"嗯，你说得太对了，自从和冯娟在一起之后，我几乎一闭上眼睛就能看到万林在冲我傻笑，醒来后浑身直冒冷汗，更何况，我原本就不喜欢那个女人，要不是她整天嘟嘟囔囔地嫌这嫌那，万林也不会有那么大的压力，精神也不会脆弱到哪个程度，但现在我很为难，一步走错步步错，我算是彻底陷进臭水坑里了，我现在不光被控制，恐怕连家庭都难以保全了。"

王村说："她怎么说？逼你离婚了吗？"

"那倒没有，只是最近她工作的那家物业公司经营上出了问题，收不上钱，也发不出工资，结果倒闭了。她不是手上有几个钱嘛，就顺手接了那个盘，自己当老总，她提出让我过去帮她，做她的保安队长。"

"不行！"王村霍地站起来说："这绝对不行，就目前的情势看，她还无力控制你，只要你打定主意，学会拒绝，那她就拿你没办法，不过一旦你的收入和她搅在一起，那就是一团理不清的羊毛蛋，她也就因此有了控制你的砝码，到时候你可能会难以脱身。"

"那我咋个办呢撒？"董青哭丧着脸问。

"咋办，还用我教你吗？只要你有决心，这事就再简单不过了，趁现在冯娟还不知道咱们工地的具体位置，你悄无声息地把属于你的东西准备好，趁她不在家的时候逃之夭夭不就完了吗。"

"好，我听兄弟的。"从董青未加思索地回答来看，王村也认定他是一不小心误入歧途，王村说："这不是听谁的问题，而是你愿不愿意再继续跟她不清不楚地搅和下去。"

"我当然不愿意了，万一李梅突然回来，发现我都跟别的女人过上了，那我娃可真就没妈了。"董青说。

乔英子抓起"白老泉"酒瓶，将董青面前的酒杯斟满，又往自己的杯子里添了点酒，然后煞有介事地举杯在手，说："来吧，董哥，这些闹心事咱不说了，喝酒，妹子我敬你一杯，这杯酒喝下，等于一切都过去了，来，干！"

马兴也慌忙端起酒杯说："嗯对，大丈夫何患无妻，就算穿红的走了，你不还有个挂绿的吗？有啥好纠结的，咱们喝酒！"

王村好像突然间想到了什么，他看一眼马兴说："哦对了，半天我差点把你给忘了，你最近忙啥着呢，怎么也不跟我联系？"

马兴喝下一杯酒，只是咂巴嘴，没回答。

王村说："咋！有事？"

马兴又倒了一杯，一直转来转去把玩着盛满酒的杯子。见王村他们似乎是受够了，才深深叹了口气，但是仍没有下文。

王村只得自找话题，问道："你那活干完了吗？"

"早就完了，那么点小活要干到现在，还不得赔死啊。"马兴说。

王村顺口追问说："干下来挣了多少钱？"

马兴将端在手里的酒倒入口中，像倒了一分失落和惭愧，说："刨掉各种开支，落下的，也就不到三万块。"

王村兴奋地抬了抬肩膀说："可以啊，照这样下去，不出两三年，你就能在乌驼镇买房了。"

"花光了。"马兴说："一个也没攒下。"

"花光了？花哪了？"王村问。

马兴说："一言难尽啊哥，我现在正骑在老虎背上……"他扫了董青和乔英子一眼，又看了看四周邻桌不相干的客人，然后将目光落在王村身上，或许他意识到也只能对王村一个人掏心掏肺，便推辞说："算了哥，就先到这儿吧，这个周末我请你吃饭，到时候你就知道了。"

"就咱两个？"王村看一眼董青和乔英子，追问说。

"嗯，就咱俩。"马兴说。

二十五

　　小规模的建筑工地是个极其无聊的地方，也是个萌发感情拓展关系的地方，它不像那些大型住宅开发区，工程大，工序多，走马灯似的人员流动能让人与人之间永远保持着半生不熟的状态。而王村手下最多时也就二三十号人，其中像董青、麦花、乔英子这样的固定人员就有十多个。他们每天在一起劳动，一起吃饭，甚至还一起在工地上住宿，熟稔得快像一家人的时候自然是无话不谈，苦了累了或心里颇烦了就相互调侃一下，打打嘴仗，既活跃了气氛，又不耽误干活。

　　石料砌筑的基础部分是整个工程中最费力气的一道工序，这一点王村比谁都心里清楚，所有的师傅和小工几乎都整天汗水不干。熬到临近中午，体能已达到了极限，等到一个个脚下拌蒜的时候，进度也紧跟着慢了下来。有位师傅点着一根烟，但是手上的活并没有停滞，他一边干活一边抽烟还一边干咳。旁边的另一位师傅嘲讽说："哎哟，人乏了抽烟，马乏了耍鞭，看来这话不假……"他吃力地将一块大石头往墙体上一砌，然后拍了手上的砂浆，说："王工啊，咱们能不能坐下来喘口气呢？癞蛤蟆跳三跳不是还有一缓吗？"

　　王村说："这个恐怕不行，再说，也没有坐着挣钱的道理，你说是不是？"

　　师傅用衣袖擦掉额头的汗，手一摊说："实在是干不动了。"

　　抱了一上午大石头，累是肯定的，王村也是下苦的出身，而且这些年他抱过的石头绝不比在场的任何人少，他知道这活夺力，于是说："这样吧，师傅们，石头咱就暂时不砌了，缓缓也行，不过，也不能坐着缓，重活干不动，咱可以干轻活，把砌好的地方用砂浆找找平，封封顶，或填一下石头缝。"

按说坐下来休息片刻也没什么，人嘛，总归要喝口水或上个厕所什么的，再说，进度在那里摆着呢，大家并没有少干活，只是他担心老郝，若老郝的突然出现又看到人都齐刷刷坐着，不知他会说出什么难听的话来。

但是人一旦舒服了，嘴就不大舒服，其中的一位师傅大概是率先缓过劲来了，他一边抹灰，一边兴致勃勃地喷唾沫星子，津津乐道地讲一个黄段子。大家听得很专注，连老郝何时到场都没有察觉。这就叫怕什么来什么，老郝总让你防不胜防。老郝是个粗人，但他粗鄙的语言常常表现在气头上，面对听到的污言秽语，他实在忍不下去了，便扔下烟头，用脚踩了踩。每当他十分专注地踩一个烟头时，倒不是他有多强的防火意识，而是在思考着做一个决定，比如现在，他就在想：是臭骂他们一顿呢，还是简单地批评一下算了？无论如何，他觉得有必要给这帮人敲敲警钟，别成天由着嘴胡溜，也不动脑子想想这是啥地方。老郝一边往过走一边愤愤地骂道："干活不干活，讲这些烂玩艺挨求呀！"

哄笑声戛然而止，像是同时点了哑穴，只剩下干活时工具与石头的敲击声和呼呼的喘气声。半天沉默之后，麦花由于憋屈，鼻风一股一股地直往外煽，她像是自言自语，又像是愤愤不平地嘟囔："郝老板也是啊？咱们做着这么重的活，开开玩笑咋啦？开玩笑可以调解一下心情，也就不觉着累了嘛，看被你这顿骂的，都不言传了，闷死了。"

麦花一带头发声，大家也跟着七嘴八舌，像马蜂窝被捅了一杆子，顿时嚷作一团，有位师傅一边抹砂浆一边说："这有个啥嘛？俺们身边没女人，打打嘴仗还不行吗？"老郝则强调说："你们一个个回去之后，没事干看黄片我也管求不着，但这里是工地，而且还是公园里的工地，人来人往的，让人听着多恶心、影响该有多恶劣，你们知道吗……"他又点了根香烟猛吸一口，吐出一股浓浓的烟雾之后接着说："难怪有人给我们贴标签，说咱农民工没啥素质，看看，让我咋说你们？"

麦花的一张黑脸看不出高兴还是不高兴，但那声鼻音却重得仿佛能吹灯似的。再发出一声"哼！"之后，便犀利地开了火："啧啧啧，公园咋了？农民工又咋了？我看咱比他们本地人规矩多了，不信等会儿天黑了你找截马莲杆子把眼睛撑大了瞧瞧去，你看看树荫下的条椅上、草窝里的那些动作就知道谁更恶心了，噢！我们说两句话还倒伤着他们的耳朵啦？喊！"

老郝一看，这黑脸女人的嘴跟身体一样厉害，能说，但也能干，而且说话不留情面，是个直肠子，这种人他倒是很喜欢，于是又说："这不是有你们两位美女在嘛，说话怎么也该顾忌一下吧……"

麦花挑衅说："少拿俺俩说事，顾忌啥？说说笑笑大道理，不说不笑傻叫驴，都是过来人，还装个什么劲呢？大家说，对不对？"

老郝在众人的哄笑声中败下阵来，一看再无招架之力，便说："行！我说不过你们，也不想说了，但你们总不能光说不练吧，说归说，得把活做好。"麦花反驳说："放心吧，我们用手抱石头，可不是用嘴衔。"

老郝骑上他的"飞鸽"自行车一溜烟消失了，工地上，仿佛是鸟儿归巢，又恢复了叽叽喳喳，有人提议，让师傅续讲刚才那个故事，师傅红头涨脸地说："还讲毛呀，老板都说话了。"

大家说怕啥？他老郝难道还有千里眼顺风耳不成？

师傅为难地说："其实，老板的话也对着呢，咱也一把年纪了，寂寞归寂寞，但不能不分场合，况且还有两个女人呢，尤其是小乔，算是晚辈哩。"

乔英子也像麦花那样生硬地冷笑了一下，冷嘲热讽地说："哎哟天哪，都说女人既当婊子又立牌坊，我看是男人才对？自己心里龌龊，可面子上还得抖落干净了，你说你累不累啊？"见众人不语，便眼睛一挑，接着挖苦说："想讲就讲，管我干啥？一个搞笑段子，至于那么认真吗？像是老牛都能吃动嫩草似的，蒙谁呀？再说这老掉呀的故事逻辑上也不成立，公爹年又老，体又弱，颤颤巍巍，就算有那心，他老人家也没那个力啊？"

乔英子一口气突突了一堆，搞得王村将手里的活都停住了。不论何时何地，只要乔英子开口，就会牵动王村的神经，他立马会跟着兴奋起来，好像乔英子真是在口吐莲花一样，她所说的每一句话，都是拿催情剂浸泡过了似的？

王村像中了邪一样，翻身跃上刚刚砌好的一段石基，脸上带着一股不易察觉却又掩饰不了的坏笑，问道："那好英子，就先说说你自己吧，你是喜欢大的，还是喜欢小的？"乔英子一听，立马面带潮红，但她并没像其他女人那样装腔作势地呛回去，她在想，这家伙，是受了啥刺激呀？竟敢问她这样的问题，也太直接了吧？这可不像她认识的王村，这胆子就长得没边儿了，行！你既然敢问，那她就敢答。她逼视着王村，说："我当然喜欢大的，我相信，每一个正常的女人都喜欢大的，咋！你有吗？掏出来瞧瞧。"

很显然，这是个误会，是乔英子曲解了王村的意思，实际上王村所称的大小是指人的年龄，而且是顺着那个公爹与儿媳的话茬子往下说的，同时，他也想从侧面试探一下乔英子，看她是否会嫌弃老男人，毕竟他大人家十来岁呢。可是乔英子想歪了，根本没顺着王村的路子往下走。令王村难受的是，她竟然将他看得那样的下流，更严重的是，乔英子竟然在众人面前口无遮拦。

王村彻底无语，直到晚上收工前都没再说一句话。由此可见，他对乔英子的一言一行都非常在意，至少他会认为，乔英子那些过分的话，即使要说，也应该在他俩独处的时候说。

时光，仿佛是一个潜伏者，一个幽灵，它会在人们的心里、脚下，还有万物的缝隙间默默流失、一去不返，也会因它曾经的到来，留下一切证据……

好似是转瞬之间，王村们缔造的半月形戏台的主体工程就要完工了。尽管这里的建设者都是来自于乡下，其目的却大致相同——都是冲钱来的，但大家也为自己这段时间的付出，为他们用心血和汗水浇铸的"艺术品"的诞生而感到欣喜。

舞台的设计是一流的，从外观上看，是一个漂亮的半圆体。里面的空间有三米多宽，两头各有一道电动门，以后演出时，演员们可以经这两道门出入，在里面候台或化装，再配上现代化的灯光和空调等设备，既隐秘又舒适。

外面的戏台和外围的地面计划用 300mm×600mm×50mm 规格的灰色花岗岩铺设，由此衬托出的拱形筑体就如同公园的地标，其重要性不言而喻，所以得采用大理石干挂精装。据说，那些石材是专门从南方预定的，材质和花色都很过硬，并印有"生、旦、净、墨、丑"各种扮相的图案，设计精美，是整个工程的经典部分。因此，施工的技术要求也相当高，就连王村听着都有些头疼，相信到交付使用后，既能吸引众多的戏迷们纷至沓来一展身手，也是乌驼镇一道美丽的风景。

不过，令人遗憾的是，等中午放完主体完工的庆贺鞭炮后，工地上就要大批量裁员了。尽管后面的工程量还是个大头，但是偏重技术，得慢工出细活。

老郝与王村经过反复争论、协商，最终决定从南方江浙一带雇人，并将这里原有的师傅们结清工钱就地解散，只保留部分小工。依着老郝的想法，这俩女工一个也不留，因到日后要往脚手架上递东西，尤其是大理石板，分量较重，是不折不扣的力气活，老郝说："就她二人，面对这么重的材料，终归是馍馍不顶饭，女人不顶汉，即便是麦花，也顶多咬咬牙硬撑个一半天，长期做下来肯定吃不消。"

但王村还是执意要留下乔英子，他呛得很硬，话也撂得很死，意思是只要有他在，乔英子就必须得与工地共存亡。对于这种情况，老郝心里是有预期的，所以也没感到意外，他知道王村的心思，也料定在乔英子的去留上他会一条道走到黑。

老郝意味深长地笑了笑，也算是一个妥协，他说："嗯，这就叫醉翁之意不在酒啊，行呢，那就让小乔留下吧，正好周边地平的花岗岩缝隙还没有处理，这活也适合她干。"

近段时间，老郝不但从侧面暗中观察他们俩，而且还在酒桌上旁敲侧击地追问过，尽管王村铁齿铜牙、死不认账，但老郝还是能从他们眉来眼去的鬼祟神态中读出端倪来。不过老郝也不糊涂，王村虽然是他的手下，挣着一份有限的死工资，但给他创造出的价值却是无限的，超值的。按说就这点小小的要求，他理应予以理解和满足，只是他有些担心，怕王村玩昏了头，最终上了女人的当，落个输人输财、鸡飞蛋打的结局，另外他也知道，这小子在甘肃静宁老家可是有妻室有孩子的，照这么纠缠下去，往后一旦东窗事发，可怎么收场。

老郝是老江湖，就人生经验来讲，他倒是从不谦虚，自认为可以做王村的导师，直言他能看透的事情王村不一定能看透，这就叫当局者迷。但他又不能四六不分，揣着明白装糊涂，所以他心里矛盾。顺着王村吧，又怕会因此害了他，拒绝吧，又怕王村多心，同时也显得自己不通情理，想来想去，老郝还是不忍让王村郁闷，决定先留下乔英子，边走边看，往后的事，慢慢再盘算。只是麦花不好打发，麦花的原则是要留都留，要走都走，她与乔英子必须同进退。老郝无奈地手一摊说："没办法，我已经尽力了，再怎么说，现在我这里也不需要两个女工。"

面对这种新情况，王村也束手无策，现在工地上确实不需要女人，实际上连乔英子都算是多余的，更别说有麦花的位置了，再说，只要有麦花这个电灯泡在身边亮着，他还怕晃了眼睛呢。但他又一筹莫展，心想算了吧，凡事都应顺从天意，不能强求，他说："既然你俩是绑定的，我也没法分开，你们都走吧。"

就在王村沮丧地准备蹲下抽烟的同时，乔英子冲麦花发起了火，她说："姐！你这是干撒呢？我是卖给你们全家了吗？你兄弟正在银川那边跟别的女人搭伙幸福着呢，你却在这里限制我的人身自由，你不觉得这样做太过分了吗？"

麦花黑着脸，被怼了个措手不及，她舔了舔嘴唇，一副无言以对的样子，看似努力了半天，却一句话也没有说出来，最终，用了近乎全身的力气一脚踢开自行车支架，随着链条发出的一连串嘎嘣声，她那高大而惨淡的背影消失在公园大门的转角处。

二十六

　　一周的时间很快过去了，清水公园正中央的工地上安闲依旧，仅有王村和乔英子俩人留守，尽管不远处的林荫小道上人声鼎沸仍显得熙熙攘攘，但他俩就像是被栽在圈外的两棵树，只能相互对望却融不到森林里去。

　　听说老郝在外面找技工，跑材料，也忙得七荤八素、晕头转向，即便这样，好像进展仍然不大，尤其近几天，老郝没有打来电话，这只能说明一点，他办的事情并不顺利。

　　王村倒不着急，他认为着急应该是属于老郝的，即使他在这处工地上举足轻重，但天高地厚他还是知道的，不论在什么地方做什么事，摆正自己的位置才是最重要的。所以他不骄不躁，始终是一副很惬意很放松的神态，身边有凉亭，有树荫，还有绿草小径，更重要的是有可心的美人陪伴，他没有闹心的理由，他发现自己的格局突然变小了，他的一切活动似乎都无法逾越这方寸之地。

　　他二人在凉亭里对坐，喝着啤酒，谈着人生，就像这世界是他们两个人的世界，万物都是他二人世界的陪衬，甚至连他们自己是来这里下苦挣钱的角色都忘了。在他们看来，即便这些天老郝不再给他们考勤，或只将他俩当作免费照看工地的也没什么，只要这种神仙般的好日子能够延续，永不断片就行。

　　就在他们如影随形，各自思量着是否将目前的关系再度升格的时候，老郝突然有了消息。他打来电话，安排王村先就近找个电焊工，抓紧时间往墙面上焊钢架，因为这是干挂大理石的先期步骤，通过钢架才能将大理石面砖严丝合缝地挂在墙上。这些环节王村当然清楚，他本来就想租一套工具自己来干，但又怕焊花烤伤脸，毁了他的形象，他认为就目前来说，形象比什么都重要，考虑再三，他还是决定出去找人。

王村走后，乔英子捧着一本昨天刚从街边书摊上讨来的漫画书，独坐在工地旁的一棵槐树下翻阅，以此打发这大半上午的寂寞时光。漫画书内容低俗，尽是些描绘日本少男少女情感纠葛的校园故事。乔英子也曾上过初中，但她是贫困山区的女娃，情感萌动期与外界比要迟缓得多。因此，她对这本书的感觉是一种不由自主的压抑和排斥。她毫不留情地将这本读物定性为垃圾，同时更心疼为得到这本垃圾浪费了两块钱。所以她还是强迫自己将漫画读完了，再怎么说这也是钱买的，好像这一刻她读的已不再是书或书中所写的内容，而是钱。她这样的行事风格是惯常的，原本就有的。她曾经因为贪便宜买过隔夜的包子、过期的饼干等，尽管难吃还可能坏肚子，但是一想到钱已经掏了，不往肚子里咽就等于吃亏时，她也就毫不犹豫地吃下去了。当面对这本她耐着性子最终也没能完全看完的漫画书时，想撕了出口恶气，来个一了百了，但最终只做出了撕书的动作却没能将书真正撕碎。因为她环顾了一下周围，发现遛弯的人很多，如果噼里啪啦将书撕得粉碎，搞出个一地鸡毛，那别人会不会认为她疯了呢，估计至少也会认为她心有怨恨无处发泄。她可不想让自己成为他人口中的故事，于是，她将漫画书卷成筒状，塞进十米开外的一个垃圾桶里，然后双手捂脸定了定神。当再度睁开眼睛时，便发现四周已变得格外空旷，好像园内不断穿梭的行人以及园外朦胧的小镇，还有更远处冒着灰色烟雾的矿山此刻都与漫画一样虚无。之前这里还有她和王村，而现在却只有她一个，她感到了前所未有的孤独，因为心空了。这是一种无法定性的情绪，是关于王村吗？难道是由于一个人的短暂离开，才令她心里的烦闷达到了极限吗？若果真如此，那就太糟糕了。仔细想来，她这种病并不是今天才有的，只是今天越发加重了。她治不了自己的病，但也不能任其蔓延而病入膏肓，她需要克制，好让自己在见到王村时暴露得别那么充分。她再度闭上眼睛，试图实现真正意义上的物我两忘，但还是失败了，因为不远处窸窸窣窣的脚步声越来越近，越发稠密，脚步声是人走出来的，就说明由她身旁走过的人在逐渐增多。她猛地一惊，才想到这里是乌驼镇唯一上档次的公园，今天又逢周末，单位里的人不上班，就会邀家人朋友一起出来休闲纳凉，散步谈天。乌驼镇虽小，但它有自己的节奏，也有着与来自遥远乡下的她们完全不同的生活方式。

乔英子羡慕城里人的美好生活，她并没意识到，此刻城里人好奇的目光正齐刷刷聚焦在她的身上。她今天的穿着基本上还是原先的风格，那身与砖头、沙子、石头打磨了将近两个月的迷彩服，看上去已经褪了色。被夏日的骄阳灼烤过的鹅蛋脸，也失去了最初在班车上与王村邂逅时的那般光彩。只有头发是新焗的，不过还是原先的那种大众化色泽——葡萄紫。发型没变，依旧是当初在北京餐厅做服务员时，人家要求的那种马尾辫。始终保持这一切，就因为与王村相识时的那个形象不忍舍弃。她甚至认为，保住曾经的形象，就如同守护着一份期待，至于期待什么，她还一时理不清楚。

"咔嚓！咔嚓……"不断有相机快门的声音传来。起初，烦躁不安的她并没去关注这些，只认为有人在公园里拍照，公园里有风景，拍照是再正常不过的事情了，但是等这些快门声愈发频繁、离自己越来越近时，她便睁开了眼睛，同时也发现那些镜头是对准她的，她搞不懂别人拍她是为什么，再说，她也没啥不文明的行为呀？刚才本来想撕书的，最终还不是忍着没撕吗？

她有些不知所措，也有些莫名的羞愧，只有一条路可以选择，那就是逃离。她翻起身，箭一般冲向了那个半成品的戏台，像一只慌不择路的田鼠，消失在一侧化妆间的暗门里。

乔英子的逃离，无疑是最明智的选择。如继续坐在那儿，其后果有可能就是引来围观。在这座被黑色山峦包裹着的清水公园里，在这个很多人都闲来无事、吃饱了撑的的双休日里，乔英子相信，面对她这个满身泥垢的外乡女孩，他们很可能会将围观进行到底。

单就外貌而言，在这座既封闭又张扬的小镇里，乔英子能占中间偏上的位置。但错就错在生活无情，命运将她安放在了这处工地上，形成了一幅极不协调的尬图。或许没有人会认为她应该待在这里，说到底，还是这工地将她衬托成了一朵奇葩，说不定此刻还有人的内心已充满了同情、怜悯，甚至不平。如果她穿着连衣裙，打着遮阳伞站在这里，那自然是另一种影像，另一种结果。可偏偏她穿着一身农民工标志性的制式迷彩，这种与容颜形成巨大反差的装束，自然会让旁观者感到扎眼，或许还会在同情心爆棚时恨透了这处工地。因为此时此刻这处可恶的工地就像是一坨巨型的、臭烘烘的牛粪，而一朵清纯欲滴的百合正可怜凄凄地插在上面。

　　乔英子受不了那些热烈而好奇的目光，也不想沦为别人拓展想象、议论纷纷的参照物。我有啥好看的？不就是年轻又有几分姿色的农民工吗？难道长得好一些就不能凭苦挣钱了吗？

　　当她躲进这处未来将作为神秘化妆间的地方时，脑海中一连串的问号也紧跟着她的步伐。她在不停梳理、发问，却理不出任何一条哪怕是稍微靠点谱的答案来，同时，心情还被自己搞得乱七八糟的。因后续安装还没有完成，这地方还没有通上电，更别说灯光和换气扇等辅助设施了，就连墙面也仅仅是搞了一次水泥压光，空间自然是黑黢黢的一片，被四周的漆黑包裹着，仿佛已提前八小时进入了夜晚，进入到一个能引发回忆和忧伤的时刻。她开始局促得浑身发怵。越往里面走，越有种挥之不去的紧张和孤独，她甚至想到了死亡。约莫几分钟过去，她的眼睛才渐渐地适应过来，不过也只能隐约地看见了一些东西。她处于半明半暗的光景里。这里的内部结构与外部形状大体相同，都是弯弓一样的半月式，像一个悠长的转角，站在这一头根本无法看到另一头，虽然视线比刚进来时敞亮了些，但依然令人害怕。狂躁中的她开始了无中生有的谩骂，这毛病由来已久，每当陷入极度恐惧时她都会骂骂咧咧，想到什么就骂什么，就算是骂天骂地骂神灵，只要骂出口，恐惧就会减轻，或者说，就能忘记恐惧。不过此时她骂的是这个创意，骂设计者没脑子，为啥不搞成一条直线，站在这头便能将另一头一览无余呢？等骂够了，却依然是进退维谷，她料定外面的围观者还没有散去，所以她还不想也不敢出去招风，她必须乖乖地待在这里。糟糕的是，她的心脏刹不住车，仍狂跳不止，她发现这里虽封闭但并不安全，万一前面拐弯处躲着什么人或盘着一条蛇，再或者突然窜出一只老鼠咋办？按说，这个空间整个的建筑过程她是参与了的，但那时她并没有感觉到一丝一毫的异样。可现在，莫名其妙的不适应已让她起了一身鸡皮疙瘩。她攥紧拳头咬咬牙，便开始在被害死还是被吓死两者之间做选择，最终她认为，被害死是来自外力，一旦遇上便无法抵御，就眼下来说，这一切又纯属假设，但吓死却是内因，大多是自己吓自己，只要她尽快去除内心的杂念，恐惧是能够克服的，于是她决定先将这里完整地搜索一遍。为了能让自己放松，她不再紧咬牙关，尽力用深呼吸来给自己壮胆，结果还好，她什么也没有遇见，只是摸索着走到了另一扇门前，但她发现这道门是锁着的，门的两侧墙边堆放着搭脚手架用的短钢管，剩余的各种钢材的边角料，连她平时推的那辆小灰车也静卧在墙边，她明白了，这些东西应该是看工地的冯师傅为了安全起见才收拾进来的，而且冯师傅晚上肯定就睡在这儿，怪不得进来时门口有张木板搭成的简易床呢？一看到已有人住过，这里立马便增添了几分人的气息，她心里的恐惧也跟着烟消云散了，回想起刚才的幼稚和胆怯，她禁不住自嘲地笑出了声。

二十七

一声犀利的尖叫，拼出了乔英子所有的神智和气力。本来乔英子刚调整好心态，已经完全让自己放松下来了，没想到就在她处于一种不设防的状态时，黑暗中的一只厚重的大手悄然落在了她的肩上。她来不及做任何反抗前的分析、判断和思路上的调整，她甚至怯懦到连转身或直接逃离的力气都没了，她能做的就只是扯破喉咙。

但是，那只从背后伸过来的手并没有被喊声震慑，仍纹丝不动地压着她。不过还好，这只手并没做出更进一步的举动，这便给了她一个思考的瞬间。她觉得有一点可以明确——这"恶魔"不在人类的范畴。下完这样的定义之后，她的舌根子都麻了，她倒希望袭击者是人，是人的话无非是劫财或者劫色。财她没有，劫色顶多是吃亏，至少还丢不了性命。

将来犯者排除于人类之外，是因为之前她没有听到一丝一毫的脚步声。于是，来自心底的一股血直接就冲上了脑门，原来还模糊的眼神顿时全暗了。

她彻底吓晕了，不过就在她完全失去意识的最后一秒，听到了一个熟悉的声音："是我，王村！"也正是这句话，又将她从极度眩晕的边缘拉了回来。但恐惧已耗尽了她全部的力气，她想伸手抓住王村的胳膊或者衣服的动作都没有完成。当手从王村身上顺势滑落时，人也重重地瘫坐在地上。

乔英子躺在了冯师傅那张简陋的木板床上。她很清醒，是王村的及时出声才将她从晕厥的边缘拉了回来，但这次晕厥的罪魁祸首却是王村，所以她先前才想一把抓住他，让他给个说法，只是她太虚弱了，反而被王村连搀带抱地弄到了床上。她倒没在意王村对他身体的碰触，只听到王村用颤抖的声音说："对不起，我就想开个玩笑，没料到你就这么点胆子，对不起，是我的错，我道歉。"

而她的声音更显得气若游丝，就像弥留之际的呢喃，埋怨说："有啥对不起的，我看吓死我……你才高兴呢。"

玩笑是明显开大了，王村垂着头，有点心碎，也有些欲哭无泪，凭想象，此刻乔英子就是抬手一耳光扇过来他都不会生气，他不但不生气，反而还会倍感欣慰，这一刻，懊悔的他只想为自己的鲁莽行为买单。

乔英子始终微闭着眼睛，半死不活的神态与王村之前预设的结果相去甚远，看上去，她显然连骂人的劲都没了，更别说扇耳光了。她虽然双目紧锁，但心里最想追溯和回味的还是王村刚才的举动，是王村像手捧珍宝一样将她捧了过来放到床上的，他的双臂那么有力，胸膛那样结实，而且很温暖，令她领略到了一份全新的、短暂的、放纵式的舒服。她仿佛还听到了来自另一个躯体里的心跳，那种清晰明快，充满代入感的频率瞬间便给予她一种耐人寻味的激动和紧张，同时她也在想：如果此时王村趁机想做点别的什么，她是没有反抗之力的，更要命的是，她根本就不打算反抗，即便拒绝，也是半推半就地敷衍，她打算放任一回。

想到自己刚才的想法，乔英子羞愧得不敢睁开眼睛，她觉得必须冷静，就权当在不知不觉中被王村催眠了，她正处于迷惘与清醒之间，仿佛看到了悬崖深谷，但谷底下明显已堆红叠翠、鲜花盛开，是个令人神往的所在。她只需跨山一步，一纵身便可呼吸到清爽的空气，闻到醉人的花香，就算死在下面，那也是长眠于天堂，能品味这样的死法，她也算心满意足了。

乔英子在虚幻的世界里游来荡去，但王村是清醒的，乔英子所想象的那一切王村并不知道，也唯独在这件事情上，他们从未达到过默契。看着死模央央的乔英子，王村除了愧疚还是愧疚，没想到自己的恶作剧居然能把人吓成这样。他试着推了一下，但乔英子仍没反应，便嘟哝说："哎！不会吧？你的心脏承受力真就这么差吗？"

乔英子依然没醒（她依然在装），这让王村无计可施，只能下意识地将耳朵侧放在坚挺又起起伏伏的胸脯上，意在测试她的心跳，这也是自相识以来王村最为大胆的一个动作。当听到那种由慢而快的心跳时，王村的脸颊便有了一丝笑意，他彻底放松了，他知道乔英子还活着，她的心跳不但正常，而且很强劲。至少他用不着拨打120急救电话了。

就在王村将脸贴近胸部的那一瞬，乔英子并没将其理解为单纯的医学目的。乔英子认为，王村是因为将她惊吓成这样才深感愧疚，才有了这种怜香惜玉的举动，不过也可以理解为他心疼她，没有爱，哪来心疼？与家里那个打完她还能呼呼大睡的男人比，这有着天壤之别。没有对比就没有伤害，这让她在满足之余也品尝到了一分幸福，并且还衍生出一种无法抑制的贪婪。幸福既已降临，就不该让它转瞬即逝，她得抓住它，至少也得尽可能多地拥有它。她的嘴唇发干，没有过多的温柔情话，只是不停地喊哥，平常没人时她也是这么称呼王村的，但此刻叫出口却蕴含着渴望与召唤。接下来，她有了更大胆的举动，突然间来个懒熊抱树，用双手死死抱住了王村的四方脑袋，并尽情地抚摸和揉搓，呼唤没有停止，却已经含混不清，并伴有足以令男人失控并缴械投降的一声声娇喘。

若王村也跟着意乱情迷、丢盔卸甲，那也属健康男人应有的表现，那么不论他如何疯狂都能理解，而他若无动于衷倒显得不太正常了。然而他真的令人失望，在乔英子身前，他的眼神中充满了惊恐与慌乱。他既不痴也不傻，也明知道乔英子的魅惑言行存在着某种故意，或在刻意暗示着什么，但他却如同扔进一个庞大的石夯那般心情沉重，不知是激动还是紧张，总之他身体的每一寸肌肉似乎都在微微震颤，这种突然状况已将他带入深度的恍惚之中。是的，不错，想得到眼前这个女人是他老早就有的图谋，但他是男人，尽管事件的主体是乔英子，但主导的一方却永远是他。也就是说，若此刻他们真敢肆意妄为地跨出一大步，那么最终为这一切买单的将永远是他。另外，他今天并没喝酒，如果喝了，估计事情的发展和最终的结局或将有另一种解释。

好在他始终清醒，因为清醒，行动才张弛有度，实际上令他裹足不前的只是时机。尽管周围黄昏般灰暗的环境让人白昼难辨，但他仍清楚眼下是正午时分，也就是说，他们不但没时间做什么，而且还得尽快从这里走出去。因为看工地的冯师傅随时都可能破门而入。冯师傅是老家来的亲戚，因为是自家人，他才将这个工地包括所有的工具和建材都交由他保管，如果被冯师傅撞见，相信他远在家中的老婆得到消息的可能性就又增加了一分，毕竟现在通信是相当便利的，公园门口就有个二十四小时营业的电话亭。

王村腾地立起身，催促说："快起来！别闹了，咱得赶紧离开这儿！"

这又是为啥呀？乔英子再度蒙圈。在她看来，王村此刻的行为完全不着边际，跟她心里的预期相差了十万八千里。这是什么情况？按说王村对她应该是有兴趣的，那么是哪个环节又使他失去了兴趣呢？她坐起身来，垂头扫视了一下自己的身子，又摸了摸自己的脸蛋儿，心想：难道是我的问题吗？

她的心一下子就凉透了，但脸颊和耳根子却是火辣辣的，她再也无颜直起身来面对王村了，甚至连打开眼帘的勇气也没了。她甩开王村的手，愤愤地说："你走吧，我休息会儿。"但王村却容不得她任性，像老鹰抓小鸡似的将她提了起来，戏弄似的说："别装了！我知道你没事儿。"

乔英子一边跟着王村往外走一边追问说："你咋知道我没事呢？我就是有事，我头晕，晕死啦！"

王村说："得了吧，刚才我听了你的心脏，跳得欢着呢。"

乔英子这下全明白了，原来王村这个愣损还真拿自己当医生了。但这样问题就大了，她刚才可是抱着人家脑袋动情地揉了半天呢，并且还半真半假地哼哧了半天，哎妈呀，真是羞死人了。

他们拉拉扯扯地冲出侧门，被正午的阳光迎面一灼，乔英子还确实有些晕眩。她不想再看见王村，更不想再看见外面所有的一切，甚至认为此刻的这轮骄阳，包括骄阳下的树木、水和广场，都见证了她刚才丢人的一幕，她感到无地自容，真想找个缝隙钻进去。

她手搭凉棚，径直向不远处那棵老槐树跑去，见刚才坐过的那张条椅依旧空着，便坐了下来，再度闭上眼睛，听见王村跟过来，便愤愤地说："你去吧，不要跟着我，这大白天的让别人看着还以为咋回事呢？"

王村说："怕啥？咱这叫身正不怕影子斜，再说了，这里离宁夏隆德和甘肃静宁还远着呢，你就是当街跳艳舞也没人认识你。"

乔英子苦笑了一下说："嗯，你可别忘了，冯师傅马上就到。"一提到冯师傅，她立刻便反问自己，提他干啥？他是静宁人不假，但静宁说大不大说小不小，人也多了去了，在乌驼镇他们算是老乡，但回到静宁后也只有王村才是，更别说她自己的家还在宁夏隆德，虽然毗邻，但却隔着省呢，打个电话还得交长途话费。退一步讲，即便冯师傅真想传闲话，也绝对传不出那么远，更何况有关他俩之间的事儿，最怕冯师傅知道的应该是王村，而不是她乔英子。他俩有啥事？她又一次问自己。说真的，曾有好几回一想到与王村的关系时，她都想撕破脸皮大胆地冒一次险，或故意露破绽给冯师傅看，好让消息尽快传递给王村的女人，最好是那女人的气量特别小，听完后能风风火火地打上门来，那样，一切都将从暗处走到明处，说不定他们双方的婚姻也会因此而重新洗牌。

但是，她现在却不想让冯师傅看到什么了，她认为王村并不想要她，况且他们之间并没有真正发生什么。刚刚算是个小小的测试，但测试的结果已足够说明一切。或许他就是那种有贼心没贼胆的男人，当缩头乌龟的真正原因是他根本就不想抛弃家庭，所以才怕被她黏上。与其这样，倒不如来个清清白白、一尘不染的好。

王村是有耐性的，而且他第一次发现自己这么有耐性，不管乔英子如何耍性子，王村总是满脸堆笑，好像乔英子的数落是在表扬他似的。他非但没走开，而且还一屁股坐下来。乔英子睁开眼睛，吃惊地说："咋还不走？"

王村嬉皮笑脸地说："走哪里？"

"爱走哪里走哪里，只要不在我面前出现就行了，赶紧的，消失。"

王村说："别这么绝情嘛，等会儿冯师傅来了，我请你吃饭，请你喝酒，给你顺顺气，压压惊咋样？"

乔英子不屑地一扭头，喊了一声说："拜托！我本来就没惊着，压啥惊呢？再说这大中午的，喝的哪门子酒呀？想让我陪你吃饭就明说，还绕这么大弯子？"

王村说："好好好，是请你陪我吃饭，行了吧。"

"凭啥要我陪你吃饭？我不去！"

"凭啥？就凭咱俩的关系。"

"咱俩啥关系？"乔英子脖颈一伸，两只眸子像两潭轻风扫过的秋水，对着王村一直忽闪。王村又卡壳了，他不是关键时刻掉链子，而是这事儿也的确难以回答。说情人他不敢，怕乔英子不接受，而一旦他们之间的关系既成事实，他担心乔英子会得寸进尺地讨要说法。这不，还没怎么着呢？就已经迫不及待了。

王村的表现令乔英子的心头再度结冰。就他们之间的关系而言，她认为王村至少有两个可选答案：一是老婆，这话听起来像句戏言，更不用承担什么；二是情人，这也符合目前她俩的关系。但王村却说："咱可是最好的朋友，这不明摆着嘛，还用问？走吧。"

乔英子被王村搞得欲哭无泪。她有点委屈，觉得彻底被"朋友"二字给绑架了。乔英子沉默了，她不想再辩驳什么，但心理上的反差与失落是巨大的，像是在梦里吃着满汉全席，醒来却是一桌子棒子面窝窝头，而且她还得装作喜出望外，违心地说："味道好极了。"

嗯，老滑头，算你行，我倒要看看，你老家伙还能扛多久？乔英子强颜欢笑，顺口说："对着呢，朋友，朋友难得，那么走吧。"

二十八

　　这个星期六的夜晚与之前无数个夜晚一样，都了无新意，外加乱哄哄的街巷和流动着的一张张陌生的面孔，更能给离乡人的心头种下难以摆脱的忧伤。

　　地中海鲜虾蟹餐厅是老郝喜欢光顾的地方，但这里的消费标准并不适合王村和马兴，不过话又说回来，人家档次高，菜品以及服务质量都在那摆着呢。他们点了四道菜却只有一道荤的，不过素菜的味道也相当不错，再说能在这种餐厅吃四个菜，倒也不算丢人。用完餐他俩还一同上了回洗手间，在并排小解时马兴说："看来，咱哥的品位是越来越高了，哎哥，你是咋知道这家餐厅的？常来吗？"

　　王村听出了马兴的弦外之音，认为马兴这家伙肯定在埋怨他背地里吃独食。他自嘲地笑了笑，反问道："常来？我的钱可不是用弹弓打来的，是老郝经常在这里吃饭，我偶尔作陪，跟着沾点光罢了。"

　　"我就说嘛。那咱哥俩现在去哪里？"

　　"去哪里？吃饱了喝好了，各回各家呗。"

　　马兴说："我还不能回去，我怕带着酒气回去又要被老妈收拾。"

　　"不就喝个酒吗？收拾啥？又没喝醉。"王村说。

　　马兴说："老妈老了，不太能接受。"

　　王村不好意思地说："抱歉，老弟，我还真把这茬给忘了，哦对了，前些天你不是有事要跟我说吗？刚才吃饭的时候周围人多，我没敢问，正好，咱找个地方聊聊。"

"嗯，这主意不错，"马兴说："乌驼镇这鬼地方一天一个样，咱平时都忙，只顾着手里的活计却忽略了身外的一切。咱们就顺着上次登乌驼山的路径再走一遍，一是我想看看现在沿途都变成啥样儿了，二来呢，也顺便遛遛腿，醒醒酒，这三呢……"

马兴太啰唆了，王村不耐烦地催促说："别三了！走吧。"

乌驼镇的夜晚并不消停，有些地方灯红酒绿，而有些地方仍在施工。有时候人和车辆在街道上行进，搭吊的吊臂就会从头顶上横扫而过，甚至还会从吊罐里洒下几滴水泥砂浆，让你不得不冲天空骂上几句脏话。

他们的脚步看上去漫无目的但又有明确的方向，一路上不停地说着话，却没有任何的中心议题，只是些杂乱无章的来言去语。凭着含混不清的记忆，他们复制着上一次的路线，但目光能捕捉到的，心灵所能感受到的，均是陌生的世界和陌生的人流。那一条曾被失足妇女占据的灰色老巷子已经不见了，变成了各自为战的工地，上面已竖立着好几台塔吊，工人们正在加班，打桩机的声音沉闷而凌乱。恍惚间王村想起了哈闰平和那帮江湖文人，在他们当中，他还是更看重哈闰平一些。哈闰平很久都没跟他联系了，虽说他心里时常牵挂，但考虑到作家的职业本就与众不同，性情又大都捉摸不透，尽管他们曾有过一段交往，说不定眼下这哥们正隐匿起来写他的大作呢，所以才没顾上与他联系。

坐在乌驼山的半腰上，王村顿时眼前一亮，不变的群山、善变的人间灯火令他感慨万千，俯瞰乌驼镇全貌，总有种因瞭望而产生的美感和快感。他每天都置身其中，却不知镇子的轮廓会以如此惊人的速度向外拓展，与年初他看到的确实是另一种景象。他禁不住自言自语，兴奋中总在复述一句话："天哪！咋会这么神奇？简直难以置信啊。"

马兴说："这很正常，最近电视上广播里不是经常说中国速度吗？这就是中国速度，哦对了，我听陈妍说，乌驼镇撤镇建市已经有一些眉目了，估计年底前就能批下来。"

"撤镇建市？"王村似乎有些将信将疑，他说："怎么听着就像天方夜谭呢？我好像只听说过撤县建市和撤区建市，从没听说过撤镇建市，这不扯呢吗？"

马兴说："这是陈妍亲口告诉我的，所以我看差不多，听说这个是以人口规模和经济规模来论的，乌驼镇本来就大，人口也接近三十万了，再加上周边的四个大型煤矿都相当于科级单位，归乌驼镇管，不就等于是科级单位在管理科级单位吗？当然了，就算乌驼镇建成直辖市也与你没啥关系，对吧哥？咱换下一个话题。"

王村说："嗯，是跟我没多大关系，不过听口气好像跟你有什么关系似的，这半天你左一个陈妍又一个陈妍，老实交代，陈妍到底是何方神圣？"

"她是……"马兴欲言又止。

王村指着马兴的鼻子说："你有事瞒着我，说！咋回事？"

马兴叹了口气，难为情地说："她是我找的对象，也是我的一道难题。"

王村说："啥时候的事？"

马兴说："就是你回老家收麦子那段时间，之前我不是包了点学校的维修活嘛，陈妍就是那个学校的老师……"

"那后来呢？"王问。

"后来我们就在一起了，我爱她，真的。"马兴说。

王村撇了一下嘴，再次将目光投射到山下的乌驼镇，他没有祝贺马兴，也不想再说什么，因为马兴爱过的姑娘太多了，所以这个"爱"字一从他嘴里吐出来就直接贬值了。

"我这次是认真的。"马兴信誓旦旦地说，"我从来没对哪个姑娘这样认真过，但这次不一样。"

王村将目光收回到马兴身上，轻描淡写地说："难得啊，那你打算咋办？娶她吗？"

马兴苦笑了一下说："我刚才说过了，我是认真的。不过，感情、婚姻，不是认真就能够成就的。哥你是过来人，经历的事情也比我多，我太难了，所以就想跟你说说，请你替我分析分析，然后给个建议，拜托了哥。"

尽管马兴的话说的就跟真的一样，但结合他一贯的作风，王村仍感觉有点虚，所以他没做回应，只随口来一句："啊！刚才走得急了，咱应该再带几罐啤酒上来。"

"你到底听没听我说话？"马兴突然驻足问道。

王村回过头来说："听着呢，就是没听清，再说这不是好事吗？你还唉声叹气的，快走吧。"

马兴紧追两步说："怪我，没有表述清楚，我现在的心情和处境，就跟眼前这乌驼镇一样，黑暗和光明参半，混乱中又蕴含了希望，我不知道该如何抉择。目前的我，就像个胆小的泅渡者，往前走怕掉得更深，怕被生活的深渊淹没，退回来吧，又不甘心，更多的是，我根本就不能说服自己，让自己后撤。"

王村更糊涂了，他越听觉得马兴的口才长进了不少，但话都不着边际，甚至像年迈的老太太在念叨先喂鸡还是先喂鹅那样令人心烦，他听不下去，所以截断了马兴的话，反问说："到底怎么啦？你这半天嘟嘟哝哝，等于啥也没说。"

马兴沉默了一会儿，似乎是在调整自己的表述方向，最终他清了几下嗓子，说："好吧哥，那我就直说了，就是陈妍，我们好上了，不过我先声明，绝对不是过去那种随随便便的好，是相爱，是要成家的，你明白了吗？"

"我明白了，你说，然后呢？"王村问。

马兴说："哥，你是想问我现在怎样了对吧？我这不正说着嘛，现在，我好像被撂在半坡上了，上不去也下不来，很纠结，简直是进退两难、苦闷不堪，我真的累了。"

"你们都见过各自的父母了吗？"

"算见过吧，她来过我家，也和老妈见过面，搭过话，但是她家里我还没有去过，是她死活不同意我去。"

"为啥？总有个理由吧？"

"她一直都推说时机还不成熟。"

王村冷笑了一下说："兄弟，我现在最担心的，是你会不会最终当了冤大头，告诉我，你给她花钱了没有？"

马兴说："这还用说吗？我上半年挣的钱几乎全都顺手扬了沙子，给她买首饰，买衣服，买高端的手机；周末还得带她逛街，看电影，我现在，纯粹挣一个花俩，来的不如去的快，仅剩的，也就是银行里那几个原本就不属于我的可怜的存款，那是给老妈存的，打死我也不敢动，她都这把年纪了，病啊灾啊的在所难免，说个不吉利的话，万一哪天她头往北一躺，你说我拿什么往出抬？"

"说完了吗？"王村沉下脸，不客气地问。

"没有。"马兴说，"尽管这样，拥有她我仍然感到很幸福，如果失去她，我可能会选择从这座山的山顶跳下去一了百了。"

王村又是一整沉默，他觉得现在的马兴不光是执迷不悟，而且还病入膏肓，所以他一时也不知该如何劝说，如何开导。但他有决心把马兴从迷途中拉回来，而且这事迫在眉睫，他绝不允许自己身边再出现另一个万林。

"你也觉得很难吧？"马兴说。

王村说："是啊，看起来很难，不过只要你愿意听我的，这事儿，它就会变得简单。"

马兴急切地表示说："我听！哥你说。"

王村说："那就好，你现在正站在岔路口上，只是向左或向右的问题，选对了方向，一切都好，也就是说，还没到穷途末路的地步，我的意见是，分手，而且越快越好。"

"哥你搞搞清楚，她可是在编的教师，而且女人味十足，搁你，你舍得吗？"

"我舍得！"王村说："换作我，我肯定舍得，因为她并不是我的菜，而你呢，好像也不是特别地爱她，你爱的也许是她的职业，她的身份，除过职业和身份，其实她和其他女孩没什么两样，最关键的一点是，她的职业和身份原本与你没一毛钱关系，因为你的身份根本无法与人家匹配，假如你们调换一下，或许爱情还可以继续，即便是婚姻，也照样可以维持，但是生活，它没有假如。"

　　马兴将脑袋往两膝中间一夹，好像思维也被夹在一扇绝望的门里，没再有上应下答。

　　王村拍了拍他的肩膀，安慰说："兄弟，咱可都是男人啊，你哥我栽的跟头有多少你大概也知道，但我认孬了吗？向命运低过头吗？你记住，不是你的菜，千万别动筷，动了，你就得买单，就算那个陈什么的也对你有情有义，但现实终归是无情的。再退一万步讲，就算你们能克服重重阻力，最终幸运地结了婚，但你们所谓的爱情在油盐酱醋的坛坛罐罐面前，照样会脆弱不堪。醒醒吧，我的好兄弟，毕竟你还年轻，还有着大把的机会。"

　　马兴终于从两膝间抽出脑袋，有气无力地说："哥，你说得对，但这也太难了，想着都揪心，更别说做了，我试试看吧。"

二十九

这些天王村的心里一直在打鼓，他不光脸上愁云密布，心里头也矛盾重重。更糟的是，他心里的病根没逃过乔英子的眼睛。乔英子机灵着呢，知道他顾虑重重，想得太多，因此才放不开手脚，而那种看似水到渠成的事儿，他不但不敢做，而且连言语上都吞吞吐吐、小心谨慎，只有喝过酒之后，才会或多或少地向外流露一点。乔英子清楚地记得，上次王村曾问过她身高是多少，她说一米六，而王村的回复却是：哦，我女儿一米五九，都快要追上你了。

现在看来，王村是话中有话，就是在旁敲侧击地提醒她，好让她做好心理准备，因为他家里有个与她差不多一边高的女儿。即便她当了后妈，往后她生活的圈子里是有天敌的，这日子恐怕也不好过。

经过一番分析之后，乔英子差点就理解了王村，这就叫矛盾的人生，她知道，目前王村也确实处在两难的境地，在这种情况下逼他是没用的，或许还会适得其反，让他们的关系变得更糟。

确实，在王村心里，乔英子不但人品好而且还长得好，这一点是绝对肯定的。如果乔英子是个自私又爱慕虚荣的女人，拥有这样的姿色，恐怕早就挣大钱去了，哪会有他现在的机会。有时候王村甚至认为自己就是在浪费资源，一位如此漂亮、可爱、喜欢喝酒的女人，又从不设防，如果将其灌醉，便可以轻松解除她的武装，于是他决定今天不再限制她，让她开怀畅饮，即便喝倒了，不是有他吗？做君子做小人不全由他选择吗？

他点了很多菜，几乎是摆了一桌子。他这个连快客车票都嫌贵的人，却在乔英子面前大方了一次。服务员说："二位还要啤酒吗？"王村笑了笑说："那必须的，还用问吗？"服务员瞥一眼乔英子，脸上一紧说："请问拿几瓶？"王村说："先上一捆吧。"说完，便顺势打量乔英子的反应，他认为这一捆啤酒的分量足以让女人紧张，但乔英子表情依旧，神态依旧，就像秤杆上落了一只蚊子，没一丝反应，王村想：行！那就喝吧，喝醉了再说，还是那句话，做君子做小人全凭他的定力。

乔英子一口气地做完"前戏"，或许是一种习惯，在不经意间她便完成的打瓶盖、洗杯子、斟满酒的套路。王村仍看得入神，就像初次见到这等手艺，仍禁不住感叹说："天啊！这也太精彩了，在你这番表演的作用下，怎会有不醉的男人呢？怪不得我最近的酒量一再攀升呢。"

乔英子笑盈盈地说："那你就多喝点，别枉费了妹子的手艺。"

王村说："那你陪我喝吧，咱们今天就不醉不归。"

乔英子说："行啊，只要你愿意，咋都行。"

一男一女喝酒，自然是对对碰，但在倒酒时王村却一直强调，让乔英子给他倒满，她自己随意。

酒过三巡，菜过五味，王村已达极限。加上菜点多了，实在无处盛，最后他的肚皮就像吹胀的气球，鼓鼓囊囊，连上了好几次厕所。剩三瓶啤酒时他再度告急，憋得龇牙咧嘴，脸上也实在挂不住了。

在这点上，王村明显是高估了乔英子，她连晕车需要吃药调理也不知道，所以她更不会知道尿频是肾亏的表现了。

果然乔英子不解地问王村："你是不是肚子不舒服啊？"

王村说："嗯，是有点疼。"

"那就去卫生间吧。"

王村像等到了一声令下，忽地拔起身，再度从饭桌上消失。

等再次回来，桌面上只剩下最后一瓶啤酒了，这说明他走后乔英子是一次性打开了三瓶酒，另两瓶早已经下肚，而且她正四平八稳地对最后一瓶酒大开杀戒。这一幕更令他羞愧难当，很显然，今天的对决他又输了。他实在不知道往后的日子里乔英子还要再带给她多少意外，还要再让他输多少次。刚才看着卫生间里的镜子，他看到自己这张脸跟火烧云似的，他用冷水泼脸，一时有了些好转，可现在又变回初升的太阳。他还得硬撑着说："好了，你也给我留点儿，别全喝了。"由于那一丝可怜的自尊，王村才说出这些故作姿态的话来。乔英子没理他，只是一手拿着杯子，一手举着瓶子，淅沥沥地倒着酒，调皮捣怪地说："咋！这餐厅里没酒了吗？"

王村又倒吸一口凉气，他鼓了老半天的劲，才言不由衷地说："嘿嘿，我这不是关心你，怕你喝多了嘛。"

乔英子剜一眼说："喝多？"本来她想说我怎么会喝多，但又将话锋一转说："你们男人不都希望女伴喝多吗？再说了，喝多了多好啊，喝多了你可以为所欲为地占便宜啊！"说完后一仰脖子，又是一杯。

王村赶忙将所剩的半瓶啤酒分别倒在两个杯子里，说："今天已酒足饭饱，干了这杯咱就撤吧。"但乔英子却瞪着眼睛说："拿酒呀！"

王村觉得他俩喝得差不多了，于是劝道："行了，想喝以后再喝，喝多了真的很麻烦。"

乔英子说："我没有喝多，你咋知道我喝多了呢？"

王村无奈，只好抹下脸说："我知道你没喝多，是我喝多了行吗？"

乔英子指着他的鼻子，笑了笑说："嘻嘻，你承认啦？"

王村点点头，打了个饱嗝说："我承认……酒量不行。"

"好，承认就好，那咱走吧。"

买完单，王村便殷勤地想顺手扶一把乔英子，但是被拒绝了，乔英子一甩胳膊说："用不着扶我，你自己能走回去比啥都强。"但不论怎么看，王村都觉得乔英子醉了。凭以往的经验，但凡喝醉的人都不会说自己醉，乔英子当然也不例外。尤其在他面前，乔英子肯定会硬撑。

见王村处处担心自己，乔英子心里倒是暖暖的。她本来想说，哥，谢谢你，我真的没醉，其实你根本就不了解我，想把我弄醉的男人还没出生呢。但转念一想，又觉得不能这样做，再说她今天不光是特别想喝，而且还特别想醉，她告诉自己，即便喝不醉也得装醉，不然这酒不就白喝了吗？她倒要看看，把不省人事的自己摆在王村面前会有什么样的结果？于是她装出三分醉意，身子摇摇欲倒，一出餐厅便声嘶力竭地唱起歌来，并引来了一路的围观。

王村又开始犯愁了，乔英子是真醉了，但她离不省人事还早呢，她还会折腾，甚至这一路都会这样。而且更令人头疼的事情还在出租屋里等着呢，他料定进屋后乔英子还会有更极端更出格的举动。倘若乔英子借着酒劲孤注一掷，三两下扒光衣服他又该怎么办？他一边走一边盘算，最后干脆问自己，你准备好了吗？而另一个自己却回答说：没有。

乔英子的居所是前些天刚租的，之前她和灶房里做饭的女人一起住在工地，主体完工后工地上仅剩她一个女人，她倒是不害怕别的，只怕有人说三道四，毕竟这里还有王村呢，孤男寡女的，免不了会成为故事或议论的焦点。她不怕成为故事，只怕成为悲惨的没有结局的故事。所以她才决定租房另住。好在，这里离主街远，但却离工地很近。

这是由一个大院子分割成的无数个小院子里的一个院子。很紧致但不乏精致。院门和院墙都是用小方管焊成的篱笆造型，院门居中，进院后是一条仅有一米宽的青花砖铺成的小路，左边一侧种着两架番茄，右边一侧种着芍药花。王村被这月色下的温馨陶醉了，同时也夸赞说："你厉害。"

乔英子眯缝着眼睛说："我厉害个辣子呀！这是之前的租客种的，我呢，顶多算是个接收者，只是坐享其成罢了。"

屋子的大小决定着院落的大小，所以屋内空间狭小的程度王村在外面就已经预料到了。这是个一间半的格局，进门是一大间，前端大半作为客厅和卧室的集合体，后边隔出的一小半做了厨房，边上的另一间分属两家，一半是她的卫生间，另一半估计是别人家的卫生间。

眼前的环境太容易诱发出轨了，特别对他俩现在的状况来说是躲不过去的。但是王村觉得他还没做好背叛的准备，他像个负重前行的挑夫，担子两头一样沉，所以他决定就先这么挑着，至少还能往前走，若偏向了哪一头的话，对于他这个挑夫来说是极其危险的。

她将乔英子放到了床上，还帮她脱了鞋，但是在这一过程中，乔英子就跟个死人似的，一动不动。在王村看来，她这种表现也符合深度醉酒的特征，不过这样也好，至少他可以借机抽身，因为乘人之危的事儿他还是做不出来。

实际上乔英子醒着，这一切都是装的，她认为前期的铺垫早已经做够了，该撩的她也撩了，该说的也说了，这最后关键的一步应该由王村选择。但王村选择了逃跑，他为乔英子倒了杯开水，轻轻地放在床头柜上，然后轻手轻脚地溜出门，闪了。

三十

第二天上午乔英子没来工地，这也在王村的意料之中，于是他笑了一下，嘲弄说："嗯，头不疼才怪。"

他又将冯师傅叫过来交代说："你中午就不用来接班了，白天缓好精神，晚上多留心。"冯师傅斜着眼睛，手扶着自行车把，好像有什么话要说，却又一副难以启齿的样子。冯师傅是王村老婆张玲的表兄，人很老实，平时话不多，听说一辈子也没出过几次远门，即便在老家，他也只认识四道田埂，连家门前短暂的打工经历都没有，但这次千里迢迢地过来，而且是突然间降临在乌驼镇汽车站的。当电话打来的那一刻，着实令王村吃惊不小，他深感意外的是，这位表兄竟然没有走丢，而他的顺利抵达，又将王村置于左右为难的境地，因为他不单身形笨拙，思想迟钝，而且工地上的活计一样都做不了。再加上王村并不傻，他知道这出戏是婆娘导演的，没想到，如今的婆娘都聪明到如此地步了，问题是你安插眼线也该找个沉着机灵的，表哥是老实可靠，但我若对付他，还不跟耍着玩似的。

冯师傅走后，他在不远处的凉亭里坐定，一边抽烟，一边担心乔英子。他无法想象，当一身酒气，醉意蹒跚的女工出现在工地上，将是个什么样的情景，至少会衍生出很多的不协调来，让人看着难受。他认为就目前而言，乔英子旷工也不算坏事，反正工地上这些鸡零狗碎的活计也干的差不多了，唯独不好的地方在于，她多睡一天就少挣了一天的工钱。但他估计乔英子顶多睡上半天，有一上午的时间，她的酒劲也就过去了。

王村自以为聪明，但他却没看出乔英子昨晚并没有喝多，或者说她喝得够多但就是没醉，那些连前带后的言行都是装出来的。等王村将他放到床上转身离开后，她才知道自己犯了个战略性的错误。很明显，对于王村，对于他俩之间关系的发展，毫无疑问她存在着误判。将选择权交给王村，他选择了逃离，这结果太让人寒心了。早知道是这样，还不如趁着酒劲主动进攻呢，男人再有定力，再怎么君子，也得看遇上什么样的女人和什么样的手段了，况且她从不怀疑自己在王村心里的地位，王村缩手缩脚，是因为火候不到。

乔英子也懂得举一反三，之后便有了新的谋划，不论怎样，王村这盘菜她吃定了。于是她一骨碌翻起身，将自己收拾妥帖，准备为爱情进行下一轮博弈。

临近中午时乌驼镇的气温在逐步升高，连枝头的麻雀们都扇动着翅膀，张着大口，吃力喘着粗气。四周无风，令王村烦躁到直想发脾气，首先，他觉得工地目前的状况已将他放在了难处，加上照看工地的冯师傅在内，共有三个人在吃闲饭，尽管这笔不合理的开支是由老郝买单，但老郝的钱也是东跑西颠、劳心费神挣来的，即使往出掏，最起码也得值当。他给老郝打了个电话，问他啥时候回来？技工找得怎样了？材料办齐了吗？

老郝说："挨求呀！天天催，我好不容易来趟南方，你就不能让我安心地玩上几天呀？"

王村不相信这些话是出自老郝之口，甚至怀疑老郝的手机丢了，被别人捡到了，他说："我是不是打错电话了，你是谁？"

那头说："你难道连我的声音都听到出来吗？挨求！"

也是，这种骂人的语调，还有这独具一格的公鸭嗓子，恐怕他认识的人当中除过老郝再也没谁了。但对于工地上的事儿，为何老郝会心不在焉呢？王村说："我找的电焊工目前手上有活呢，得等到下周一，那边完工后才能过来给咱焊钢架，眼下工地上也没啥可干的，要不我和小乔就先放假算了。"

老郝说："小乔可以放假，等开工了，她愿意过来干我们照常接纳，她想另谋高就也行。但你不能放假，工地上有你镇守我才能放心在这里游玩，只要你人在乌驼镇一天，我就会保你有一天的工资，这样可以了吧？"

"游玩？我的哥啊，我这边都急火攻心了，你的心咋就这么大呢？"王村埋怨道。但老郝却教训说："还急火攻心，我都不急，你急个锤子呀？"

王村说："我可以像你一样淡定，但是工程还撂在半坡上，你总得给我个淡定的理由吧。"

"要理由是吗？行。"老郝说："依照合同规定，主体完工后发包方要付清咱百分之五十以上的工程款，但现在并没有达到百分之五十，所以我想晾晾他们，如果公园管委会的来催，你就说没钱进材料，只能停工，明白了吗？"

"我明白了。"王村说。

"那就好。"老郝说："你现在的任务主要就是把自己钉在工地上，只要你在，我心里就有底，至于活嘛，也就是焊钢架的事儿，赶我回去前你把它解决掉就行，若实在找不上人的话也不要着急，好了，我在游西湖呢，拜拜。"

这下王村全明白了，原来老郝是在变相地要挟发包方，目的是要钱。现在难办的是如何打发乔英子，对于老郝和他的工程而言，乔英子的去留影响不了什么，只不过对王村来说有一定的复杂性，所以他觉得有些棘手，甚至还难以言说，幸好，乔英子自那晚喝酒之后再没有现身，她不来，王村倒轻松了许多。

王村意兴阑珊地在公园里踱步，看什么都烦，都觉得索然无味，只有因饥肠辘辘衍生出来的油泼辣子泡面的味道才是神一般的存在。他加快了步伐，以最快的速度从门口超市买来泡面，烧了开水，在等待泡面泡软的间隙给哈闰平打了个电话。他确实会经常想起这位文人兄弟，这得益于他们曾经相处得很好，不过这次想起哈闰平却不全因为思念，而是他打算用车，想借这次停工的机会约几个朋友去攀登四百公里外的大青山。他让哈闰平来公园一见，哈闰平如约而至，他有车，就在王村吃完那桶泡面的功夫就到了。

但是短短两个月没见，哈闰平的身份已不可同日而语。他告诉王村说："大哥，人生啊，只要努力了，付出了，总会有回报的一天，因为你的勤奋上天可鉴，这就叫苦心人，天不负。"

王村眨巴着眼睛，却没听出这段话所表达的意思，他尴尬地撇了下嘴，边起身边说："我给你沏杯茶。"哈闰平却示意他坐下，哈闰平说："茶我就不喝了，我很忙，单位上还有一堆事儿等着我做呢。"

"单位？"王村不解地问道："你刚才说单位？"

"是的。"哈闰平怡然自得地说："我现在被聘到文化站工作了，是站长，不过我手下只有一个兵，但好在有独立的办公场所，不像文协，就一个主席住会，还依附在文化宣传科办公。"

王村有些失落。他明确地意识到与这位朋友之间已有了隔阂，他们的层次已完全变了。他倒是没变，但哈闰平已变成了公家人，相信往后不论说话还是做事，都将一改从前。总之，即便仍做兄弟，也免不了半真半假。这是他内心最真实的想法，也是最客观判断，当然他也不认为哈闰平有什么问题，甚至还由衷地为他高兴，毕竟人往高处走，吃谁的饭，跟谁转，不论将来如何，他都能够理解。他主动与哈闰平握了手，记得刚进门那会，他并没这么做，因为他的这些兄弟大多都直来直去，无须这样的客套和仪式感，但现在他想补上，他握着哈闰平的手说："恭喜你，老弟，以后发达了，可不能忘了我这个老哥。"

哈闰平脸一红，忙说："发达啥呀？就一个聘用干部，每月不到两千块钱的工资，至于前景，也没什么保障，依我看，还不如跑车和打零工轻松，只不过这种局面正合我家那位的心思，女人嘛。"

王村迎合说："这不光是女人，就连我也同样认为公家饭好吃。"

哈闰平一撇嘴，无奈地苦笑，继而将话锋一转说："哦对了，哥，你找我来，是有啥事吧？"

王村说："没有，就是好久不见，想你了。"他觉得现在不适合将之前的打算说出来，因为如今的哈闰平已不是从前那个让他呼来唤去的黑车司机了，权力大小且不论，但是再不济人家也是个代"长"的人物。

哈闰平说："是啊，我也想你，想大伙儿，那这样吧，等下月初发第一笔工资了，我做东，请大家聚一聚，毕竟是我这边起了变故，怎么着也得给兄弟们一个交代。"

看着哈闰平远去的车影，王村感慨万千，或许这就是所谓的"水无常形，人无常态"吧，人总是会变的，不懂变通的才是傻子。总算又出息了一个，这是好事，尽管他料定自己势必会少一位朋友，但他仍由衷地祝福了哈闰平。

三十一

　　这一年来马兴是疲惫的，他的身心，已成为苦恼的载体，而这些苦恼又是他自己拼命搅在身上的，所以怪不得别人。眼下他开始后悔了，他甚至觉得年初就不该来乌驼镇。如果不来这里，他就不会认识陈妍，自然就摊不上这么多麻烦。

　　陈妍是他的心病，现在看来，还是个麻烦制造者。陈妍就如同一团乱麻，而且越揉越乱，近期他甚至都害怕见她，但是又不能不见，这就是他的软肋。他希望在见面后能听到令他心花怒放的消息，又怕她提出让他难以接受的条件，所以走进清水公园的时候他一直魂不守舍。这是他们定好的地方，他们好久都没在一起了，不是他不想，而是陈妍的兴致不高。

　　与过去一样，还是他先到。他蹲在一片衰败的郁金香花田边等她。扫秋的天气，考验着他的抗冻能力，这时节的衣服不好搭配，穿厚了提不起精神，穿薄了就得挨冻。他心焦地抱着膀子，一眼望去，公园里凄凄惨惨、人迹稀疏，脱去部分叶子的白杨和针松的枝条沐浴在软绵绵的秋阳里，很快便带给他一种别样的伤感。

　　陈妍的身影越来越近，她穿了件韩版的长风衣，这与她平时的风格大相径庭。见到马兴的那一刻，陈妍的目光有些异样，似乎感觉到今天少了点什么。这也难怪，过去每一次相见，马兴都或多或少、不论贵贱地买个礼物，至少，也得举一束鲜花，但今天他却两手空空。马兴是刻意的，他不想再惯着陈妍，自从陈妍对他母亲表示不屑的那一刻起，他就对他们的关系有了新的审度，也就是说，陈妍并不打算接受他的全部，而他的老妈又是他生命重要的组成部分，要让他从中做选择，他会理所当然、毫不犹豫地选择老妈。所以他来前已打定主意，他必须将球踢回去，让陈妍做抉择，反正老妈是个底线，她看着办。陈妍仍阴沉着脸，每次她都是这样，都是一副讨债者的表情，马兴得使出浑身解数才能让她的面容得以舒展，但这次马兴啥都没做，就一直陪着她沉默。最后，还是陈妍憋不住了，剜了他一眼，没好气地说："怎么，嘴让驴踢啦，一句话也不说。"

马兴也冷漠地说："你说吧，我听着。"

"我怀孕了！"

马兴猛地调转头，目光狐疑地落在陈妍身上，老半天才努出一句："真的假的？"

陈妍又剜了他一眼，然后垂下头看了看自己的腹部，叹了口气说："我倒也希望是假的，是医院搞错了，但命运就这么捉弄人，他来得太不是时候了。"说完后陈妍便扭过脸，从背包里掏出纸巾。

马兴惭愧地低下头，以掩饰自己的尴尬与懊悔。他想到了一个月前自己的卑琐行为——拿大头针将避孕套扎了洞，这件事让他抑郁至今，仿佛亲手在自己心里打了个结，但他又觉得除此之外再没有更好的方法，为了拴住陈妍，他只能这么做，也只有这一招，才能让陈妍在考虑与他分手时有所顾忌，现在看来，被拴住的并非陈妍，而是他自己。他连清了几下嗓子，试探性地问了句："你打算咋办？"

"什么叫我打算咋办，看你这话问的，好像跟你没关系一样。"陈妍没好气地说。而马兴仍懊悔地垂着脑袋，他想扇自己耳光，但是手抬到一半又无奈地放下了。这孽毫无疑问是他造下的，只是手段、细节和目的却难与人言，尤其不能让陈妍知道，否则他这辈子都无法在女人面前抬起头来。他说："咱商量一下，看这样行不行？依咱目前的条件，无论如何都不适合生孩子，那就找个好一点的医院，做了吧。"

"啥！"陈妍猛地跳起来，指着马兴的鼻子，眼睛里闪着失望的泪光。

尽管她一直认为与马兴之间的恋爱是一时冲动造成的恶果，对她来说，快乐幸福的时刻少之又少，但对他马兴来说何止是祖坟冒了青烟，简直是祖坟爆炸的节奏，可他呢？

马兴的表现确实令陈妍感到意外，她本想扇他，但转念又觉得目前他们并没结婚，施以家法也该是结婚之后的事情，现在逼得太紧恐怕会适得其反，于是她又气呼呼地坐下来说："马兴，我可真是小瞧你了，我原本以为，这意外的珠胎暗结对你而言是根救命稻草呢，没想到你反其道而行啊？行，算你狠，但我告诉你，这娃我要定了。"

马兴也像先前的陈妍那样，被惊得一蹦子跳了起来，但他很快又觉得陈妍在拿他开涮，便赔上笑脸说："别闹了，我知道你说的气话……"

"我没心情跟你闹，这是我真实的想法，是经过深思熟虑的，即便和你分手，我也得把他生下来。"

"为啥？"马兴问。

"不为别的。"陈妍说："就因为他是你马兴的种，我是这样想的哈，如果生个男娃，如果他像你，将来是不是很帅？"

马兴说："哦，然后呢？"

陈妍说："然后，该咋办就咋办呗。"

"咱说点正经的有用的行不？"马兴说。

陈妍忽闪着大眼睛盯着马兴看了好久，又温情地往他身前靠了靠，说："事已至此，咱们就结婚吧，既然这孩子怀上了，就说明这是天意，这命，我认了。"

确定了陈妍不是在开玩笑之后，马兴彻底蒙了。他觉得自己这一年太难了，简直是一步一个坎啊，自从认识了陈妍，就没有顺风顺水的时候，好不容易放下了，这又来个挡路的，报应啊？但他仍不相信陈妍会一条道走到黑，再说从以往的情形看，她也没那么大的耐性，首先这不光是他们两个人的事，而是牵扯着两个家庭，特别是她的父母还有七大姑八大姨们，其中她姐姐两口子就是最难闯的关口，一想到这些他脑瓜子就嗡嗡的。看他一筹莫展，陈妍反过来安慰说："我知道你有压力，但你是男人，关键时刻得挺直腰杆，担起责任。"

马兴的双手一直死死抠在头发里，听完陈妍的话后才慢慢松开，他也突然觉得自己作为男人确实不该这样，不就是分手的图谋被粉碎了吗？是福不是祸，是祸躲不过，但他就是不相信刚才的那个理由，他的基因有那么重要吗？他是长得可以，但并不稀缺，所以陈妍的话并不可信，他说："宝贝，你能说句真话吗？告诉我，你执意留这个孩子，到底为什么？"

陈妍说："好吧，首先呢，我确实想生个和你一样的宝宝，再者呢，我父母虽也都是乡下人，他们很传统，认死理，而且都上了年纪，身体又不好，倘若知道我怀了孕做了人流，那就是晴天霹雳，会死人的，你知道不？"

"至于吗？"马兴说。

陈妍说："怎么你还不信是咋的？不管你信不信，这对你来说，无疑是一次机会，你要想把握这次机会的话那我就退一步，跟你对付着过了。不想把握也没关系，我给你三天时间考虑，想继续就来找我，想分手就自动消失。"

马兴彻底尿了，他原本就没有多大底气，加之现在情况变了，肚子里又多了个扯心的，别说他了，是个人都得认尿。他面带歉意又不忘动情地将陈妍揽进怀里，这样仍觉得不够，于是又将陈妍柔软的身子倒翻过来，时而抚摸她额头的刘海，时而亲吻她的脸颊和嘴唇。他突然发现，自己并不恨怀里的女人，不恨她是因为她没错，她的向往，她的追求，跟其他女人的向往与追求没什么不同，所以要说有错，也是他马兴的错，是他没本事。更主要的是，他没有像陈妍那样从小刻苦读书，用知识改变命运。吻完陈妍后，他的眼窝湿了，带着哭腔说："亲爱的，我舍不得你，虽说在这半年时间我心里充斥着烦恼和压力，甚至还有痛苦，但你给我的幸福仍够我回味一生。人贵有自知之明，说到底，还是我配不上你，这样吊着你不放，对你太不公平了。再说，我现在没事业，没经济基础，可以说要啥没啥，就算你真的在乎我，对我死心塌地，我又拿来什么娶你呢？"

陈妍情不自禁地伸出手，抚摸着他右侧的脸颊，很显然，他刚才的那一番话并没有令陈妍退却，她说："我们家在镇中心有套房子，不是很大，也就两室一厅，一厨一卫，是今年开春买的，证上是我的名字。我父母就两个女儿，晚年注定是要跟着女儿的，所以他们认为，花自己一辈子的积蓄买的房，将来住着也心安理得。我本不想告诉你这些，可现在看来，逼你没用，逼死你更没用。但是大力有人出了，装修就得靠你，反正你自己会干，我顶多负担材料方面的费用，好在这些年我还攒了点私房钱。房子的问题一解决，剩下的也就是电器、家具以及办婚宴的费用，这个也得你来了。还有，你得尽快把你妈安置好，因为结婚后我父母要和咱们一起生活，虽说他们大多数时间仍住在乡下，就算偶尔过来带带孩子，两亲家搅和在一起，也难免会产生矛盾，继而影响咱们的关系。再说婆媳是天敌，说实话，我也不喜欢和你妈在同一个屋檐下生活。"

　　马兴没再说话，他将陈妍的身子扶正，然后抬脚就走。陈妍呵斥一声："站住！怎么，长本事了是吗？"说完后她拉开包，掏出医院的化验单说："这个你拿着，回去好好掂掂它的分量。"

三十二

乔英子不甘心，是因为她觉得在与王村的关系上她有着绝对的优势。论年龄，她小王村十多岁，论长相和身材她也不差什么，所以她已将他们不死不活的现状归结于攻势不够。她心里清楚，这段工程已接近粉刷和安装阶段，也就是说，他们的时间并不宽裕，如果在这有限的几个月里王村不拿下她，她就必须得拿下王村，这是她要的结果，她不想让自己的情感世界留下一分纠结和一分遗憾。于是她决定再闯工地，去跟这榆木疙瘩作一番较量。但她心里仍有些发虚，她是女人，霸王硬上弓不是她的强项，只有软磨硬泡才是最佳手段，只是实施起来又有些难为情。她先是精心打扮了自己，一边梳妆一边谋划，尽量让自己穿得少之又少。但就在打开门的那一刻她又怯懦地退了回来，当再度站在穿衣镜前时，立马便羞愧难当，仿佛出现在镜框里的女人并不是自己……

她内心充满矛盾，一次次鼓足勇气，又一次次被自己打败。最终，她还是选择了以酒壮胆，正好，床底下还有六瓶啤酒，便一口气喝了三瓶。她原本就有六瓶的量，但她保留了一半，另一半她打算装，她不能真将自己灌醉，再将主动权交给王村。

喝过酒之后，她的胆量和兴致好像都有所增强，便撒开腿奔向工地。在临近工地百步远的地方，她开始了三摇两晃的表演，但是很拙劣，幸亏王村不在，他到公园门口的超市买泡面去了，没看见，她反而还有点失望，便快速钻入戏台一侧的小门。躺在冯师傅简陋的木床上，她开始谋划新的剧本，反正戏已经开场了，就不能半途而废。

她将自己内心的仓库腾空了，就为了装些什么，但这场地却不敢恭维，周围浓烈的臭鞋味仿佛要撑破她的鼻管，令她一阵阵恶心，想吐，却又吐不出来。于是，她再度翻起身，打开了空间的另一个小侧门，好让空气得以流通，同时也好捕捉王村的脚步声，等王村靠近时好即时撒酒疯给他看。

　　快到门口时，王村便觉得化妆间里有声音，一会儿哼哼唧唧，一会儿又大呼小叫。他心里"咯噔"一下。一进门，就见乔英子在床上翻来覆去地折腾。他定了定神，心想这又是啥情况啊？跟谁喝成这样了？这时候乔英子更是肆无忌惮，扯着嗓子高喊："哎呀，烧死我了，王村！你这个哈（坏）戾，憨货，快给我买瓶水，我要喝冰水！"

　　王村的双眼翻转了几下，摇摇头，总觉得这一切难以置信。但是他很快便开始责怪自己，认为乔英子烂醉如泥一定与他有关，或与他们之间的感情有关，于是他二话没说转身就往外跑，他知道，公园外卖饮料的摊位比比皆是，不就喝冰水吗？这个容易。

　　不过等他返回来后情况又变了，竟变得让人不敢大声喘气，凑近一看，乔英子正四仰八叉地呼呼大睡，这情景，倒是更符合醉酒者的常态。他抬手轻轻摇了一下，乔英子只哼了一声，再没反应。王村叹口气，便顺势在床边坐了下来，注视了一会儿，然后又将乔英子从头到脚细细地看了一遍，好像过去看过的都不算了，现在要重新看。

　　看着眼前可爱的女人，就像端着一盘原本属于别人的美味，他内心充满矛盾，只能咽下口水。所谓情人眼里出西施，但乔英子的美丽却是真实的，与情感没一点关系，她本来就是被工友称为打工西施，庆幸的是，一出门就直接落他手里。他认定这是一次机会，或者说，是一次男人的机会。眼下，没任何来自外界的干扰，他只需将这扇铁门向里一锁，便可轻松地成就好事。但他是王村，他的爱是真诚的，纯粹的，他做不了乘人之危的小人。如果他在这种情况下把人家办了，抛开别的不说，单从法律角度而言，就是犯罪行为。因此他心里七上八下，并不停地挠着头皮。而这些细节，"熟睡"的乔英子心里清清楚楚，她将自己摆在一旁，一直在默默期待。

对乔英子，王村爱得疯狂，但也爱得粗糙。不论怎样，这份感情是客观存在的，一万年也别想抹去。况且一个活脱脱的美人就摆在这儿，谁又能无动于衷、视而不见呢？但他就是纠结，仿佛有一条神奇的铁链束在手臂上，让他在关键时刻丧失活力。现在他瞻前顾后的老毛病又犯了，仿佛一条饥肠辘辘的流浪狗面对弥散着浓浓香味的烤羊腿，特别想吃，却又害怕自己的腿被打断，不吃吧，又觉得辜负了美味。除非他咬紧牙关尽快离开，但他完全做不到，他已经虚脱，浑身无力并喘着粗气……

最终，他还是起身，将小门咣当一下锁了，乔英子的身子也随着这一声响猛地一抽搐。扑到乔英子身前时他没有立刻上手，他的动作并不连贯，只有灼热的目光在乔英子身上来回搜索，像一只捕获了猎物的狮子在寻找适合下口的地方。

乔英子的戏演得很足，至少能让王村这唯一的观众信以为真，但她更渴望王村也能快点进入角色，好与她搭档让这出戏的情节更生动，更深入。

王村的手在颤抖，就像阿尔茨海默病人那样不听使唤。他轻轻拂动着乔英子额头上的短发，又拘了拘她热乎乎的脸颊，然后由后背开始往下。当摸到翘翘的屁股时，乔英子翻了一个身，从侧卧变成了仰面朝上，但依旧双目紧闭，气若游丝。不过另一个细节却大大地感染了王村，他发现乔英子连衣裙最上边的三个精致的小纽扣全开着，一副与肤色相近的胸罩粉嘟嘟紧贴在若隐若现的小乳房上。

王村的心跳再度加快，双手的抖动也更加剧烈，他像个懦弱的窃贼碰到了自己垂涎已久的东西，激动得近乎抽筋。他的双手一次次鼓足勇气伸过去，又一次次无奈地缩回来，反反复复地折腾并做着无用功。他认定此刻的乔英子仍像一颗威力十足的爆炸品，而他最想碰的正是两颗用来引爆的红色按钮。他无奈地将头歪向一边，一股难掩的苦涩强势地涌上咽喉。他搞不清这是为什么，但他知道一定有原因，至少他能清晰地感觉到自己的身心仍然被一条无形的锁链束缚着，让他进退维谷、左右为难。若就此放弃，把一切推给时间，那他就是逃兵。若毅然决然地上去，那就是闯下大祸自绝于家庭。看似他脚下有两条路，其实一条都没有。这一刻他倒更希望乔英子醒着，这样他又能将选择权交回她。倘若乔英子愿意，则水到渠成，不愿意，也在情理之中，该扣的扣，该盖的盖，让一切回归从前。然而他所面对的，是他人生中从未遇过的一道难题，解决或跨越这道难题不光需要勇气，还需要没心没肺。眼下乔英子已"醉"成一摊烂泥，仿佛变成了无意识的躯壳，若这时横下心做了啥，那么他王村就是不折不扣的流氓，混蛋，最轻也是个卑鄙小人。

由于心怀忐忑，王村憋屈得几乎喘不过气来。幸好这是他一人的独角戏，乔英子只是个舞台，只要他愿意，有胆量，那么无论怎么表演，也不会有人知道。他捋了捋近乎麻木的脸颊，转身跳下了床，在双脚踏进鞋里的一刻又停住了，他说："亲爱的，请你告诉我吧！我该怎么办？"

乔英子连眼皮也没动一下，但却在心里暗骂：王村，我看你就不是个男人，你充其量就是个懦夫，连这事儿你都办不利索，还将球踢回给我，就算我现在醒着又怎样？难道要我说，王村，你就要了我吧！亏你想得出来？

见乔英子仍没啥反应，王村又想：就这么走了，多亏啊，碰到嘴里的而且是自己喜欢的肉，即便不敢吃，闻一闻总可以的吧，于是他嘟着嘴逼上去，目标不外乎嘴唇和脸颊，但到最后的冲刺时，还是因胆怯偏离了目标，将嘴盖在了额头上。

有深深的一吻垫底，王村的胆子突然大了起来，他将一只左手快速地伸向了乔英子的前胸。这般起起伏伏的过程，给乔英子带来的负担是沉重的，甚至远远超出了当初懵懂的初夜。尽管仍闭着眼睛，但她的身体仿佛被罪恶之神牵引着，很快变成了一盘燃烧的火炕，而且还有人不住地往里面添柴火。她紧咬着嘴唇强忍着，克制着，不想发出一丝声音。她不想过早地缴械，在这么短的时间就抵抗不住，这该是多么丢人的事情。

乔英子已铁了心要将自己交给王村，当然，她也算计好了，必须在恰当的时刻"醒"来，好彻底打开自己，原原本本，毫无保留地奉献一切。

王村像在操纵一架新出厂的飞机，而试飞的选项仅限于在跑道上的滑行。他本想更进一步发泄自己的欲望，但却慑于另一种心境，总感觉怪怪的，这种感觉好似一直在紧跟着他，一闪一闪的，很清晰又很模糊，他不由得停住了手，静静地坐在那儿，像乔英子那样闭上了眼睛。突然，他心里腾的一下，便发现在身后不远处，隐约有一双熟悉且蓄着泪水的眼睛在看着他，再后来又变成两三双眼睛，一动不动，死盯着他不放。王村下意识地一激灵，目光紧跟着脑袋扫了过去，但什么也不曾看到。再次合上双目，却仍感觉有好几束目光火辣辣地向他逼来。瞬间，他感到一股无法控制的凉意从后腰处一直往下游走……

王村打了个冷摆子，立马清醒了许多，这次他没再犹豫，很麻利地翻身下床拔起了鞋子，咣的一声拉开门，一溜烟跑进旁边的树林里，再没敢出来。

乔英子终于"醒"了。门开处，一束强光仿佛终于发现了这个静谧幽深的地方，齐齐地射了进来将空间盛满，并罩住了她那双被泪水模糊的眼睛。

乔英子心里像打翻了五味瓶。眼下她最需要做的是要尽快捋清这一切，好让这团恶心的乱麻早点有个头绪。

这些日子，王村对她的感情是不容置疑的，她也从那双充满火热激情的眼睛里读出了一股强烈的渴望。到底是哪个环节出了问题呢？难道王村是见她始终不曾醒来又不想乘人之危？可他的行为又明显打了折扣，甚至还疯狂地抚摸了她的敏感部位，这又作何解释？

一想到自己的敏感部位，她才如梦方醒。记得刚来时，王村就曾在她和麦花面前数落过工地上那个白脸女人，说人家胸部如履平地，根本就不像个女人。难道这就是答案，难道这死驴真那么看重胸大的女人？而且她那里也的确不尽如人意，连她自己也曾暗暗自卑过。她没想到，王村会这么在乎。

王村坐在树丛中的一张条椅上不停地抽烟，想让成倍的尼古丁麻醉自己。当然他也想过尽快逃离，那样至少会眼不见心不烦。只是他的双腿并没有听从他的指令，他突然意识到一走了之是不明智的，乔英子还一醉不醒呢。

在密密匝匝的毛松里，轻风摇动的树杈切碎了王村的目光，但他还得断断续续地照顾那片工地，还有乔英子。经过反复权衡之后，他开始庆幸自己的沉着与自持，刚才若顺势做下去，等乔英子醒来后，她会怎么看他，怎么看这事儿……退一万步讲，她愿意接受，也难保不会提出更进一步的要求。他禁不住反问自己：王村，你准备好承担一切后果了吗？但答案始终是肯定的——没有。就因为没做好准备，他脑海中才时不时地会映现出那三张熟悉的脸，这三副面孔像三张亘古不变的图腾镌刻在记忆里，想割舍，但却要承受更多……

三十三

乔英子翻来覆去，眼泪就在这张木板床上流干了。她吃力地坐了起来，盯着那扇射进强光的门发呆。同时也在努力积聚勇气，好从容地走出那扇门，然后再走出这片公园，消失在所有人的视线中。但是，她觉得太难了，当一步步蹒跚着踱到门口时，便即刻感到不对，仿佛公园树阴下的所有人都在静静地等待着她的出现，只要她一露头，他们的目光就会聚焦，齐刷刷看过来。另外，她也吃不准，那该死的王村是否还在这周围转悠。她不想再看到他，她甚至担心再度相见时自己会不会失控，会不会扑上去撕扯他。最终，她内心的力量来自于一个赌博性的决定，她想，就算这里的人都已知道刚才屋里发生了什么事，那也没啥了，谁怕谁呀？只要挺胸从这里走出去，明天往后，那就拜拜了，还怕它干啥？于是，她在王村的眼皮子底下走了出去，她看不到王村那是自然，其实她也不想看到，但王村的目光却在第一时间将她罩住了，他甚至确信，乔英子是刚刚醒过来的。但是很快他就觉出了不对劲，既然乔英子喝得一塌糊涂，那她就不会知道他在她身上的所作所为，那她为什么要气咻咻地离开，而且连个招呼也不打。王村猛地一激灵，心想：完了，她肯定感觉到了什么，这下可麻烦大了，万一她恼羞成怒去告发，或者回去向老公哭诉，不论是哪一样，后果都够他喝一壶的，他会吃不了兜着走。

心虚的王村健步如飞，在草丛和树杈间穿梭而过，抄近道拦在乔英子面前时早已上气接不住下气，他弓着腰，张着嘴，却说不出一句完整的话来。

而乔英子见到王村突然横在面前，她的鹅蛋脸唰的一下就红了，还下意识地左右突了几次，但都被王村老鹰抓小鸡似的阻于原地。王村心虚地说：

"还不到下班时间，你这是去哪里？还一脸的不高兴，我又没惹你。"

女人在某些方面就是比男人聪明，乔英子一下就读出了王村是在投石问路，心里暗骂：蠢驴！你还真以为我喝醉了什么也不知道呢，不管怎样，你娃今天轻薄了我，然后又嫌弃我这是事实，还想在我这里装无辜，少来。于是，她如法炮制，用王村的方法回敬王村，怒不可遏地说："让开！好狗不挡道！"王村无奈，毕竟心虚，也只能和颜悦色地说："要走行，得先告诉我你要去哪里？"

乔英子说："我喝多了，胃里难受，要去买酸梅汤解酒，你管得着吗？"王村心里一喜，瞬间舒出了一口气，殷勤地说："就这点小事儿啊，早说呀，看闹的，吓我一身汗。"

乔英子说："不做亏心事，不怕鬼敲门，这大白天的，你吓啥啊？"说着，那一双半温半怒的眼神扫过了王村的脸。王村胸口又是一紧，忙说："行，要喝酸梅汤是吧，我愿意效劳，你回去休息，我这就去买。"在迈开腿的一刻他仍然不放心乔英子，于是调转身，盯着她看了看，见她没有再跑的意思，便来个顺杆爬，没话找话，讨好说："还想吃啥，我一起给你带来。"乔英子剜一眼，没好气地说："就喝酸梅汤！"

公园里有好多饮料摊点，最近的只有五十米左右，但王村还是担心乔英子会趁机离开，因此他不得不撒开双腿跑去跑回，弄得脸红心跳，气喘吁吁。王村的这副窘相乔英子看在眼里却气在心里，她觉得男人太虚伪了，瞧这副德性是多么的滑稽可笑啊？明明心里想要什么东西，却又装得正经八百，这又何苦呢？不过她此刻也觉察到自己的情绪在逐渐好转，她已经将王村视作孙猴子，即使他再能跳，最终也跳不出她这如来佛的手掌心，她确信自己已牢牢掐住了王村的脉门，就像摆弄手里的布娃娃那样，将他摆放在哪里，他就得待在哪里。

回到狭小空间里，乔英子看似安静地坐在王村身边，实则在默默地盘算着下一步该怎么走。酝酿了老半天，她才问："你知道年之前我在北京干啥吗？"

王村说："干啥，该不会是去上访吧？"

"上你个头！我是去看病的。"

"你有病？"王村有些着急地问。

"别紧张，我是想尽快让自己怀上娃，不过，看你这么紧张，我还是挺感动的，算你还有点良心。"

"那当然。"王村一本正经地说："其实，你对我真的很重要。"

乔英子说："我倒是很想知道，我哪些地方对你重要了。"

王村思索了半天，好像也没能整合出适当的词汇形容他们之间的关系，只好直截了当地说："反正，我不能没有你。"

"那你准备怎么处理我？"乔英子问。

王村说："不知道，边走边看吧。"

乔英子最不喜欢听这种含混不清的回答，但她也不得不接受，因为这是现实。说实话，她的家庭本来还可以勉强维持，但由于王村的出现，将一切都搞乱了。原先她一直强忍着家里那个男人的冷漠与喜怒无常，那是因为结婚两年来，她的肚子始终没啥动静，作为女人，她是有愧疚的。想想看，在农村，人家花钱给儿子娶媳妇图个啥？不就是传宗接代吗？但她显然没能完成任务，至少没能按时完成任务，这样就将她们婚姻中的缺陷与不足毫无保留地晾在了邻里面前。尽管他男人勤奋，翻来覆去地耕耘着她的身体，但她的一亩三分地却始终颗粒无收。久而久之男人累了，男人的家人也累了，骂她抱窝不下蛋。在婆婆没完没了的絮叨声中，连她也开始怀疑自己是把不住苗的盐碱地了。既然有了怀疑，就不得不渴求真相，于是她偷偷跑去医院做了检查。结果她是正常的，医生还建议她把男人带过来一起检查。但男人听后勃然大怒，甚至比认定她有毛病还要生气，男人说："谁让你去医院的？你心里还有我这个男人吗？再说了，你男人行不行你自己还不知道吗？他娘个屁哩，什么狗屁医生！"

她怯生生地说："不就做个检查吗？有啥大不了的？有病咱治，没病更好。"

"啪！"她的话还没有说完就吃了一记耳光，男人警告说："要再敢提这个茬，看我不撕烂你的嘴！"男人敲打她，好在同时也把自己的嘴封上了，他似乎更忌讳生娃的话题。但是婆婆却不肯闲着，成天摔碟子摔碗指桑骂槐，让她一直压抑得喘不过气来，只要灶台上一有响动，她立马就意识到有人在借机发泄。终于有一天她实在挺不下去了，她得走，得去趟北京，她认定北京是全国最权威的地方，也是最该信赖的地方，她要听北京的专家怎么说。她一直在琢磨，肯定是她自己有问题。男人虽其貌不扬，但他那么壮，那么猛，他怎会有问题？除非北京的专家也这么说，她才敢彻底相信。

乔英子是得了父母的暗中支持才偷偷跑掉的，她的苦只有父母知道，她的苦也就是父母的苦。为了资助她，娘家忍痛将一头小牛犊卖了才为她备足了盘缠。但到了北京之后她的想法变了，京城的所见所闻跟书上描述的一样，甚至比书中的描述更令人心荡神驰。于是她决定先安顿下来，再找份工作，边挣钱边治病。很快，她就在牛街的一家餐厅里当上了服务员。这里是北京，是四面八方的追梦人圆梦的地方。她的梦想并不华丽，无非是自食其力，将身体调养好，争取早日当上母亲，但过程却一波三折。她如同从头读一本现实题材的书，这本书很深很厚，囊括了人生百态和酸甜苦辣，当然也包含了微笑和成功。那些前来就餐的人，在餐厅里重复上演着不同的剧目，而她却是他们的固定观众，每一幕都会像酸梅汤灌进她的胃肠里，让她眼羡，让她惭愧，更让她妒忌。但她不敢设想，她认定自己永远也过不上那样的生活。她变得有些偏执，并开始仇视他们，好像是他们夺走了理应属于她的东西。怎么会这样？明明不是的？人家跟她八竿子都打不着，她漂泊，她流离，甚至她生不了娃，怎么会与他们有关呢？在北京整整两年，她没挣多少钱，但她却认为可以了，已经不少了。因为她的理想向来卑微，容易把一元当作两元，一餐当作两餐。可怕的是，她竟然患上了仇富的病，并且还有加重或恶化的趋势。唯一的收获，就是不再像老家人那样将"咱"说成"嘈"了。协和医院的妇科也确认，她是个正常的女人，生育的每一个零部件都质量过关，生殖系统没一点问题，医生建议说："还是把你男人弄来做个检查吧，问题或许是出在他那里。"

也就是说，她的土地相当肥沃，完全能做到种瓜得瓜，种豆得豆，只是提供的种子出芽率低，或根本不出芽。她高兴得差点跳起来，就像沉冤昭雪似的。把所有因素综合起来分析，她得出的结论是尽快回家，将一切折回原点。她确信，大山能治她心里的病，就像北京能治她身上的病一样。至于婆家人，她可以挺起腰杆理直气壮地告诉他们："想抱孙子，可以，找你儿子要吧。"当然，对于自己的婚姻她仍然抱有希望，因为影响他们的也就是生育问题，这个简单，她要用耐心去开导男人，让他放下自尊，放松心情，去做一期完整的治疗。她相信一切都会好起来的。但她回到家并没有见着男人，在她离家后不久男人便外出打工去了。婆婆埋怨说："都是你害的，你一个年轻媳妇满世界跑，几年了连个电话都不打一个，你说哪个男人能受得了啊？我儿子是赌气走的，我可怜的儿呀！呜，呜呜。"

说到这儿，婆婆哭了起来。到底是亲儿子系着母亲的心，这就叫差距，隔了肚皮如隔山。她出去两三年了，突然在家里出现不但没惊着婆家人，看来还给人家带来了不愉快，但她还是忍了，也没说自己看病的事儿，那些检验单始终揣在衣兜里，她觉得此刻再亮出来已没有了任何意义，更多的是她不想再给婆婆心里添堵。婆婆一边擦着锅台，一边抽抽泣泣地说："这两年，也就过年回个家，没等天热又走了，你想，这冷锅冷灶冷被窝的，他能待住么？你回来也好，那几亩地我和你公公也早就种不动了，从今个起，你就安心把地种好，别让两头都荒了。"

"两头都荒了。"乔英子一听就气不打一处来，什么叫两头都荒了？这不是又在拐着弯说她不生养吗？本来她还想安慰一下婆婆，毕竟是老人家，可她人老嘴不慢却让她受不了，她说："妈你告诉我，他去了哪里？我去找他。"

婆婆瞪了她一眼，没回答，又专心致志地擦她的锅台，好像要让那水泥台面泛出金光来。见婆婆仍不想理她，乔英子便使出撒手锏说："妈，你要是不告诉我，我就只能再回北京了，省得你每天见着我心里隔应。"她拉开旅行包，将带回的礼品掏掉一半，然后转身就走。

婆婆说："你这是干啥？

"干啥，去看看我爹妈，明早好回北京。"

婆婆没再擦锅台，她思忖了一下，然后扔下抹布走了，在迈出门槛时甩下一句："他在银川。"

或许婆婆的心里也很矛盾，她不想出卖儿子，但她又吃不准，一旦透露儿子的行踪会不会害了儿子，无奈之下，她只能逃避，撂下话走人。

在去娘家的路上，她老早就将钱分装好了。只留下去银川的路费，其余的都打算留给父母，因为她心里一直都装着那头卖出去的小牛犊。这件事一直压在她心里，像一块沉重的石头。她觉得对不起爹妈，他们受苦受累把她养大，可她仍没有让他们省心，作为女儿，她欠的债太多了。

乔英子讲这段经历时，王村只是专注地倾听，并没有插话，他认为讲到这儿才真正进入了正题，便问道："你的意思，你男人他有毛病？"

"嗯。"乔英子肯定地点下头。

王村说："这家伙，怎么会这样啊？有病怎么了，有病治好不就完了吗？"

乔英子呛白说："你们男人，还不都一个德行，死要面子活受罪。"

王村辩解说："这有我啥事啊？"

乔英子说："看看，刚还说没我不行呢，转眼这话锋就变了，不过你别忘了，只要你碰过我，这里面就有你的事。"

王村忙不迭澄清，强调说："我碰你，有吗？"

乔英子没好气地说："没有吗？虚伪的男人。"

王村摊开双手，装出一脸的无辜，说："哈，我虚伪，我哪里虚伪了？"

乔英子一听气更不打一处来，指着王村的鼻子警告说："你还敢说，你再说，信不信我把刚才你干的事情抖搂出去。"

王村哑然，脸唰地就红了，立时掉转身，不好意思地对着那堵黑黢黢的墙，像在面壁思过似的。过了好一会儿，他才调整好心态，心想男人嘛，敢做敢当，既然发生了这事，不论后果怎样，都得去面对，于是说："我承认，我喜欢你，而且是非常喜欢，因为爱你，才无意间冒犯了你，对不起，请你原谅。"王村说的一板一眼。

乔英子心想，又来了，收起你那套哄死人不偿命的鬼把戏吧，但她还是觉得这些话尽管真假参半，但依旧非常动听。于是温婉一笑说："爱我，我咋就没看出来呢，别忘了，我的胸可是假的，若不是胸罩撑着可小得很呢。"

王村暗暗叫苦，这女人看来今天是疯了，竟然能说出这么露骨的话来，不过令他欣慰的是，自己并没被当作外人。既然是自己人，就别再装模作样地假惺惺了，该说啥说啥吧。

王村说："人哪，都有无奈的时候，这就叫蛇钻的窟窿蛇知道，但我绝不是嫌弃你什么，反过来讲，你很可爱，从隆德站上车的那一刻起，我就没再忘了你。"

对王村煽情的表白，乔英子仍将信将疑，但总体而言还是信得多，疑得少。她一下扭过身子，背对着王村，嘟哝说："我承认，我的胸太小了。"

王村无奈地说："又来了，什么小呀大呀的，我又不是贩牛奶呢。"

乔英子扑哧笑了一声，但始终没转过身子，她觉得不与王村四目相对时胆子要大得多，啥话都敢往外掏。她羞怯地说："那……那你刚才摸过之后，为啥扔下俺跑了？"

王村心想，女人们成天光说男人的不是，其实她们才是这世界上最复杂的动物，你看她，这半天都想些啥东西？但话不说不明，既然乔英子提及此事，那他就借此机会将心里的话讲出来，也给自己一次解释的机会，他说："其实，你真的误会了，你当时醉成那样，我要是做了啥，那对你而言就是极大的不尊重，你想想，那是人做的事吗？如果那样的话，即便你肯原谅，我也一辈子不会原谅自己。"

王村的一番话，说得乔英子心里热热的，这一刻她有理由认为，王村就是她要找的那个人。在感动之余，眼泪也很是给力，扑簌簌地往下流。她擦了一把，猛地掉转身，一下子坐进了王村的怀里，娇颠说："我现在醒着，你看着办吧？"

王村顿时心怦怦直跳，他一把搂过乔英子，仿佛用了浑身的力气，要将她揉进自己的身体里。许久，双方才默默松开，只是王村醒着，乔英子却还晕着。醒着的王村觉得还差点火候，还没有尽兴，又鸡啄米似的在乔英子红润的脸颊上一顿狂吻。他没动那个充满期待的双唇，他心里清楚，一旦从那个地方开始，或许就再没有回头箭了。

他似乎是突然想到了什么，便一把推开乔英子，抬手往门口一指说："咱别闹了，就此打住行不？冯师傅马上就来了，让他看见，咱可就全完了。"

乔英子的身体唰的一下又凉到了脚后跟，脸色也由红润变成了蜡黄。她认为王村这家伙关键时刻又掉链子，分明是有意玩弄她，或敷衍她。能有这种近乎荒唐的想法，是因为她与王村有着两个心境或两种状态。她根本就不怕那个看工地的冯师傅，而且早就知道这个冯师傅是王村老婆娘家的一个亲戚，是应了那婆娘的特意安排才到这边来的，说白了，就是个眼线罢了。王村怕他，是因为有所顾忌，怕影响了他那个家庭。可她怕啥？就算被姓冯的碰个正着，将消息快速地传回老家静宁，这不是更好吗？这不正是她所期待的结局吗？

打定了主意，她浅笑了一下说："看你那熊样啊，我是女人，我都不怕，你个大男人怕啥？再说，还不到接班时间呢，冯师傅是不会这么早就来的。"

鼓动完王村，乔英子又觉得自己主动得太直接太无耻了，有些放荡不羁，她到底怎么了这是？她两手拘着脸颊，感觉这热辣辣的脸应该是红透了，她这般迫不及待，会不会适得其反呢，王村会不会因此看不起她。羞愧促使她快速将脸扭向一边。因为她心里清楚，冯师傅任劳任怨，他提前到场并不是没有可能，但她就是心有不甘，处心积虑地编排了这场戏，就不该虎头蛇尾不了了之。所以她还得孤注一掷，她斜着眼，眯着笑，扭着肉乎乎的身子黏黏地靠了上去，像螳螂捕蝉似的一把搂住了王村的脖子，下身也顺势骑在了王村的腿上。

乔英子近乎放荡的举动让王村吃了一惊，他甚至怀疑眼前的女人是否与他相识。他进退两难，紧张得一时没了主意。看着自己日思夜想的女人热乎乎地贴在身上，他其实连一口吞了的心都有。只是这地方不合适，太危险了，尽管这是处工地，闲杂人一般不会涉足，但临近中午，冯师傅随时都有可能破门而入。

面对这般场景，作为男人的王村应该是冲动的，像野兽一样才对，但他的脑子却是一片空白。他是男人，且正值当盛之年，对女人该是有所求的，但对乔英子，他是付出了真情的，因此他并不急于一时。再说，乔英子已经是他做就的一盘菜，放在锅里，不论迟吃还是早吃，都是他的。于是他央求说："小姑奶奶，我求你了，别闹了行吗？"

乔英子脸一沉说："不！现在我的脸已经抹下来装不回去了，我是女人，脸就是女人的命，命没了，我还怕啥？"说着，便迷离地合上眼睛，将湿漉漉的双唇送了上来。

王村一边伸直了耳朵，倾听外面冯师傅到来的动静，一边腾出一只手，迅即挡在了乔英子嘴上，乔英子盯开眼睛，不解地惊问："你干什么？"王村答非所问，他说："咱先离开这里，以后再说行吗？"

乔英子气得使劲咬一下嘴唇，从王村身上下来，往前跨一步又猛地转过身，质问说："以后再说，想敷衍我是不？告诉你姓王的，错过了今天，咱俩没以后！"王村满脸堆笑，好像乔英子刚刚表扬了他似的。

乔英子说："那行，去我那里。"

王村又是一脸的难色，呲呲喔喔地说："去你那里，那更危险，我可不想被打烂脑袋。"

乔英子往前一挺身说："我呸！把你也算个男人？他一直都在宁东，没来过我现在的住处，能隔山打牛伤了你？"

王村彻底无语，抠着头皮直翻白眼儿。乔英子却阴险地一笑说："我有个好主意。"

王村说："啥注意？"

"去你家，咋了，你不会又告诉我说你那婆娘也来着吧？"

王村再次被逼到悬崖边上，他鼓了好大劲，想喷出一个"行"字，但那张嘴只是鼓胀着，并没从里面发出一丝声音。

看上去，乔英子也铆足了劲，像一颗吹胀的气球，她想听王村痛快淋漓地说出一个男人应该说出的话，但什么也没有听到，失望之余，她深深地叹了口气，歪着头，含着泪的双眸一眨不眨地瞪着王村，仿佛眼前这人一下被定性为骗子似的。

要命的眼神，令王村浑身战栗，好像他真的穷途末路，要么缴械投降，要么纵身跳崖，最终他咬牙选择了前者。管求他，男人嘛，出门在外，谁还不犯个错。他用各种理由安慰着自己，并给自己打气，也好将今天几度冲锋上阵，又几度溃不成军的耻辱洗刷干净。他一拍胸脯说："行，就去我那里。"

三十四

地中海鲜虾蟹是哈闯平定的地方，从餐厅的档次上便能看出来人一旦高升，层次便截然不同。王村对这里很熟，但他和冯师傅交接完赶过去时王泾河等一干人早就落座了，只是桌面上并没有董青，这是王村早就预料到的事情，因为从上个月开始他就没再打通董青的电话，很显然，哈闯平肯定也没打通。为此他前些天还到劳务市场转了几个早晨，试图能找到董青或打探到他的消息，但是很遗憾，董青就像凭空消失了一样。这让他愈加担心，在他心里，董青的重要性与乔英子不相上下。人生在世，知己难求，所以董青的失踪已严重影响了他的情绪，他心里空荡荡的，吃啥都嚼不出滋味来。近日来因为有乔英子在身边搅得心绪不宁，他对董青的惦念算是淡了些，但这次聚餐又让他触景生情，朋友们几乎都在，唯独少了一人，这样他免不了黯然神伤。正好马兴也闷声闷气、面带愁容，他拍拍马兴的肩膀，表示多余的不说，酸甜苦辣，尽在不言中。与大家逐个打过招呼后，他俩便蒙着头先喝上了。

凉菜上齐后，哈闯平便站起身想来个开场白，但一看王村与马兴的神情，他心想，这俩是有事啊。哈闯平是作家，擅长剖析人的内心世界，他一向尊敬王村，尽管王村此刻的表现有些差劲，但他仍举杯在手，笑逐颜开地说："哥，马兴兄弟，这人齐菜不齐的，你俩干喝，可容易上头啊。"

王村抬起头，立起身，尴尬地一笑说："各位兄弟，抱歉，我失态了。这样吧，我提议大家举杯，为哈兄弟的成功高就，咱们走一个。"

哈闯平忙阻止说："不忙不忙，看来哥你是只知其然，不知其所以然。当然，庆祝是必须的，有道是，苦海无边，回头是岸，那就庆祝我光荣辞职吧。"

大家围着餐桌站了一圈，右手都举着杯子，像摁了暂停键似的立刻变成了木桩。哈闰平说："诸位兄弟，我祝酒词都说了，你们咋不喝呢？"

王村第一个反应过来，他先招呼大家坐下，然后绷着脸说："到底咋回事，你不说清楚，这酒我难以下咽。"

哈闰平爽朗地一笑说："看你们紧张的，这有个啥呢？人嘛，一个萝卜一个坑，一条生命一条路，蛤蟆不会跳，各行各的道。不过，咱现在的主题是喝酒和叙旧，毕竟大家好久都没聚了，至于我的事情嘛，那就说来话长了，具体细节咱还得边吃边聊。总之，我今天高兴，尤其见到你们，我就更高兴了，来来来，为高兴干杯。"

王村本来想问问马兴，看他最近跟那个小学教师处得怎样了，但面对眼下这种情景，他还是忍住没问，毕竟目前来说哈闰平的事情更大一些。从神态上看，其他人应该也是一样，整个桌面上静默不语、小心翼翼，连碰个杯似乎都怕碰出声音。直到每一张脸都喝成了猴屁股，哈闰平才放下筷子笑眯眯嘻嘻地说："看来兄弟们都在为我惋惜呢？其实大可不必，这种折磨人的差事对我来说，丢了，等同于塞翁失马。"

王村有些不耐烦，手一挥说："好了，别再咬文嚼字了，你就干脆点告诉我们，到底咋回事？"

哈闰平始终呈现着一副笑脸，好像他并非丢了工作，而是熬够了刑期，他说："经过这次历练，我才彻底理解了'性格决定命运'这句话，而性格又是在漫长的行为过程中造就的，也就是说，它是无法改变的。我这人懒散惯了，过了不惑之年，再突然钻进笼子里，而且嘴里还得多长个舌头，即便这样，我恐怕也达不到见什么人说什么话的境界，我试过了，确实不行。"

席面上依然静悄悄，从表情上看，多数人仍没听明白哈闰平在说什么，就连王泾河这样的读书人都在抠头皮。不过这种状况立刻就点醒了哈闰平，他一边斟酒，一边自我解嘲地嘟哝说："我说了半天，是不是白说了？"

大家一齐点头，同时发出一个"嗯"字。

哈闰平的差事，说起来都是他媳妇经过多方求人才获得的。刚开始他没同意，但后来他一想，这份工作与他的爱好以及他理想中的事业并不冲突，毕竟是文化部门，说白了也就是写写画画，只要能努力将全镇的文化带动起来，就算完成了工作任务。但命运似乎跟他开了个玩笑，现实与美好的想象完全不在同一个方向上。上班的第二周，他就被派往城乡接合部协助拆迁去了。当接到镇长的指令后，他彻底蒙了，他实在搞不明白文化站跟拆迁有什么关系，镇长还在电话里滔滔不绝，而他脑子里却在嗡嗡作响，镇长说："有一点你得搞清楚，你现在是乌驼镇的干部，组织交付的工作，就必须无条件完成。拆迁在当前来说是重中之重，我们必须全力以赴，因此各部门都抽调了人员投入这项工作，这下你明白了吧？"

镇长的话不假，确实有其他部门的人员在参与拆迁，他并非个例。不同的是，别人都习惯了服从，凡事都无须反问，听从领导的安排，按上司的意图行事就行，而他却在纠结，纠结必然会衍生痛苦。

拆迁队成分复杂，作风强硬，各部门指派的人当中有公务员，也有像他这样的临时工，他们的主要工作就是摆事实，讲道理，多数违建者都能在他们的宣传教育下做出让步，至于极少数油盐不进者，或借机狮子大开口想发横财者则都由拆迁队人员负责摆平。而这样的针尖对麦芒又容易将事情闹大，一旦致人死伤就会陷入被动。这些对于哈闰平来是一种精神摧残，每天都面对矛盾、争执，甚至械斗，他的意志很快就崩溃了。他先是硬着头皮去找镇长，希望镇长能考虑一下他的义人身份，安排他做一些与文字相关的工作。镇长说："这个没得商量，而且你在文化圈的声望我们已经考虑到了，不然咋会聘用你呢？机会我们给了，你得珍惜机会，尤其像你这样新入岗的同志，到艰苦的环境中历练是很有必要的。好了，该说的我已经说了，我很忙，剩下的就有你自己去琢磨吧。"

他确实反复琢磨了，并且尽一切可能给自己鼓劲，甚至连"不经历风雨，怎么见彩虹"这样的歌词他都想到了，对于自己所处的环境他也逐步有所了解，他承认镇长的话没错，让他去拆迁队也不存在问题，所以这道关他必须扛过去，于是他又狠下心来干了七八天，但他还是无法面对。于是，他又去找书记，他认为书记理论水平高，肯定能善解人意，但等到见面后他才知道，书记并不认识他。他自我介绍说："我是哈闰平，文化站的，刚入职不到一个月。"

书记微微抬了下头，又快速低下头将目光投放在一份文件上，过了好一会才问他："你找我有事吗？"

他说："我被派到拆迁队去，这样可能会影响我这边的工作。"

书记抬起头，瞪了他一会儿，将身子挪了挪说："你这边有什么工作？再说，你这边的工作有拆迁重要吗？我可以明确告诉你，这政府大院里的每个人，每个岗位都是流动的，让你去哪里，你就得去哪里，不许闹情绪。"

他说："我是搞写作的，还请书记体谅一下，哪怕稍微让我离文字工作近一些也好。"

书记笑了笑，说："这个要求我恐怕无法满足你。党办、政府办都有秘书，而且这职务不是随便什么人都可以胜任的。另外提醒你一下，千万别拿作家身份当本钱，这个在别处或许行，但是在这里不行。我承认你能写，只是有时候写与写的概念完全不同。你是位好作家，至少在乌驼镇你是，但我却不认为你能当一个好秘书……"

书记的话越听越令人上头，他脑袋里的嗡嗡声也越来越大，书记的教诲还在继续，但他的耳朵好像在顷刻间被什么东西塞住了。出于礼貌，他给书记鞠了一躬，他认为书记也没说错，每个人的圈子不同。总之，他不属于这里，这次不寻常的体验也让他彻底明白在哪里他才更服水土。

讲完这一段，哈闰平深深地叹了口气，他说："对于写作者而言，每一段经历，每一次坎坷都是收获。说真的，我心里没一丝失落感，有的，只是庆幸。"

"霸气！"王泾河率先站身来说："来！为兄弟的胸怀和眼界干杯。"

哈闰平说："从此以后，咱兄弟又能在一起同呼吸共命运了，但你们用车的时候，可别忘了肥水不流外人田。"

大家异口同声地应承说："那当然。"只有王村神情凝重地坐着，没吭声。对于这件事，他有自己的看法，他觉得男子汉应该能屈能伸，到什么场合说什么话，况且拆迁是大趋势，他们上半年盖的那些平房不就是为了今日的结局吗？再说，政策是上面定的，他们只是个服从命令的执行者，哪来的负罪感？因意气用事而丢了前程，简直太轻率了。

哈闰平知道王村在替他惋惜，感动之余，他倒了个满杯，转到王村身前说："哥，谢谢你。"这句谢字一出口，王村心里立刻就敞亮了，因为他知道自己的所思所想哈闰平已明白。哈闰平说："哥，我敬你。"喝完一杯酒之后，哈闰平说："记得上次你打电话叫我过去，不会是仅仅为见个面吧？"

王村笑了笑说："当然不是，等这处工程做完，也就剩回家了，能不能再来还得看天意，所以那几天我想趁工地停工的间隙，租你的车去登内蒙古最著名的大青山，谁知你的身份有了变化，就没敢再提。"

哈闰平说："原来这样啊，那行，看你啥时候再有空，至于车嘛，随叫随到，兄弟间，可别再说租不租的，见外了。"

三十五

　　老郝的工地又重新点燃了激情。切割机、绞磨机、搅拌机各种声音交织在一起，令整个清水公园到处都响彻刺耳的回声。工程的进度、质量都在老郝满意的范畴内良性运转着。让老郝纠结并产生不满的是王村，这些天他发现，王村明显跟不上节拍，成天吊儿郎当、没精打采的，与之前判若两人。一个大男人，搬一块二十公斤重的大理石板也直喊腰疼，这样的话，老郝也不得不说上他几句了。当然，王村是为老郝做过巨大贡献的人，老郝当然不会计较他干多干少，老郝只是出于情分，担心他在处理家庭问题时色令智昏，跑得太偏了。老郝将王村叫过来，递上一支烟，又拍拍他的肩膀，语重心长地说：“兄弟，你这几天可有些不正常啊？”

　　王村一惊，忙抵赖说：“没有，哥你想多了，这不昨晚喝多了嘛，头晕，浑身酸疼，没事，中午睡上一觉就好了，嘿嘿。”

　　老郝邪恶地一笑说：“你拿我当小孩子呢？别忘了，我过的桥可比你娃走的路都多，你那点破事能瞒得过我吗？别再自欺欺人了，兄弟，告诉你，色字头上一把刀，一来为家庭，二来为身体，所以你可小心点，女人那东西是好，但那是夺命的壕，可不是吃饭的槽。”

　　由于心虚，没底气，王村竟一时无言以对，他那两片厚实的嘴唇一直煽呼，但发出的声音只是咿咿啊啊。还是沉着的老郝拿捏得准，掌握分寸恰到好处，最后他提醒说：“好好想想吧。”说完便转身走了。

　　常言说，若想人不知，除非己莫为，王村觉得他二人够谨慎了，结果还是没掩饰住，让人全给看出来了。他和乔英子的事，拖拖拉拉已有小半年了，老郝从未说什么，但这次却不同，他们二人真正地缠绵在一起还没几天呢，老郝就说话了，可见，他们的一举一动始终都未逃过老郝那双眼睛。

王村盯着老郝远去的背影陷入深深的思考，同时也想了很多自己目前的处境。他认为和乔英子的这种关系，看似小心谨慎，实则掩耳盗铃，连老郝都未能瞒过，那就是说，他们肯定是幸福过头、粗心惹祸，让人窥视了端倪。那毫无疑问，冯师傅也一定跟众人一起看透了这场好戏，或许因重任在肩，他还会看得更真切，更细致。

王村在外面已整整漂泊了三年。每一次出来，他都怀揣着无限的愧疚，觉得对不起老婆孩子和家人，为此，他几乎每晚睡前都要给老婆打电话，报个平安，朴实善良的女人还反劝他别那么铺张，毕竟打电话是要花钱的，咱省下钱干点啥不好，电话嘛，一礼拜打一次就行。可王村不行，他坚持每天都打，后来女人拗不过，只好折中一下，商量好，电话每晚照打，但她只看号不接，这样既知道他平安无事，又省了话费。可这种默契在保持了近三年的时候被打破了，特别是近三个月，王村由每天一次电话到几天一次，像跑马拉松的队伍，越跑越少了，后来竟然还没了消息。尽管离婚证就压在箱底下，但家里的张玲早就将那两个不值一提的绿本子忘干净了。自嫁了王村，她就将婚姻和生命紧扣在一起，铁了心从一而终，当下，家庭的处境虽难，但毕竟生命还在，两颗心还扑扑地跳着，那么，婚姻就自然还在。所以她始终坚信，王村绝不会抛弃她。

按说王村也算是幸运人，现在远近有两个女性陪伴，他的人生旅途可谓左右逢源，哪头他也没耽搁。但留守在老家的女人却一天比一天郁闷，心里也越来越烦躁不安，成天思来盘去，她吃不准出门在外的丈夫究竟怎么了。老话说好出门不如歹在家，只身在外，啥事都可能遇上。她这样没着没落地心慌，最直接的后果就是影响食欲，胃口不好，便一天比一天消瘦。总有股不祥的感觉萦绕心头，但自始至终，她都没往男女之事上去想。翻来覆去由想象到否定做着无用功，在自己跟自己的缠斗中品尝着痛苦和煎熬，最终没得出一丝结论不说，还反将心绪搅成了一锅粥。更为困惑的是，她那位远房表亲冯师傅也故意躲闪，最近与她通话的次数也越来越少了。即便王村出了啥事，那冯老二该不会也有事儿吧？当初打发他去工地上干活，不就图个彼此照应嘛。

张玲将冯老二安排在王村身边，更多是善意的，想法很单纯，因王村是大拉子人，做事需有个人在旁提醒。另外，王村知道疼人，怕老婆担心，凡事总一人扛着，很少让女人知道。为这，女人很感动，也一次次开导说："咱是夫妻，你有难处，我却一无所知，这合适吗？你让我心里能安生吗？"王村仍不以为然，反劝道："娃她妈，家里的困境都是我一手造成的，自然由我一人承担。如今婚也离了，再没人敢骚扰你，往后你能管好家，照顾好娃就是对我最大的支持，至于我，你就别操心了。"

今晚，女人已给王村拨了三次电话，但都是一连串嘟嘟声。现在他们夫妻间互通消息、维系感情的方式大多依靠电话，但电话老不通，二人又相隔千里，女人再心慌意乱也鞭长莫及，只有在失眠的长夜里一遍遍地祷告上天，祈求护佑王村。

午夜十二点整，挂钟响了一下，但女人仍像静候佳音一样坐着，同时一眼不转地看着熟睡的女儿发呆。忽然间，桌上的座机铃声急促地响起，她便以最快的速度扑向了电话："喂，他爹，是你吗？"

那头传来了冯老二结结巴巴的声音，女人心里刚燃起的一团火又在瞬间熄灭了，但她还是由失望中很快捕获了一丝欣慰。毕竟冯老二的传声，比杳无音信不知要强上多少倍。

她开门见山，直入主题："他姑舅爸，王村呢？他咋不来电话，是不是那边出啥事了？"

沉默，令人窒息的沉默。女人的心狂跳不止，仿佛随时都能从嗓子眼里迸出来似的。她将左手捂在胸口上，努力让自己安静下来，忙乱中又拭把泪，然后说："他姑舅爸，没关系，你说吧，我能挺得住。"

冯师傅说："他姑，你别着急，其实也没啥。"

"没啥咋不来电话？他不知我和娃有多担心吗？"又是一段沉闷的等待，使女人压抑得喘不上气来，而冯师傅却始终不知如何继续向表妹说。如果为王村隐瞒，这样，表妹就暂时被蒙在鼓里，也能换来她的一丝清静，或一份短暂的安逸。一直以来，冯师傅都在遵循这一原则处理他们之间的关系，总认为王村的婚外情坚持不了多久，男人嘛，在这个充满诱惑的年代谁还能独善其身？顶多过了这段时间，随着工程的结束，他们自会劳燕分飞，各自归位。但越往后，冯师傅愈加否定了自己近乎天真的想法，觉得事态并未遵从人愿，而是在向更远处发展。他开始着急了，他知道，现在王村的婚姻有实无名，换句话说，王村是自由之身，如果连那个"实"也不复存在的话，这太可怕了。于是，冯师傅决定硬着头皮给表妹说实话，免得将来一切变得无法收拾时自己落一身埋怨。不过，冯师傅还是想将话说得婉转一些，精妙一些，也好让表妹那颗脆弱的心有个缓冲的余地。他说："他姑，王村现在每月给你寄生活费吗？"

"一直在寄呀，咋的啦？"

"噢，是这样啊？"冯师傅心里略有了一丝宽慰，毕竟王村在钱财上还不曾吃亏，说明他的心还没有完全黑透，一切或许还有转机。于是他将话锋一转，说："他姑，听我的，别太委屈了自个，钱嘛，该花就花，花完了再挣嘛。"

"我问你王村怎样，你说这些丁啥！"女人明显不耐烦了，催促说，"别东拉西扯的，快说！"

冯师傅想：既然王村仍将钱寄到张玲手里，那他彻底变心的结论就下得早了些，于是，他临阵倒戈，想再瞒上几天，看看再说，如王村回头，就是皆大欢喜，这里发生的一切，将会像一顿饭那样烂在他的肚子里。于是他说："王村好着呢，只是最近工程扫尾，可能忙晕了，回头我让他给你打电话。"

三十六

时光，从不会为谁等待，只会依自己的节奏前行。老郝的工地，仿佛顺应了清水公园寂静的气氛，一下子安静了许多。崭新的戏台，以其独特的风格，给公园平添了几份艺术的气息和人文情调。伴随着渐行渐远的秋日，头顶的针松叶片已慢慢泛黄，垂柳的枝条上已身无长物，越发清瘦简约。在这样的环境下，王村们的杰作矗立在公园深处，倒变得门前冷落、凄凉，无人观瞻，暂且失去了存在的价值。

工地上没了工人，戏台经过验收后移交给公园管委会。老郝呢，依旧保持其良好作风，未差谁一分工钱，大师傅小普工们人人高兴，皆大欢喜，拿上钱各自回家，作鸟兽散了。

农民工陆续返乡，使乌驼镇的神经一下子得以松弛。行人少了，街巷愈发宽阔而清冷，只有那满地翻飞的树叶在毫不停歇地展示着枯萎的动感。

乔英子的丈夫上个月就没活干了，出乎意料的是，他竟然找乔英子团圆来了。天气转凉，或许人的心劲也会随着这分凉意逐渐减退。他没有再出去找活，就成天猫在出租屋里看电视，并等待婆娘这边完工好快些结账返家。但他哪里知道，婆娘明面上的工作虽完，只是与王村的激情没完。

清晨，乔英子依旧早起，梳洗罢便仓促出门，前往她灵魂的落脚地——王村的怀抱。

她丈夫个头不高，一张清瘦的黑脸形容枯槁，看上去仅有半条命的样子。每天吃罢早餐后，他都会再次躺回床上，眯上一阵，睡个回笼觉。因体力日渐不支，他便开始恋床，好像永远也睡不够似的。但今天是个例外，他洗罢脸，对着镜子笑了一阵，又将食指放进门牙的豁口处摸了摸，这牙是去年秋天在隆德老家启动三轮车时被发动机摇把打掉的，当时正处于心灰意冷的状态中无法自拔，因此就没及时将牙装上。但这些天他一直在想：这种豁豁嘴会不会遗传给孩子呢？不过，他还是惊奇地发现，在过往的夫妻生活中，有如此得意的神情还属头一回。他知道自己在得意什么，这些都要感谢上苍，感谢乔英子，感谢医生，最该感谢的还是这一年来为他熬汤药的另一个女人。在千恩万谢之后他还是重重地感谢了自己。是自己一个多月来坚持不懈地努力耕作，才在乔英子那块贫瘠的薄地里育出一棵新芽。乔英子怀孕了，这难道还不够神奇吗？如昨晚就将这爆炸性的消息传回老家，他无法想象庄子周边超市的鞭炮够不够他爹买。

昨晚，乔英子吐得相当给力，哇哇的。尽管女人自个面对这万千之喜不以为然，甚至还带有一丝沮丧，但面对她这几年的凭空消失，男人决定理解她，甚至宽宥她，因为她始终是他的女人，尤其她肚子里还怀了孩子，无论将后生男生女，对他家来说都算作劳苦功高。如今她心里不爽，肯定是怨恨他没给她足够的关爱。这事他做的确实过分，所以他决定补偿，从明天起，她就在家里好好养着，工地上由他去顶，谁让他是娃的亲爹呢？

乔英子与王村对面而坐，虽不说话，但好像都在暗中较劲。王村将手捂在脸上不住地叹着气。乔英子盯着他，仿佛时间久了就能盯出个主意来，最终，却盯出了自己的满眼泪光。她擦一把泪，抽泣说："想好了没有？"

王村仍没言语。乔英子又说："你是男人，这可就不对了，你不能耍我的时候像疯子，关键时刻装孙子。"

"谁装孙子了？我这不是没主意了嘛。"王村说。

"你没主意了是吗？那行！我有主意，你今天就回家，马上把婚离了，我守在这里等你一个月，同时也在这点时间里解决自己的问题。"

王村像听终审判决一样，试图从一个个沉重的字眼里抠出个救命的机会来，但他却彻底失望了。乔英子无奈地看一眼，接着说："以一月为限，三十天一过，咱就老死不相往来，怎样？"

　　王村并没说他早已离婚，他认为既是假的，自然就视作没离，想假戏成真，至少也得回去给女人一个说法，给孩子一个交代。于是他吞吞吐吐地试问："假如我回去办得不顺，或一去不返，你会不会跑去找我？"

　　乔英子剜一眼，坚定地说："绝不会，我的性格你了解。"话音一落，她的脸已苍白到毫无血色，就跟王村无言以对时一样。她看一眼王村，发一声苦笑，说："但我仍会选择离婚，也会如实向他作个交代……"

　　"为什么？你想过这样做的后果吗？"

　　"没有，想它干啥，我不能让他永远蒙在鼓里，那样对他太不公平了。"

　　乔英子话中有话，遗憾的是王村并没有悟出话中的深意来，他再度将一双大手捂在脸上，然后又上下捋了三次，这是他遇到难题时的一种习惯，也是黔驴技穷时的一种表现。他发现此刻的这张面皮紧巴巴的，好像随时都会开裂似的，因此他还需要再多捋上一阵。捋着还有个好处，就是与对面的乔英子隔开，他不敢直视她，也无力迎接她那束凄楚的目光。也就是说，一旦将手移开，就必须有一个主意在内心酝酿成熟，并将其和盘托出才行，果然，在深叹一口气之后，他终于由上而下重重地捋完最后一把说："照你说的办，在这儿等我。"

　　他没勇气说出不见不散的话，他现在只想着离开，因为他刚刚盘算过，即便分手之后，主动权仍掌握在自己手里。如果老家那边办得顺利，女人的工作好做，那他还是倾向于乔英子。如女人死缠不放或抬出双方老人怎么办？毕竟她还握有两张最要命的底牌——孩子。

三十七

返乡的心情如鸟儿的迁徙，时间一到，便是归心似箭、振翅起飞。但王村没有即刻动身回甘肃老家，他觉得还有好多事需要去做，他带出来的兄弟在这既短暂又漫长甚至充满艰辛的一年里，大都以汗水谱写了自己的故事，而碎片一样的情节在他们这些小人物身上又体现得波澜起伏，甚至还有些惊心动魄。万林没了，董青又杳无踪迹，而他现在最为关切的，还是马兴。所以他必须将兄弟们的情况挨个摸清楚，当然，他也无力改变什么，只是想知道真相。

万林已黄土埋身，长眠于乌驼镇的白山公墓里，那里安葬着很多矿工。能与他们睡在一起也算个不错的归宿。董青身在何处，恐怕要花费一定时间，饭要一口一口地吃，事要从易到难一件一件去办，所以他先给马兴打了电话，因为就目前的情况看，马兴的事情最为棘手，也亟待解决，果然马兴说："正好，我这些天烦透了，一直想找你聊聊。"

他们登上镇南边的一座岩石山，峰顶上有座半成品的大汗巨幅石像，大致轮廓已经完成，但要想知道那是成吉思汗还得有人提示。大概是天冷的缘故，这里仅剩一位看工地的老头。老头很健谈，但是只告诉他们那是成吉思汗，并没让他们近身观看。马兴抱怨说："哥啊，你不是要去登大青山吗？我还一直等着呢，而你却跑来这里，你是咋想的？"

王村说："我倒是想去呢，只是大青山还在呼市那边，上千公里路呢，太远了，再说时间也来不及，而这边呢，乌驼山咱都登过好几回了。"他一指雕像说："这座山虽没啥名气，但是他，也值得一看。"

马村抬头扫一眼雕像，仍一副愁肠百结的凄惨相，说："都火烧房梁了，哪有心思看这个，再说这也没啥好看的。"

　　王村一听，他俩就没在一个频道上，而且在马兴的世界里，也不存在诗和远方，于是他拍拍马兴的肩臂，劝导说："好兄弟，你该读一点书了，不然，白瞎了你这副皮囊。"

　　马兴吃惊地盯着王村，好像他口中所谓的读书，是多么不可思议的事情。他知道眼下马兴最想讨论什么，便即刻转移话题："说说吧，你那个老师怎样了，是不是已经拜拜了？"

　　王村的话令马兴的脸色更难看，他没再称兄道弟，而是虎着脸说："你这样讲话，我是不是可以理解为你见不得穷人吃肉呢？"

　　"穷人可以吃肉，但穷人吃山珍海味就得掂一掂钱包了。"王村反驳说。

　　这句话更像一根刺，直扎在马兴的心尖上，他痛苦地一撇嘴，没再说话。王村觉得话说重了，便即刻往回找，他说："对不起，哥不是故意给你添堵，只是担心你入戏太深，走不出来。"

　　"我已经走不出来了。"马兴说。

　　王村说："我还是那句话，凡事量力而行，理智些最好。"

　　"我也想放手呢，我真的累了，但现在又出了新情况。"

　　"啥情况？"王村问。

　　"她怀孕了。"

　　王村听完并没有感到震惊，他无奈地笑了一下说："这不是预料中的事吗？你一直往地里撒种子，不出苗才怪。"

　　马兴说："别贫了哥，帮我拿个主意吧。"

　　王村用怀疑的目光盯着马兴说："你真听我的？"

　　"嗯。"马兴肯定地点点头。

　　王村说："这就简单了，趁月份还小，去医院做掉不就完了吗？"

　　马兴苦笑了一下说："要这招能行我还为难啥呢？关键是她不干，她要把这孩子生下来。"

王村狐疑地说："我咋就不信呢，她是不是拿孩子讹你？"

"不是。"马兴说："她连结婚的流程都计划好了，房子是她家的，装修的费用也是她的，我只贡献体力，这些我勉强可以接受，只是她不愿接受我妈。"

"啥！"尽管王村只喷出一个字，却震得马兴的耳膜嗡嗡响，王村站起身来就地转了一圈，质问说，"你答应啦？"

"我答不答应不重要，关键是我妈她答应了，理由是，不和陈妍结婚，就等于扔掉了自己的孙子，所以她宁愿拿老命换回孙子。"马兴说。

王村又就地转了一圈，然后坐下来说："那你打算咋办？总不能让老妈流落街头吧？"

"那倒不至于，我妈说，她可以回老家，老家的房子还在，风吹不着，雨淋不着，而且她有手有脚，生活上暂且还可以自理。"

王村没假思索就表示反对，他说："这不行，将奔七十岁的老人放在一座空房子里让她自生自灭，你也忍心呀？别说了兄弟，我就尚且再称你一次兄弟，假如你真的做下这种事，就别怪我绝情，和你恩断义绝。老猫房上睡，一辈赶一辈。你今天这样做了，将来你儿子肯定也会这样做，这叫前眼的水，后眼流……"

话音还未落下，马兴已泣不成声，呜咽着说："从出生那一刻起，我就没再离开过老妈，长大后就算走多远打工我都得带着她，虽然漂泊，但总归是母子相依，我做梦都想不到命运会这样安排，或许是我作孽太多，遭报应了。"

王村说："现在还远没到那一步，我的意见是，赶快分。首先我认为，感情不该凌驾于品德之上，你与这样的人同床共枕、相守左右，估计更大的悲剧还在后头，至于孩子，我觉得她不一定真的会生，退一步讲，她真的生下孩子，那也只能听天由命了。"

马兴说：“哥你分析得有道理，但现在的问题是，我妈她掉进去了，她若为了孙子以命相搏，我还真没办法。”

　　“我有办法。”王村说：“只要姨娘和陈妍不再见面，你就说孩子已经没了，是人家父母硬拉去做掉了，这样长痛不如短痛，难受是肯定的，但很快就过去了。”

　　马兴站起身来，看一眼西沉的斜阳，边拭泪边说：“好吧哥，事已至此，那就按你说的办。”

三十八

乌驼镇的街面上还是纷繁的景象，只是那些满街窜动的农民工已很少见，路两侧绿化带里的树木也不再蓬勃，清瘦的枝条合着风的节奏在呼呼作响。农民工都撤了，穿着军绿色大衣在大街上穿行的王村就显得格外打眼，他发现擦身而过的行人都在拿余光扫他。也确实，他穿得有些夸张了，气温远没到如此夸张的程度。但是既然已经买了这件大衣，而且还穿到了街上，那就只好忍着尴尬招摇过市了。好在这里是异地他乡，也碰不上熟人，他现在最该做的是加快步伐，尽可能在有限的时间多转几个小区。他后悔当初没问清万林媳妇干的是哪个小区的物业，不过不打紧，毕竟乌驼镇不大，只要下功夫挨个询问，就一定能找到冯娟，找到冯娟就等于找到了董青，这是唯一的希望。但直到中午，他跑了一身汗，硬是将新买的军大衣跑成了负担，却仍没打听到一丝有关冯娟的消息。他的心气没泄，只是两条腿酸痛，像灌了铅一样，幸好这时候哈闰平打来电话，问他在乌驼镇还是已经回了老家，他说："我倒是想回去呢，问题是董青还没有找到，我和他一块出来的，就应该一块回去，不是吗？"

哈闰平说："那倒是，不过你这种找法恐怕不行，告诉我地点，我现在就去接你，咱们一起行动。"王村本想客气一下，但他确实累了，正在考虑是否该打辆出租车的时候哈闰平雪中送炭，令他感慨不已，这就叫多个朋友多条路。他点了支烟，坐在道牙上等候哈闰平来。

坐上车就感觉轻松多了，效率也快多了，不过失望也在逐步叠加，因为跑过所有的小区后仍没人认识冯娟，看着王村失落的神情，哈闰平宽慰说："没关系的，不就巴掌大的乌驼镇吗？咱们继续找，实在找不到你也不必纠结，他们是成年人，丢不了的。"

听哈闰平这么一说，王村的心情倒是略微平和了些，脸色好看多了，他嘴唇微微一翘说："也对，凡事尽心了就行，该做的我已经做了，至于结果嘛，还得看天意，毕竟他两个是能随意行动的大活人。"

哈闰平将车停在五一广场边上，感慨说："从早春到深秋，这十个月时间真是既漫长又短暂啊。对了哥，当初咱们就是在这里认识的吧？"

王村说："是的，从见第一面起我就对你们的爱好和学识肃然起敬了，我喜欢你们，同时也如愿以偿地交到了好朋友，你知道吗？我平生最讨厌的就是那种夸夸其谈，自己不努力，不上劲，还怨天怨地怨政府的人。这些人好像他不好过是社会造成的，或别人祸害的，因为身边常有这种人在嚷嚷，所以我更欣赏你们的宽厚豁达。"

哈闰平像是突发奇想，一指西北角的餐厅说："咱去那里坐坐，我请哥吃个饭，算是告别。"

王村推辞说："兄弟客气了，这顿饭应该由我来请，你现在打电话，约一下其他朋友，让他们都来。"

哈闰平说："谢谢哥，他们都回去了，不过你的心意我替大家领了。"

这家餐厅也是王村和董青、万林第一次吃饭的地方，所以落座后他的心情愈加沉重，尽管哈闰平点的菜够丰盛，却始终调不起他的胃口。见他如此，哈闰平又从吧台要了一瓶酒，一边斟酒一边说："来哥，何能解忧，唯有杜康，当然杜康也难以衬托咱兄弟间的惜别之情，今天我慷慨一次，咱们喝瓶好的，也算是为兄长饯行。"

王村说："啥酒都醉人，你又何必糟践钱呢，再说，你还有车。这样吧，这酒我喝，你喝水就行。"

"那怎么行。"哈闰平说："哥你不用担心，喝酒不开车这是原则问题，在我心里，它牢不可破。等会陪完哥，我的车原地不动，咱们打个车回去。"

王村如释重负地说："那就好。"

菜品丰盛，酒上档次，王村心里的结也随着一股浓情蜜意的香味慢慢打开，他们从这一年当中各自的喜乐悲欢聊到了乌驼镇的发展愿景，再到西部大开发，直到酒尽盘空依然谈锋甚健，最终哈闰平放下摇了半天也没能摇出一滴酒的空瓶子说："哥啊，但愿明年我们还能在乌驼镇相见。"

王村说："难啦兄弟，不瞒你说，我心已死，再也不想出来啦。"

"为啥呀？"哈闰平不解地问。

"为啥。"王村说："有句话怎么说的呢？哦对了，叫金窝银窝，不如家里的土窝；千买卖，万买卖，不如翻咱的土块块。对！就这话，都跟土有关，由此可见，土地，才是咱农民生命里永久的给养站，而且取之不尽。"

哈闰平不以为然地说："这都老皇历了，你也信呀？你见过多少人是靠种田致富的？如今这年月，可谓是撑死胆大的，饿死胆小的，想彻底改变命运，我觉得还是放宽眼界，当然，这些话是对你而言，你具备干大事的条件。至于我，或者说我们，每日求得三餐饱，能干自己喜欢的事就是人生最大的幸福与满足。"

王村说："这个我信，或许这就叫有钱难买我愿意吧？不过，我毕竟读书少，谋事简单，所以我还是认为，前人一辈辈总结出来的，那就是经验，而且永远都不会过时。再说，富与不富，与幸福无关，我只求活得滋润。"

"前人还说过男儿志在四方呢。"哈闰平喝口水，心有不甘地回了一句。

见王村不再言语，哈闰平又追问说："那你打算咋办？总不能三百六十天踩着田埂过日子吧？那样恐怕会憋出病来的。"

"不会的。"王村说："就看你把心安放在什么位置上了，仅从这一年的得失来看，我算不上失败，毕竟还挣了点钱，但我身边的兄弟呢？他们可没我这么幸运，万林没了，董青下落不明，马兴呢，又半死不活地骑在老虎背上，想想都让人心酸，所以，该是下决心的时候了。借国家政策向农村倾斜的东风，我要尽自己所能，把全部精力都放到建设家园上，只有农村富了，村庄美了，才能拴住人，到那时，乡亲们就不用背井离乡、风里雨里地外出讨生活了。这是我的目标，为了实现它，我必须去拼。"

听了王村慷慨激昂的话，哈闽平也会心地笑了。俩人相互搀扶着走出餐厅，在大街上还摇摇晃晃地唱了一首闽南歌曲《爱拼才会赢》，分手时哈闽平说："咱们还会再见面吗？"

"能！"王村说："欢迎你到甘肃静宁来玩，虽说目前那边还很落后，但它原始、环保、低碳，尤其近几年实施了禁牧还林还草政策，山在变绿，水在变多，站在我家门前最高的崾崂梁上眺望，可谓层层梯田层层花，美不胜收啊，这不正是你收集写作素材的好地方吗？"

哈闽平欣喜若狂地说："好啊好啊！听你这么一说，我是十分向往，看来不去都不行了，好！明年山花烂漫时，咱们静宁见。"

三十九

　　乌驼镇没有直达甘肃静宁的长途客车，只有直达银川的，到银川还得再倒一次车。买好车票后，王村坐在候车大厅的条椅上给马兴打了个电话，问他和陈妍之间的事处理妥当了没有。马兴说："谢谢哥，我都按你的吩咐办了，然后捎上老妈逃之夭夭，现在已经在老家的热炕上坐着呢。说实话，只有回到生我养我的地方，才真正体会到自己的根系扎在哪里，有了这条根，生命才会茁壮，才能感觉到生活的滋润。母亲只有一个，要不是你提醒，我大概已犯下终生都不可饶恕的罪过了。"

　　王村说："你能幡然醒悟真是太好了，这一年我们经历了很多，一桩桩一件件，收获的都是教训，既是教训，就得铭记于心。在往后的日子里，不论做任何事都要先照照镜子，只有认清自己，摆对位置，才不会阴沟里翻船酿出悲剧。"

　　马兴说："逃跑虽不光彩，但我总算是上岸了。现在老弟倒想提醒你一下，跑吧哥，三十六计走为上。你和我不一样，你是有担当有抱负的人，别毁在女人手上。'凉亭虽好，非久恋之家。'这是我妈说的，我认为这句话送给你更合适，至少，对目前的你有用。"

　　往班车上一坐，王村便觉得胸口的沉闷减轻了，连呼吸也顺畅了。望一眼身后的乌驼镇，觉得昨天的一切就像过山车一样。他期待随着班车的渐行渐远，心底里那幅影像能够被逐渐淡化或永久封存……

四十

十年后。

这天傍晚，当王村回到位于县城的家里，停好车准备上楼时，就发现单元门口站着个女人，平常就算那里站十个女人他都不会在意，但这位却令他的心猛地揪了一下。尽管身形与十年前相比胖多了，但那张曾使他神魂颠倒的娃娃脸却丝毫没有褪色，包括发型都还是从前的样式。他不禁打了个寒战，又下意识地左右顾盼，然后才战战兢兢地说："乔……乔英子，怎么……是你？"

乔英子含泪的双眼一直盯着王村，嘴唇动了动却没有说出话来。或许是难以启齿，又或许一言难尽，就那么与他对视着。至于她是如何找到这里的，王村没问，他觉得这不是问题的关键，关键是他已经在劫难逃，于是他强装镇定，洒脱地转过身，做了个上车的手势，乔英子会意，便紧跟着闪进了后排座位。车很快冲出了小区，径直往城西行驶。从后视镜里，他发现乔英子仍在默默流泪，他料定肯定是摊上事了，而且事还不小。他臆测，无非是家里生了变故或生活上遇到了难处，顶多是要他接济，寻求他的帮助，说到底也就是钱的事儿，若果真如此，他倒没什么负担，自从当年害他倾家荡产的包工头重新发迹之后，他经济上也跟着宽余多了。再说做人可以没风度，但不能没良心，就算念及曾经的相遇和大半年亲密无间的相守，他也得帮她。何况这样的剧情也是他早就料定了的。为此，几年前在村主任届满转任村支书时他就曾找过她，他知道人怕出名猪怕胖，自己时不时在报纸和电视上露脸，近在五十公里之内的旧情人不会看不见。他这样主动出击看似没事找事，实则是未雨绸缪，将风险提早控制，不要等对方哪一天突然找上门来，并拿出证据要挟，那就太被动了，说来说去不就是钱吗？他认为趁早给予其力所能及的补偿才是上策，何况当初他们还那样深深地爱过。但是他并没有如愿，当时只找到这乔英子所居的村庄却没找到人，听周围邻居说，她从外面回来的第二年生了个孩子，之后便搬家不知去向。自那后，他心里的石头才落了地，过上了不再担惊受怕的日子。

他的车在城西一家餐馆门前停了下来，乔英子先从包里掏出纸巾拭去泪痕，然后才跟他下了车。在餐厅顶楼的一间包厢里，他点了较为丰盛的一餐，一壶八宝茶，一个大盘鸡，一个葱爆羊肉，一个银耳汤外加两个凉菜，两碗米饭。在他点菜的过程中，乔英子仍像当年那样，不止一次说够了，别点了，他都没听。乔英子一贯节俭他是知道的，看来这一品德至今尚在，女人还是曾经的女人，这让他甚感欣慰，他安慰说："别着急，有啥事吃完饭再说。"

乔英子手里拿着筷子，几次都在即将夹到菜的时候又缩了回来，最终放下筷子说："我吃不下。"

他说："那行，咱就先说事儿，说完了再吃。"

乔英子仍显得很为难，不是搓手就是叹息，始终不肯开口。他说："不要有啥顾虑，有我在，就没有过不去的火焰山，只要我能帮的，我一定帮，前提是，你得把事情说出来。"

她又深叹了一口气，断断续续地说："我儿子……他得了白血病……住在兰州医科大附属医院里，现在……正命悬一线……"

乔英子的话还没有说完，王村便苦笑了一下，心想：又是该死的白血病，这故事太老套了，小说、电影、电视剧，翻过来调过去地演义，早都看腻了；能不能动动脑子编个新鲜的，或说个别的病也行。于是他追着话茬说："需要多少钱？"

乔英子也苦笑了一下，说："这不是钱的事儿，要是因为钱事儿，我宁愿是砸锅卖铁都不会来找你的。这是我们当初的约定，我时刻记得，而且在咱俩的关系上我也是有决心的，即便你现在成了富翁当了总统也不再与我有关，我只想安安静静地过日子。但现在我真的没办法，医生说要做干细胞移植孩子才能痊愈，目前又迟迟等不到供体，我和他爹已经验过了，配型都对不上。"

这下他有些信了，他信是因为他了解眼前的女人。他站起身一边倒茶一边说："这样吧，你就直截了当地告诉我，我能帮什么忙？"

乔英子抬起头，红着脸，直视着他的眼睛说："这娃是你的。"

王村惊得一屁股坐了下来，茶壶都差点摔了。这时候乔英子更紧张了，不过她很快调整好情绪，继续说："其实在07年秋后咱俩分手时我已经怀孕了，只是没敢告诉你，我承认，这件事我做得太自私了。但我想留住孩子，当我不顾一切想真正做个母亲的时候，孩子的爹只能是你和他当中的一个。记得我当初给你说过的，他没有生育能力，而你又是我平生最爱的男人，我无从选择，只能怀你的孩子，至于他得知真相后能不能原谅，这个我并不担心，最坏的结果无非是一拍两散、各奔东西。好在他接受了现实，庄子上包括他的家人在内都不知内情，孩子出生后，全家人如获至宝，对我的态度也好了许多。后来我婆婆得急病去世了，他和孩子朝夕相处，简直比亲爹还亲。随着感情的加深，他开始变得疑神疑鬼，既担心有一天你找上门来夺走孩子，又担心我因为孩子的牵扯对你旧情复燃，于是才变卖了田地和房子，搬去了兰州。在那里开了个杂货店，生意也还行，逐渐有了些积蓄，没想到天有不测风云，因为孩子的病，又把我推回到你的面前。你救救孩子吧，算我求你了。"

王村深陷两难的境地，若一言拒之，除非他狼心狗肺，再怎么说，那也是他的骨肉，这一点他丝毫都不怀疑，再说救助自己的儿子也是天经地义的。理是这么个理，但要真正付诸行动还是缺乏相应的勇气。而且这件事做起来难度也非常大，他清楚干细胞移植的程序极其繁琐，即便他配型成功，那还得做一次不大不小的手术，需要住院，术后还需要一段时间的休养和恢复。更令他担心的是，如果他配型失败，就只能寄希望于家里的两个女儿了。这样一来，就算能瞒得过村里人，却瞒不过张玲。一旦她知道了，就等于将天捅了个窟窿，至少，他的声誉会因此彻底坍塌。他心里已七上八下地乱成了一团，在难以抉择的情况下，也只能搪塞，既不能说行，也不能说不行，同时还得给女人以适当的宽慰。他掏出钱夹子，从里面抽出一张银行卡说："这里面有五万，是给孩子的，你先拿回去应个急，别的事容我想想再说，好吗？"

乔英子仍然执着，她没接银行卡，只是满怀期待地说："钱你自己留着，没有供体，我拿它没用。我知道这事太突然了，让你措手不及，你一时无法接受我也能够理解。那我就先走了，你考虑一下也对，但是要快，我等你消息。"

互留了电话之后，乔英子一脸忧戚地走了。许久之后，王村的脑袋仍有些懵，乔英子下楼梯时的每一个脚步都仿佛踩在他的心坎上，尽管十年前在乌驼镇发生的一切在他的记忆深处已变为一潭死水，但现在又有人往水里扔了块石头，这块石头不但激起了浪花，还掀起了波澜。从这一刻起，他想继续风平浪静那只是痴人说梦。往事的闸门一旦开启，就如同决堤放水，一发不可收拾。他的思绪似野马脱缰般勇往直前。那一部封存多年的剧目，而今又复演了，每一个细节都再次搬回到台面上，而他，既是导演又是主演，甚至还是观众。既然戏已重新开场，他还得继续编排，尽最大努力演好续集……